평정이 바라본

조선시대 예산인의 삶

평정이 바라본

조선시대 예산인의

삶

김창배
수필집

조선시대에서는 유교를 권장하려고 충효열에 최선을 다한 사람에게 포상을 주고 장려했습니다.
손발을 베어 피를 내고 그것으로 병든 부모님의 생명을 연장한 일들도 많습니다.

예산인의 삶을 살펴보면서
눈물을 흘릴 때도 있었습니다.

비가 내려 산천이 푸릅니다.

논물이 찰랑거려 은빛으로 반짝입니다.

쑥을 뜯어 방앗간에 갑니다. 한 가마 정도의 쌀과 쑥을 배합하여 쑥
개떡을 만듭니다. 가족이나 친한 사람들에게 쑥 반죽을 나눠줍니다.

『조선시대 예산인의 삶』을 정리하다 보니 훌륭한 예산인이 많았습
니다. 노비, 향리, 천민, 열녀, 장군, 스님, 옹주, 현감, 암행어사 등 다
양했습니다. 임진왜란, 병자호란, 사화와 당쟁, 모함에 의한 유배, 천
주교 박해, 동학 탄압으로 어려움을 당한 사람이 많았습니다. 조선시
대에서는 유교를 권장하려고 충효열에 최선을 다한 사람에게 포상을
주고 장려했습니다. 손발을 베어 피를 내고 그것으로 병든 부모님의
생명을 연장한 일들도 많습니다. 예산인의 삶을 살펴보면서 눈물을
흘릴 때도 있었습니다.

카카오톡에 입력된 사람이 1,055명입니다. 그중 일부를 지워도 1,000명이나 됩니다. 사람을 지우는 일이나 쓴 글을 지우며 퇴고하는 일은 어렵습니다. 글을 쓰다가 쉬는 시간에 책을 읽으면 책 속에 글 감이 들어 있습니다. 문화원, 향교 등에서 받은 유인물과 집 안에 있는 책들이 이번 수필집을 발간하는데 도움이 되었습니다. 특히 신익선, 최완수, 이기웅, 이명재 님께 감사드립니다.

5월은 가정의 달입니다.

여러분 가정에 행복이 가득하길 바랍니다.

2024. 5.

평정 **김 창 배**

차례

제1부

출생

1.
선조의 雙雙兒 출산정책과 인구소멸

지난 4월 14일 미국 펜실베니아 대학병원에서 샴쌍둥이 로리 샤펠과 조지 샤펠 자매가 62세 나이로 사망했다. 샴쌍둥이 태어날 확률은 약 20만 분의 1이다. 그중 절반은 사산되었다. 1961년 이 자매가 샴쌍둥이로 태어났을 때 미국 의료진은 30세 넘기는 것은 힘들 것으로 예측했다. 다 멀쩡하다고 하더라도 신진대사량이 보통 사람의 2배이기 때문에 수명은 보통 사람보다 짧은 편이다. 머리가 두 개라 신경계 교란이 심해서 수명이 더 짧기 때문이다. 그러한 예측은 벗어났다. 예측한 나이보다 32세를 이 자매는 더 살았다. 이 두 사람의 몸통은 분리되어서 두개골이 연결되어 독립적으로 살아왔다. 이루 말할 수 없는 고생을 슬기롭게 이겨낸 이 자매에게 심심한 위로와 찬사를 보낸다.

이러한 안타까운 사연을 접하고 곧바로 우리의 선조는 어려운 시기에 쌍둥이 출산자에게 어떤 지원을 하였나 궁금했다. 인터넷을 검색하여 충남 예산군과 전국의 쌍둥이 출산자에게 양식인 콩과 쌀을 지원한 사실을 알았다.

예산군에서 524년 전 정병 공석순 아내가 한 탯줄에 세쌍둥이를 낳았다는 기록이 있다. 1500년(연산6)에 태어난 세쌍둥이는 모두 생존하고 있는데 역시 이변에 속하는 일이라고 충청감사가 달려가 연산군에 아뢴 모양이다.

조선시대엔 평균수명도 짧고 지금처럼 의학이 발달하지 않았다. 세쌍둥이를 키웠다면 현재의 가정과 비교하여 힘든 가정생활이라 짐작된다.

2021년 10월 18일 전해철 행정안전부 장관은 인구감소지역 89곳을 지정, 발표했다. 충남은 공주시 외 7개 시·군이 포함되었다. 현재 인구의 감소는 심각하다. 정부에서는 행정, 재정적 지원을 위하여 막대한 금액을 투입하여 지방소멸의 위기를 막으려고 노력하고 있다.

예산군도 특색 있는 시책을 내놓았다. 영유아 영양플러스(보충식품), 출산 육아 지원금, 출산 축하 바구니, 기념사진 촬영비, 영유아 발달 정밀검사 등 20여 가지 되는 것 같다. 이 많은 혜택을 받으려면 산모는 관공서를 찾아다니느라 무진장 바쁠 것 같다는 생각이 났다.

내 짧은 생각으로는 주택 마련하려고 결혼을 미루는 청년이 많은 것 같다. 이들이 결혼하여 아이를 출생하면 자녀 양육비, 대학교 진학, 결혼 후 주택 마련 등을 지원하는 일들은 수월치 않다. 맞벌이 부부가 늘어나다 보니 되도록 출산을 적게 하고 있다. 인구의 감소 이유는 출생자 수보다 고령의 사망자가 많기 때문이다.

　쌍둥이 출산은 고대로부터 경이로운 일이다. 국가적으로 쌍둥이 출산에 관심을 가졌다. 선조의 시대와 현재 인구수를 비교해 보면 그 당시 적은 인구이며 출산자 수는 매우 적은 편이다. 의술이 발달하지 않은 상황에서 세쌍둥이 출산은 대단한 일이다.
　고대의 쌍둥이 출산에 대하여 포상한 사료가 『삼국사기』 등의 기록에 전해오고 있다.
　조선시대에 쌍둥이 출산한 사람에게는 직급에 따라 쌀과 콩을 관부의 판결에 따라 지급되었다.
　임금의 명령을 전달하고 여러 가지 사항을 임금에게 보고하던 관아에서 아뢰기를,

　　"한 번에 세 아이를 출산한 자에게는 쌀과 콩 10석을 관부의 판결에 따라 매기어 지급한 전례가 있습니다. 원주에 사는 양녀 사월이는 아들 세쌍둥이를 출산하였고, 양산에 사는 사비 명지는 한 번에 아들 네쌍둥이를 출산하였으니, 마땅히 다른 예에 의하여 관부의 판결에 따라 지급해야 할 것입니다. 그러나 근래에 흉년이 들어 비축된 곡물이 거의 떨어졌으니 감량해서 지급하는 것이 어떻겠습니까?" 하니 임금은 "비록 전례에 의하여 준다고 하더라도 국고가 어찌 줄어들겠는가."
　라고 명하였다.

政院啓曰：“凡一產三兒者，有題給米太十(碩)之例。原州居良女
四月，一產三子，梁山居私婢明之，一產四子，當依他題給。而近者年
凶儲竭，量減題給何如?”傳曰："雖依前給之，國儲有何虧損?"

위에 언급된 사료를 보더라도 조정에서 쌍쌍아 출산자에게 임금이
콩과 쌀 10석을 아낌없이 주었다.

이런 기록을 접하면 고대로부터 쌍둥이 출산자에게 선정을 베푼
임금의 지혜를 엿볼 수 있다.

1791년(정조15)에 평안 감사 홍양호가 평안북도 철산군의 유학 이형
복의 처 정씨가 한 번에 2남 2녀의 네쌍둥이를 낳았다고 말을 타고
달려와서 아뢰니 정조는

"한 태胎로 셋을 낳는 것도 희귀하다고 하는데, 더욱이 2남 2녀를
한 태로 순산하였음에랴. 경은 원래 규정 외에 곡물을 별도로 지급
하고, 철산 고을 수령의 자식처럼 여기고, 젖을 찾으면 젖을 먹이듯
이 쌀을 지급하여 먹이게 하라.'라고 하면서 어려운 산모를 만지고
잘 달래도록 하게 하였다.

위 두 사례를 보아 '세쌍둥이나 넷쌍둥이에 대한 격려를 흉년이 들
어 곡물이 거의 떨어졌다 하더라도 지급하라!'고 명한 어진 정조 임
금의 말씀은 나의 가슴에 와닿는다.

현재 우리는 인구감소 시대에 살아가고 있다. 선조의 어려웠던 시

절에 여러 임금이 쌍쌍아 출산한 산모와 출생자에게 관심과 이들에게 크나큰 선정을 베푼 지원책을 음미해 보았으면 한다.

지난 4월 예산·홍성 지역 국회의원 당선인의 '헬로TV' 뉴스 당선 소감을 새벽에 들었다. 강승규 의원이 처음에 세운 뜻을 끝까지 밀고 나가 4년 임기 동안 피나는 노력을 하여 예산군 인구소멸이 되지 않기를 간절히 원했다.

강승규 국회의원 당선 소감 일부 내용은 이렇다.

> "제가 고향 홍성, 예산에 출마한 그 명분 자체가 소멸해 가는 지방의 부활을 다시 우리가 꿈을 꾸어야 하고 그 선도 무대를 고향에서 만들겠다는 것입니다. 앞으로 윤석열 정부의 국정 철학, 지방시대, 지방의 부활을 이곳 고향 홍성 예산에서 받들 수 있도록 불철주야 주민과 소통하면서 노력하겠습니다. 특히 홍성이나 예산의 원도심 부활을 비롯해서 그동안 밀려 있던 여러 가지 숙제를 저희가 대통령부터 도지사, 군수 그리고 또 지방의회까지 원팀이 된 만큼 힘 있게 그리고 빠르게 확실하게 추진할 것을 약속드립니다."

이러한 약속이 지속되길 바란다. 현재 정부와 지방자치단체에서 다양한 출산 정책이 많다. 아기 낳고 싶은 우리나라 그리고 예산군이 인구증가 되길 바라는 마음이다.

제2부

노인

2.
선조의
노인우대정책

지난 4월 중순 아버지 구순 생일을 맞이했다. 충남 예산군 덕산에 있는 식당에 가족 50여 명이 모여 축하드렸다. 어머니는 작년 구순이 되었다. 마침 부모님 결혼 70주년이 되어 마을 사람을 초청하여 잔치를 해드렸다. 부모가 모두 생존하여 우리 가족은 행복하다.

평균수명이 늘어나고 있다. 100세 이상 노인도 많다. 의료기술 발달, 경제성장에 따른 영양개선과 건강관리 등 여러 가지 덕분이다. 누구나 장수를 원한다. 장수하면 할수록 가족의 도움이 필요하다.

올해 인천에서 죽은 노인을 방치하여 백골로 변한 것을 2년이나 지나서야 주위 사람들이 알았다. 가족의 무관심과 이웃의 책임도 있다. 죽은 노모를 읍·면·동사무소에 사망 신고하면 가족에게 받았던 연금 등이 중지된다. 여러 사정이 있어 노모를 2년간 방치한 것은 우리 사회의 슬픈 자화상이다. 노인으로 사는 동안 금전적인 경제문제는 소홀하지 말아야 한다. 노인의 평균수명이 연장되고 있다. 노인에 대한 주위의 관심을 적어서 그러한 사고를 종종 접한다.

현재나 과거 노인은 풍부한 경험자이다. 노인을 중요하게 여겨야 한다. 외국의 속담에 '노인 한 사람이 죽으면 도서관 하나가 불에 타 없어진 것 같다.'라고 전한다.

노인들이 만족하는 것은 돈, 건강, 자식이 집에 자주 오는 것이다. 부모 생전에 자주 찾아뵙는 것이 효도라는 것을 알고 있다. 실천하지 않았다. 이런 글을 쓰면서 떳떳하지 못한 점 사과드린다. 누구나 나이가 들면 피할 수 없는 것은 노화·외로움·죽음이다.

조선시대 이야기를 하다가 다른 길로 빠졌다.

최근 예산군의 조선시대 생활상, 인물, 효 등에 관심을 가지고 글을 쓰고 있다. 『조선왕조실록』 등을 검색하여 활용한다.

선조들은 노인을 공경하고 노인 우대정책을 마련했다. 노인을 해마다 각 도의 관찰사가 명단을 작성하여 올리도록 지시했다. 나이 든 벼슬아치에게도 은전을 내렸다.

100명의 100세 노인이 살았다. 100세 이상자를 '응자노인應資老人'이라고 불렀다. 응자노인을 우대하는 것은 전통적인 유교 사상의 미풍양속이라 여겼다.

예산군 덕산에 살던 있는 100세 노인을 우대한 사실을 기록한 1455년(세종27) 『세종실록』 5월 28일 신축 3번째 기사의 내용은 이렇다.

세종은 정사에 뜻이 없었던 시기인 1445년 왕세자에게 서무를 대리하도록 명한다. 왕세자는 명을 받들어 대리를 시작하면서 노인을 우대하는 표본으로 5월 28일 덕산에 거주하는 100세 노인 이사민에게 쌀, 술, 고기를 보내준다.

賜忠淸道 德山住百歲老人李思敏米及酒肉。
충청도 덕산德山에 사는 1백 살 된 노인 이사민李思敏에게 쌀과 술·고기를 내려주었다.

90~100세 이상인 옹자 노인에게 연초 쌀을 주고 매월 술과 고기를 내려주는 일은 쉬운 일이 아니다. 임금이 바뀌어도 매년 정기적으로 중요한 노인복지 정책을 실천한 사항을 왕조실록 등 문헌에서 알 수 있다.

조선시대 예산군에 1655년(현종 6년)과 1667년『현종실록』에 90세 노인에게 품계를 올려준 기록이 있다. 그는 바로『월선헌십육경가』를 저술한 신계영(1577~1669)이다. 그는 중앙에서 벼슬살이를 하다 예산군 신암면으로 낙향했다. 신암면 거처에서 예산의 사계절 모습을 아름답게 표현했다. 그가 90세에 이르러 병을 얻어 행궁으로 나가지 못하자 임금은 품계를 올려주고 격려했다.

예산군 광시면 구례리 과거 합격자 서병덕(1712~1807)은 사망 후 4년 되는 1811년(순조11) 궤장几杖을 하사받았다. 나라의 가장 큰 상서라고 하면서 중요한 일로 여겼다. 살아서 왕 앞에서 의자에 기대앉고 지팡이를 짚을 수 있는 큰 특전이다. 나이를 존중한 면도 있겠지만 덕이 높은 노인을 공경한다는 의미에서 현재 우리에게는 의미심장하다.

앞에 진술한 외에 이해를 돕고자 『승정원일기』에 80세, 90세 예산군 노인 등재자를 소개한다.

먼저 예산인 이응정 노인이 80세에 해당한 1879년(고종7)『승정원일기』의 내용이다.

> "또 아뢰기를, 공충도 예산에 사는 전 교리 이응정이 금년 나이가 80세인데, 해당 도의 응자 노인 초계 가운데에서 누락이 되었기 때문에 소청을 관청에 넣은 사항을 살펴보니, 올해 80세가 과연 확실하였습니다. 전에 이와 같은 사람에 대해서는 임금에게 글을 올려 은혜를 받게 한 전례가 이미 있으니, 오늘 정사에서 품계를 올리게 하여 올린 글을 재가裁可할 때 임금이 그 글 끝에 쓴 의견문을 내겠다는 뜻으로 감히 아룁니다. 알았다고, 전교하였다."

> "又啓曰, 公忠道禮山居前校理李應鼎, 今年爲八十歲, 而見漏於該道應資老人抄啓中, 故考見政案, 則今年八十, 果爲的實矣。在前如此之人, 啓稟蒙恩, 旣有已例, 今日政, 加資下批之意, 敢啓。傳曰, 知道"

1790년(정조14)『정조실록』에 수록된 재미있는 정조의 조선의 특별한 노인우대정책이다.

〈운주당에 이르러 산성의 부로들을 위로하다.〉

어가御駕(임금이 타던 수레)가 독성 산성에 나아가 장대에 올라갔다. 운주당에 이르러 산성의 부로들을 불러 위로하기를,

"그대들 중에는 나이 많은 노인이 많으니 경진년에 어가가 머물렀을 때 구경한 사람이 있겠구나."

하니, 부로들이 아뢰기를,

"경진년에 온천에 행차할 때 어가가 운주당에 머물러 숙소로 삼았는데, 신들은 거의 다 의장들을 반갑게 쳐다보았습니다."

하였다. 임금이 이르기를,

"그때의 일을 너희들은 기억하고 있는가?"

하니, 부로 들이 일제히 아뢰기를,

"어가가 머무른 날에 친히 백성들의 고충을 물어보고 창고의 곡식을 풀어 내려주었으며, 진남루에 올라 과녁을 쏘아 연거푸 4발을 맞추었습니다."

하였다. 임금이 이르기를,

"지금 내가 31년 만에 이 산성에 올라 이 집에 앉아서 백성들을 불러 예전 일을 묻노라니, 슬픈 감회를 누를 수 없다. 뜰 안에 들어온 부로가운데 온천 행차 때 은전을 입은 사람은, 승려이건 속인이건 간에 나이를 따지지 말고 특별히 한 자급씩 올려주고, 성안의 민가에는 매호 마다 쌀 한 섬씩을 주어, 이날의 감회가 깃든 뜻을 표시하라."

라고 했다.

돌아오는 길에 득중정에 들러 각신·장신들과 더불어 과녁을 쏘았

다. 임금이 다섯 발을 쏘아 네 발을 맞히고는, 옆에 있는 신하들에게 이르기를,

"오늘 활을 쏜 것이 마침 경진년의 옛일과 똑같으니, 마땅히 뜻을 보이는 일이 있어야 하겠다."

하고, 지방관 조심태에게 쇠붙이로 만든 갑옷 한 벌을 내려주었다.

  다음은 예산에서 유교를 공부하던 90세 노인 고백상이 응자노인 인재를 뽑아 임금에게 보고하는 소장을 관청에 호소한 1863년(철종14) 『승정원일기』 내용이다.

    또 아뢰기를, 공충도 예산에 사는 유학 고백상의 정장에, 저의 아비 유학 광해는 금년에 92세인데, 본도의 응자 노인 초계 가운데에서 누락되어 은자를 받지 못하였다고 호소하였으므로 본처가 낳은 맏아들을 살펴보니, 그해 92세가 과연 확실하였습니다. 전에 이와 같은 사람에 대해서는 추후에 임금에게 알려 은혜를 입은 전례가 많이 있으니, 오늘 정사에서 품계를 올리게 하여 올린 글을 재가裁可할 때 임금이 그 글 끝에 쓴 의견문을 내겠다는 뜻으로 감히 아룁니다. 알았다고, 전교하였다.

    又啓曰, 公忠道禮山居幼學高百祥呈狀內, 矣身父幼學之光今年爲九十二歲, 而見漏於本道應資老人抄啓中, 未蒙恩資事來訴, 故考見帳籍, 則其年九十二歲, 果爲的實矣。在前如此之人, 追後啓稟蒙恩, 多有已例, 今日政, 加資下批之意, 敢啓。傳曰, 知道

위 『승정원일기』에서 언급하듯이 80~100세 이상 노인의 조사가 누락 되면 수시로 보고하여 누락 된 노인에게 임금이 품직을 올려주고 가족들에게 혜택을 주었다.

지금까지 『조선왕조실록』등에 기록된 임금들의 예산 어르신 우대 정책 사례를 살펴보았다.

현재 노인우대정책은 다르다. 조선시대 유교의 덕목인 효 실천 유교 사상에 바탕을 둔 노인공경 정책을 읽다 보면 현실에 뒤떨어지고 고리타분한 이야기로 생각하기 쉽다. 시대를 초월하여 나이를 불문하고 시대가 다르더라도 노인을 공경하고 우대하는 정책이 중단없이 계승하여 주기를 바라는 마음으로 이 글을 썼다. '조선시대 노인 우대정책' 글이 충분한 이해가 가도록 설명하지 못해 다소 창피할 따름이다.

※ 이 글에 게재한 고전 원문은 『한국고전종합DB』에 수록된 '한국고전자동번역'을 참고하여 작성했습니다.

제3부

역원

3.
신례원에
한시 남기다

현재 신례원역은 장항선 철도역이다. 충청남도 예산군 예산읍 신
례원로 212번길에 소재하고 있다.

조선시대 신례원은 왕명을 받은 관원의 숙소였다. 지금은 충남 예
산군 예산읍에 속해있으나, 예산군청과 예산읍사무소와는 거리가 멀
다. 그러다 보니 현재 예산읍내와 비교하면 교통시설과 경제면에서
밀리고 있다. 장항성 철도역인 신례원역에 무궁화호는 전부 정차하고
있다. 새마을호는 일부만 정차하고 있다. 과거에는 온양·천안, 합덕·
당진·서산 쪽으로 가는 사람들이 역 앞의 시외버스 터미널에서 버스
를 많이 이용했다. 여객 열차의 긴 배차 간격으로 인해 서해안고속도
로가 개통된 이후에 신례원역은 교통의 입지가 좁아졌다. 지금은 신
례원 삼거리 앞 간이정류장에서 시내버스와 시외버스가 정차한다.

과거 1970~80년대 무역업체 (주)충남방적은 우리나라 섬유무역

수출에 큰 공헌을 했다. 예산지역에서 잘나가는 제일 큰 회사였다. 충남방적은 인건비 상승 등 경제 사정상 어려움에 있다가 섬유산업이 사양산업에 접어들었다가 1997년 외환위기로 경영이 어려워져 이듬해 워크아웃 해체되어 유동의 인구도 많았고 거대했던 신례원의 옛 모습 명성을 찾아볼 수 없다.

예산군에서 다각적인 노력을 기울이고 있어 좋은 소식이 있다는 소식을 들었다. 수일 내 충남방적을 새로운 기업체가 인수 리모델링하여 새로운 단지로 조성되고 공장이 들어서 무럭무럭 발전하여 신례원의 명성을 되찾기를 바라는 마음이다.

조선조 충청수영로는 해남대로의 소사점(현, 평택시 소사동)에서 분기하여 충청수영(현, 보령시 오천면)까지 이어지는 360리 길이다. 아산, 예산, 홍성, 보령 등 내포지방을 직접 경유했다. 주요 노선은 소사점에서 분기한 뒤 탁천점-요로원-어라항현-신점-곡교천-용항원-갈치-신례원-무근성천-인후원-수오랑점-광천점-충청수영에 이른다.

충청수영로의 지선은 탁천-아산, 요로원-온양, 신례원-예산, 신례원-덕산-해미-서산-태안, 신례원-대흥-청양, 급천역-면천-당진, 충청수영-보령-남포-비인 등 서산, 해미(서산), 태안, 면천(당진), 당진, 결성(홍성), 대흥(예산), 청양 등지로 뻗어 있었다. 내포의 역로는 충청수영로의 본선과 지선에 해당된다.

충청수영로 경로상에 있는 신례원은 주요 지선이 분기하는 분기점이자 내포 땅으로 들어가는 관문의 역할을 한 교통의 요지였다.

『대동지지』에는 "신례원은 현의 북쪽 10리에 있는데, 내포 11읍에서 서울로 통하는 큰길이 있다"고 나와 있다.

『여지도서』에는 "신례원은 현의 북쪽 15리에 있고 사신을 영접하는 곳이다."라고 소개하고 있다.

다른 원들은 조선 초기에 대부분 사라졌다. 신례원은 교통의 요충 지이라 19세기에 기록물 등에 나오는 것으로 보아 조선 후기까지 운영되었다.

역로와 함께 설치한 역원은 공무로 여행하는 관료와 사신이 묵던 곳이다. 국립여관이다. 주로 역과 역 사이나 교통의 중심지, 또는 인적이 드물고 교통 사정이 나쁜 곳에 설치하여 여행자의 편의와 안전을 도왔다.

원은 고려시대부터 조선 초기에 널리 설치·운영되었다. 전국적으로 1,310개의 원이 설치되었고, 이 중 충청도에는 212개가 설치되어 운영되다가 조선 후기에 대부분 폐지되었고, 대신 민간에서 설립한 숙박시설인 점과 주막 등이 원의 기능을 대신했다.

충남 예산 삽교읍 역리에 설치된 급천역과 덕산면 신평리에 있었던 봉조원은 명나라 수도가 남경에 있던 시기에 태안의 안흥항을 통해 출입국하는 명나라와 조선의 사신을 영접했다. 예산군에 있었던 급천역과 봉조원은 당진과 태안으로 가는 역로의 주요 지점의 위치에 있었다.

신례원은 충청수영로 상에 있으면서 태안, 서산, 당진, 예산, 청양으로 이어지는 지선의 분기점으로 내포지방의 관문 역할을 하면서 사신을 영접했다.

　예산군내에는 일흥역(日興驛, 오가 역탑리), 무한성원(無限城院, 예산읍 산성리 냇가), 고사원(古沙院, 대술 궐곡리), 신례원(新禮院, 예산읍 신례원리), 광시역(光時驛, 광시 광시리), 가방원(加方院, 대흥면), 급천역(汲泉驛, 삽교 역리), 봉소원(奉昭院, 삽교읍 신리)이 있었다. 그 중 신례원은 충남 서북부인 내포지방 11읍에서 서울로 통하는 큰길로 이용했다.

　역원은 대부분 지정학적 요충지에 있었다. 그래서 전쟁이나 민란이 일어났을 경우 공격의 주요 표적이 되거나 전장이 되었다.

　당시 전국적으로 전개된 동학농민항쟁은 내포지방도 공방전을 벌인 주요 전장이 되었다. 태안과 서산의 봉기를 기점으로 내포지방에서 거세게 일어났다. 태안과 서산의 봉기를 거점으로 내포지방 전역에서 봉기한 동학농민군은 시흥도와 금정도의 역로를 따라 진격하였다. 내포지방 역로의 중요 분기점이었던 신례원과 일흥역 일대에서 관군과 대규모의 전투를 벌였다. 1894년 10월 25일 경 일흥역이 소재지인 충남 예산군 오가면 역탑리 일원에 주둔하였다가 이후 신례원 부근의 관작리에서 관군과 대규모 전투를 했다. 홍주성 전투에서 패한 동학농민군이 11월 1~4일 사이에 당시 오가면 역탑리와 급천역 소재지인 삽교읍 역말로 후퇴하여 주둔도 하였다.

　충청수영로의 본선으로 신창의 창덕역과 신례원으로 가는 길목에 위치한 용정원(용호원)에는 동학농민항쟁시 홍주목사로 있으면서 초토사가 되어 홍주성을 수성하였다. 동학군을 진압하는데 많은 공을 세운 이승우 청덕비는 현재 대흥면 의좋은 형제공원거리에 서 있다.

많은 행인들이 지나는 교통의 요충지에 청덕비를 세워 공적을 널리 알리려고 했다.

역로는 주요 교통로로 공무를 위해 여행하는 행정 관료로부터 수 많은 사람과 각종 재화가 오고 가는 길이었다. 특히 전통 시대의 행정 관료는 시와 문장에 능한 이들이다 보니 자연스럽게 이들이 머문 역원을 소재로 하여 여행자의 회포를 기록한 한시도 많이 남겨 놓았다.

신례원은 내포로 들어가는 관문이다. 신례원은 원답게 조선시대 많은 역원 중에서도 여러 문인의 시가 남아 있다.

예산지역 역원 중 신례원에 머물면서 쓴 칠언절구, 오언절구 한시가 전해져 내려온다. 김극성, 채팽윤, 김원행, 조현기, 이가학, 신익전 등의 한시가 대표적이다. 그중 김원행, 신익전, 김정국, 이행민, 양경우, 조위가 남긴 한시는 이렇다.

신례원 가는 길에 新禮院道中

김원행

伽倻曉色鬱蒼蒼 새벽녘 가야산 푸르고 울창한데
遠岫平蕪一勢長 저 멀리 봉우리까지 들판이 쭉 이어졌네
忽覺海門行已近 어느새 바닷가에 거의 다다랐는지
野頭高出兩三檣 들녘 끝에 높다랗게 돛대 두엇 솟아 있네

〈한국고전종합DB,『미호집』권1,
고려대학교 한자한문연구소, 강여진 역〉

김원행(金元行, 1702~1772)은 '새벽녘 가야산의 푸르고 울창한 모습, 먼 봉우리와 들의 넓음이 한 기세로구나. 신례원 바닷가 도착하여 들머리에 높다랗게 돛대 두엇 솟아 있다.'라고 신례원에 도착하는 여정을 술회했다.

그는 1719년(숙종45) 진사가 되었다. 1722년(경종2) 신임사화 때 조부 김창집이 노론 4대신으로 사사되고, 생부 김제겸과 친형인 김성행·김탄행 등이 유배되어 죽임을 당하자, 벼슬할 뜻을 버리고 학문에 전념하였다. 1725년(영조1) 조부·생부·형 등이 원통 억울하게 뒤집어쓴 죄를 풀어 버린 후에도 시골에 묻혀 살며 학문 연구에만 몰두하였다.

1750년 종부시주부 등에 임명되었으나 모두 부임하지 않았다. 1759년 왕세손을 교육할 적임자로서 영조의 부름을 받았으나 소를 올리고 사퇴하였다. 1761년 공조참의·사성에 임명되고, 그 후 사림 사이에서 학식과 행실이 높고 매우 덕망이 있는 자로서 3명 또는 1명의 후보자를 천망하여 임명되었으나 역시 사양하였다.

저서로는 『미호집』이 있다.

신례원新禮院

신익전

院空聞雀噪　고요한 역원에 참새 소리 시끄럽고
野迥見人稀　아득한 들판엔 인적을 볼 수 없네.
觸物還愁思　닿는 것마다 서글픈 생각 이는데
長安日下微　지는 해 너머로 도성이 희미하구나.

〈『동강유집』제8권〉

신익전(申翊全, 1605~1660)은 신례원 주변의 한적한 모습을 묘사했다.

1628년(인조6) 학행으로 천거되어 여러 관아에 속했던 최말단직의 종9품 벼슬을 하였다. 1636년 별시문과에 병과로 급제, 그 해 병자호란이 일어나자 청나라에 볼모로 잡혀갔다가 돌아와 부응교·사인·사간을 거쳐 광주목사를 지냈다.

1639년에는 서장관으로 연경에 다녀오기도 하였다. 효종 때 호조·예조·병조의 참판 등을 지내면서 동지춘추관사로『인조실록』편찬에 참여했다. 그의 관직 생활은 소현세자의 죽음으로 미묘한 처지에 놓여 한때 위태로웠으나, 충신을 생활신조로 삼으며 살았다.

저서로는『동강유집』19권 3책이 있다.

신례원 정자에 앉아 예산 태수에게 적어 올리다坐新禮院亭錄奉禮山太守

김정국

新詩高處視部島   지은 시의 훌륭한 점은 교도에 비견되고
洗盡浮靡到盛唐   경박함과 화려함을 씻고 성당에 도달했네.
六載宣城哦七字   육년 동안 선성에서 칠언시를 읊조려
一龕山水借輝光   한 암자의 산수가 찬란한 빛을 빌렸다오.

『사재집』권1

'신례원 정자에 앉아 예산태수에게 적어 올리다' 칠언절구의 시 김정국(金正國, 1485~1541)이 처음으로 세상에 알린 한시로 추측된다. 칠언절구에 '시를 짓는 경지가 성당 시기의 시풍에 도달했다.'라며 경치가

좋은 예산지방에서 산수풍경을 읊으며 회포를 풀었다.

그는 언관으로 있던 이모부 조유형趙有亨이 갑자사화에 연루되어 홍성군 결성면으로 유배되자, 그를 따라가 학문을 배우며 3년간 머물렀다. 그는 25세, 1509년(중종4) 별시에 문과 장원하기 전에 신례원, 정산(청양), 결성에서 한시를 남겼다.

〈출처: 한국학중앙연구원〉

신례원 한시新禮院 漢詩

이행민

千嶂高低四野通 뾰족뾰족하게 솟은 산봉우리가 많고 사방으로 들판이 널려 있구나.

水樹煙兩賈帆風 물과 나무가 양쪽에 널리 걸쳐져 있어 모두를 아우르는구나.

岀雲倦鳥閑心事 산봉우리에서 구름은 쉬고 있고 새는 한가롭게 노는 심사로구나

浮世功名一笑中 공을 세워 이름을 세상에 떨쳐도 헛되고 덧없는 세상을 생각하니 봉긋한 웃음이 나오네.

〈 예산군지(1937. 3) '예산군교육위원회에 실린 이행민의 글(名士詩文)' 〉

이행민(李行敏, 1680~1746)은 조선 후기의 문신으로 본관은 경주이씨 석탄공파이다. 1680년(숙종6)에 경기도 과천에서 이창경의 아들로 태어났다. 1718년(숙종44)에 문과 정시에 병과 4위로 급제하여 벼슬에 올랐다. 관직은 통덕랑으로 사헌부장령, 승지를 역임하였다.

예산객관 禮山客館

조위

簿書堆案燭花殘。栗尾鴉翻十指寒。

장부와 문서 책상에 쌓이고 촛불꽃 가물대는데, 율미털 붓 휘두르니 열 손가락 시리다.

誰識此中詩料在。忽驚東嶺湧銀盤

이 중에 시 자료 있는 것 누라 알리오, 홀연히 놀라보니 동쪽 산마루에 은쟁반 솟았구나.

『매계선생문집』권1

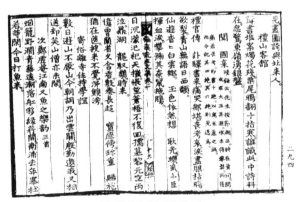

〈출처〉『매계선생문집』권1

나의 추측으로는 이러한 한시들이 예산동헌, 대흥동헌, 덕산동헌, 신
례원 등에 현판으로 걸린 운자를 차운하여 신례원 등에 사람이나 문인
묵객들이 묶으며 예산지방에 내려와 소감을 한시로 표현을 한 것 같다.

　조위(曺偉, 1454~1503)가 쓴 칠언절구〔예산객관〕의 정확한 위치와 연도는
알려지지 않았다. 신례원과 관련은 없다. 다만 위에 소개한 사람들보
다 나이가 많다.

　그는 1472년(성종3) 생원·진사시에 합격했다. 1474년(성종5) 문과에
급제한 후 성종 때 실시한 사가독서에 첫 번으로 뽑히기도 하였다.
그 뒤 홍문관의 정자·저작·박사·수찬, 홍문관교리·응교 등을 차례로
거친 뒤, 어머니 봉양을 위해 외직을 청하여 함양군수가 되었다. 의
정부검상·사헌부장령·호조참판·충청도관찰사·동지중추부사를 역임
하였다. 1498년(연산군4)에 성절사로 명나라에 다녀오던 중 무오사화
가 일어나 김종직의 시 원고를 편찬하여 책으로 펴낸 장본인이라 하
여 의주에 유배되었다. 순천에서 우리나라 유배가사의 효시라고 일
컬어지는 「만분가」를 남겼다.

『만분가』 수록부분 〈출처: 한국향토전자대전〉

예산으로 가는 길에禮山途中

양경우

野闊留殘景 넓은 들판엔 햇빛이 저물고

山昏起燒煙 어두운 산엔 타오르는 연기.

江潮春破岸 강의 조수는 봄 언덕 치고

客路日侵田 길은 날로 밭을 침식하네.

浴罷沙鳧鬧 물가 모래 오리들 요란하고

耕餘隴犢眠 밭가는 소는 언덕에서 자네.

欲投村店宿 마을의 객점에 투숙하려고

遙望杏花邊 멀리 살구꽃 가를 바라보네.

『제호집』제5권

　양경우(梁慶遇, 1568~1597)는 해미현에 있다가 임명을 받들어 서울로 올라가다가 예산으로 가는 길에「禮山途中」오언절구의 한시를 남긴 것 같다.

　1592년(선조25) 임진왜란이 일어났을 때 아버지 양대박이 창의하자, 아우 양형우와 함께 아버지를 보필하였다. 고경명은 양경우에게 기무를 맡겼다. 왜적이 금산을 치러 하자 고경명은 양경우에게 진산을 지키게 하고 자신은 금산에서 싸우다가 패하였다. 고경명을 구하려고 가는 중에 아버지가 진산에서 순국하였다. 되돌아가서 아버지의 시신을 전주로 옮겨 청계동으로 돌아가 장사를 치렀다. 1595년(선조28)에 격문을 돌려 군량 7천 석을 모으는 공을 세워 조정에서 참봉에 제수하였다. 1597년(선조30) 정유재란 때에는 종사관으로 공을 세웠다. 그 해에 별시 문과에 급제하여 죽산현감·연산현감을 거쳐 판관이 되었다. 1616년(광해군8)에는 문과중시(조선시대에 당하관 이하의 문무관에게 10년마다 한 번씩 실시하는 과거)에 병과로 급제하여 홍문관 교리로 승진하였으며, 봉상시첨정에 이르렀다. 폐모론이 일어나자 벼슬을 버리고 향리로 돌아와서 학문에만 전념하였다.

그의 문집은『제호집』이 있다.

조선시대에 쓴 글이 한시로 전해져 내려오는 것을 보며 '글은 위대한 힘을 가졌구나.' 라는 생각을 했다. 글을 쓰는 일에 자부심을 가지고 뚜벅뚜벅 살아가고 있다. 이러한 선배 문인의 글을 발견하고 알려 예산의 역사를 조명하는 일은 문인의 소명이다.

채팽윤, 조현기, 이가학 등이 신례원에 와서 남긴 '신례원에 관한 한시'는 백방으로 노력했음에도 불구하고 발취하지 못했다. 이번 수필집에 게재하지 못하여 아쉽다.

참고문헌

1. 『내포의 지리와 환경』(충청남도, 충청남도 역사문화 연구원). 2016

2. 유병덕(충남역사문화연구원 연구원)의 옛길, 내포의 역로驛路

3. 한국고전종합DB,『미호집渼湖集』1권, 고려대학교 한자한문연구소, 강여진 역

4. 김정국『사재집』김병헌, 성당제, 임재완 역, ㈜아담앤달리 2016

5. 『예산읍지』

6. 『덕산면지』

7. [네이버 지식백과](한국민족문화대백과, 한국학중앙연구원)

제4부

사회제도

4-1.
과거급제자 박두세의
『요로원야화기』의 표절시비

　　작년 여름 예산군 대흥면 대흥향교 명륜당에서 실시한 '2023 유교
아카데미강좌' 교육을 받았다. 6주 2차시 '대흥향교에서 배출한 인물'
강의 시간은 다른 교육보다 더 흥미로웠다. 이날 강사는 충남발전연
구원에 재직하면서 예산지역 향토사에 관한 연구논문을 여러 편 발
표한 임선빈 박사였다. 강의 내용은 '생원시·진사시와 대흥에 살았던
입격자', '문과에서 급제한 대흥 출신'이다.

　　과거급제자 방목 명단에 등재된 조선시대 예산군 고을별 과거 합
격자는 373명. 덕산 거주자 112명, 예산 거주자 115명. 대흥 거주자
는 생원시 35명, 진사시 42명, 문과 20명, 무과는 49명 등 총 146명이
해당 과거시험에 합격했다.

　　그 가운데 한 인물인 박두세가 대흥에 거주하면서 대흥향교를 다
니다가 1677년 진사시에 합격하고 나서 1682년 문과 급제한 사실을

이날 교육을 통해 알았다.

사실 나는 2021년『조선시대의 예산 문인과 예산인의 삶』수필집을 발간했었다. 그 당시 발간한 산문집에 박두세 형제에 대해 자세하게 언급하지 못한 것이 아쉬웠는데, 지난해 3개월간 대흥향교 명륜당에서 배운 것을 계기로, 박두세에 대해 자세히 알아보려고 집으로 돌아와 인터넷을 검색하고 책을 구입해 알아보았다.

박두세(朴斗世, 1650~1733)는 충남 예산군 신양면 녹문리에서 아버지 박율의 넷째 아들로 태어났다. 성장기에는 충남 예산군 대흥면 금곡리로 이사하여 살았다. 1682년 증광 문과에 급제하여 벼슬살이를 시작하였고, 의금부도사와 진주목사를 거쳐 지중추부사에 이르렀다. 문장에 능하였으며 유학에 밝았다. 작품으로는『요로원야화기』,『삼운보유』,『증보삼운통고』가 있고, 그의 묘소는 충남 예산군 대흥면 갈신리에 있다.

박두세는 1677년 진사시험에 합격하였고 4년 후 전시를 거쳐 복시에 선발된 37명 중 을과 4위를 하여 전체 7위로 문과에 급제했다. 4형제 중 3형제가 진사시와 생원시에 합격했다. 어려운 과거에 박두세 박규세 형제가 나란히 1682년 문과 급제한 사실에 놀랐다.

조선시대 부패한 사회상을 비판하는 내용을 담아 쓴『요로원 야화기』을 쓴 작가이며, 우리나라 국문학사에 길이 남을『요료원야화기』는 그가 증광문과 전시 급제하기 전인 1678년에 썼다.

최근 발간된 충남 예산군『신양면지』에는 박두세의 어릴 적 구술 기록이 있다. 박두세가 태어난 신양면 녹문리 주민 박경진 씨에 따르면, '박두세는 예산군 신양면 녹문리가 살았던 것은 확실하다. 어릴 적 공부가 힘들어 신양면 수명정 아래 깊은 푸른 물에 몸을 던져 죽으려 하다가 수명정 기둥을 부여잡고 울며 죽기를 각오하고 공부하여 과거에 합격했다.'고 한다.

예산에 거주하는 이명재 시인이 집필한 『디지털예산문화대전』에 수록된 『요로원야화기』의 주요 내용을 소개하면 아래와 같다.

'초라한 행색의 선비[내]가 요로원 주막에서 서울 양반[손님]과 만난다. 거만한 서울 양반을 속이기 위하여 어리숙한 시골 사람으로 행세하며 서울과 시골 양반의 풍속을 해학적으로 풍자한다. 서울 양반이 속은 걸 알고 부끄러워하고 서로 한시를 지어 화답한다. 풍월 화답 사이로 학문과 수양하는 태도와 부패한 과거제도를 비판한다. 뜻이 통하는 친구가 되어 사색당파로 분열된 정치 사회적 문제를 비판하며 밤을 지새운다. 날이 밝아 이름도 모른 채 헤어진다.'

요로원은 아산에 위치하였던 조선시대의 역원이다. 요로원이 있던 장소는 아산시 음봉면 신정리 100-2번지로 추정하고 있다. 서울에서 과천과 천안을 지나 아산과 예산으로 이어지는 길목에 있던 여관이다. 과거에 실패한 시골 선비가 요로원 주막에서 서울 양반을 만나 대화로써 당대의 세태와 정치제도를 풍자한 것이 『요로원야화기』이다.

원院은 역로와 함께 설치되어 공무로 여행하는 관리들이 숙박하는 국가에서 설립한 여관이다. 주로 역과 역 사이나 교통이 드문 곳에 설치되었다. 여행자의 편의와 안전을 도왔던 원은 고려시대부터 조선시대 초기 널리 설치되어 운영되었다. 숙박, 식사가 가능하다. 30리마다 있어 조선시대에는 전국적으로 1,310개의 원이 있었다. 고려와 조선시대에 성행하던 역원은 조선 후기부터 점차 폐지되었다. 민간에서 설립한 사설 숙박시설인 점과 주막이 원의 기능을 대신하여 그곳에서 생활했다. 이에 '요로원', '신례원', '조치원' 등은 주막집이 아니다. 예산지역에 있었던 '신례원'은 왕명을 받은 관원의 숙소이다. 덕산면 신평리에 있었던 '봉조원'과 삽교읍 역리에 설치된 '급천역'도 이와 유사하다.

조선 중기의 문신이자 성리학자로 충청도 신창(현 아산시 신창면)에 머물던 조익(趙翼, 1579~1655)은 아산의 요로원에 숙박하고 이렇게 시를 남겼다.

요로원要路院의 기둥에 차운하여 제하다 次題要路阮柱

조익

羸馬投山店	야윈 말로 산골 객점에 투숙하노라니
崎嶇石路延	험하기도 해라 돌길이 길게 뻗쳐 있네
幽花發古砌	오래된 섬돌 가엔 수줍은 꽃들이 피었고
綠樹蔭平川	잔잔한 시내엔 푸른 나무 그늘이 드리웠네
世亂多堪涕	난세를 만나 눈물을 흘릴 일도 많다마는

人飢盡可憐 사람들 굶주리는 것이 무엇보다 가련해라
人飢盡可憐 나그넷길에 끝없이 펼쳐지는 이 심회를
聊賦夕陽前 저녁 햇빛 앞에서 애오라지 읊어 보노라

(출처: 한국고전종합DB, 『포저집 1권』, 한국고전번역원 이상현 역)

앞에서 밝힌 바와 같이 박두세는 충남 예산군 대흥면에 소재한 대흥향교 유생으로 1677년 과거 예비시험 생원진사에 입격하고 성균관에 입격 자격을 얻는 장본인이며, 박두세가 쓴 『요로원야화기』는 1682년 문과 시험 급제하기 전인 1678년 아산 요로원 숙소에서 밤새워 이야기를 나누는 대화체 방식의 글이다. 후대 문학가는 그의 글을 수필이라고 규정하는 사람과 소설이라고 주장이 양분되어 있다.

2023년 박두세의 행적을 자세히 알려고 인터넷 샅샅이 살펴보았다. 2006년 6월 22일 자에 실린 경상일보 [경상시론] '부북일기와 구운몽 후의 문학성'이라는 글을 읽고 크게 놀랐다. 박두세가 이양기의 『요로원야화』를 표절했다는 것이다. 아래는 그 기사의 일부 내용인데, [경상 시론]에서 이수봉 충북대 명예교수는

"더욱 놀라운 사실은 기설의 『요로원야화기』의 작자 박두세가 울산 박씨임과 그가 울산부사를 역임했다는 사실이다. 박두세가 울산부사에서 물러나 한동안 울산박씨 족보 간행을 위해 머물고 있을 때 이양오의 요로원야화기를 접하게 되었다. 그때 그가 요로원야화기를 본가인 충남 대흥으로 가져간 뒤에 그의 유고

로서 세상에 밝혀지자 작자의 이름이 뒤바뀐 것이다.

요로원야화기에 나오는 과거 부정의 내용은 무자년(1708)에 있었던 일로 그 당시 박두세의 나이가 60세였다. 그리고 박두세 형제의 문과 급제 연도 등을 분석한 결과 요로원야화기의 작자는 이양오가 틀림없다. 지금껏 이의를 제기하는 사람은 없다. 따라서 그 논증을 뒷받침하는 것이 조선시대 유일한 소설평론가로서 길이 문학사에 그 족적을 남긴 이가 바로 이양오이기 때문이다."

라고 했다. 그런데 이는 엉터리 주장이다. 위 이수봉 교수의 기사글을 읽고 나는 과거급제자 명단과 예산과 인접해 있는 아산 요로원에 나누던 당시 대화 내용의 시대 상황을 꼼꼼히 살폈다면 그런 주장을 할 수 없을텐데 하는 아쉬움을 가졌다.

내 생각으로는 박두세가 이양호의 글을 필사한 것이 아니라 이양오가 박두세의 작품을 필사한 것으로 보인다. 이양오는 박두세의 후대 사람이다. 그가 박두세가 쓴 요로원야화기를 30년 뒤에 두루마리 본으로 필사한 것이다.

박두세는 울산박씨이다. 그의 부친 박율은 1642년 사마시에 합격 생원이 되고 나서 1654년 식년문과 병과에 급제하였다. 박두세가 1705년 울산부사로 부임하여 울산박씨족보 초간보를 편집 간행한 것은 사실이다. 그러나 이양오 역시 박두세가 울산부사로 근무했던 곳, 울산에서 태어난 사람이다. 하지만 박두세(1650~1733)와 이양오(1737~1811)의 생몰연대, 요로원에 나오는 이야기 내용의 정황 등을 살펴보면, 이수봉 교수의 주장은 그 선후先後에 있어 착오가 있었음을 금방 알 수 있다. 단순히 접근해도 이양오는 박두세가 사망한 지 4년 후 출생한 인물이라 이양오의『요로원야화기』를 박두세가 자신의 본가인 예산 대흥으로 가져간 것이 계기가 되어 작자의 이름이 뒤바뀌었다.'라고 볼 근거는 없다.

　최근 예산군 정려문을 탐방하는 글을 쓰다가 400년이 지난 칠언절구 한 시에서 표절한 사항을 발견했다.

　　　가고 가고해서 쉬지 않고 당도한 것이 마천령이구나.
　　　끝없이 바라보이는 동해바다 수면은 거울과 같은데.
　　　부인의 몸으로 이 천리 길을 그 무엇 때문에 왔던 말인가
　　　중한 것은 삼종지의 이고 이 한 몸은 가벼워서인가 하노라.

　　　行行旦至磨天嶺
　　　東海無邊鏡面平
　　　千里婦人何事到
　　　三從義重一身輕

　위 칠언절구는 충남 예산의 아녀자인 우봉이씨가 원산 앞바다를 바라보고서 속치마 속에 쓴 한시라고 전해진다. 함경도 북병사로 근무하던 남편 정현룡이 임진왜란으로 인하여 예산 고향에 오지 못하자 임금

에게 상소문을 올려 윤허 받은 후 함경도 마천령 천리 길을 여종과 함께 찾아가면서 자기 심정을 표현한 글이라 한다. 정현룡 부인 우봉이 씨는 충남 예산에서 함경북도 두만강 강가까지 천리길을 찾아갔다.

아래 한시는 조선시대 미암 유희춘 부인 송덕봉이 전남 담양에서 남편을 만나려 함경도 종성까지 만리 길을 찾아간 내용이다.

마천령위에서 읊다/摩天嶺上吟

걷고 또 가 마침내 마천령에 오르니
동해는 가이없어 거울마냥 평평하도다.
만리 길 아녀자의 몸으로 무슨 일로 왔는가?
삼종의 의은 중하고 일신은 가벼울 뿐이네.
行行遂至摩天領
東海無邊鏡面平
萬里婦人何事到
三從意重一身輕

미암 유희춘(1513~1577)이 을사사화로 윤원형에 의해 무고되어 함경도 종성에 유배되어 부인 송덕봉은 19년이란 긴 세월을 홀로 보냈다. 그녀는 해남과 담양을 오가며 살림을 도맡았고, 시어머니를 21년간 모시다가 돌아가시자 3년 상을 치렀다. 그리고 전남 담양에서 함경도 종성 유배지로 남편을 찾아 나설 때 마천령 고갯마루에 올라 쓴 칠언절구의 전해오는 한시이다.

위와 아래 소개한 한시를 읽어보면 조선시대 예산군의 우봉이씨가 송덕봉 부인의 한시를 표절한 것이 맞다. 마천령을 찾아간 두 여인의 나이를 따져보면 송씨의 남편 유희춘은 1513년 출생하여 1577년에 사망했다. 우봉이씨 남편 정현룡은 31세인 1577년 알성시 무과에 급제하여 출사하였는데, 이는 송씨 부인의 남편 유희춘의 사망한 해이다. 따라서 예산의 우봉이씨가 송씨 부인의 시를 차용한 것이다.

과거 사람의 표절 시비를 가리는 일은 작가의 나이를 비교하면 어느 정도 밝혀진다. 나이가 적은 후대의 사람이 전대의 나이 많은 사람의 글을 표절하는 경우가 많다. 그 시대 여러 정황을 알아보고 나이 차이를 구별하면 표절을 한 사람을 알 수 있는 것이다.

윤봉길 의사가 『농민독본』을 저술하였다고 일부 작가들이 우후죽순 윤 의사에 관한 책을 발간했다. 윤 의사는 보부상의 왕래가 빈번한 목바리에서 예산보부상을 통해 서적을 구입하여 읽으며 국내외의 정세를 살폈다. 문제가 되는 『농민독본』과 관련하여 좀 더 언급하자면 사실은, 1920~30년대 천도교인이 중심이 되어 활동한 농촌운동 단체 조선농민사 초대 이사장인 이성환이 『농민독본』을 저술 발간했다. 그리고 이 책은 전국 야학교의 한글 강습 교본으로 사용되었는데, 당연히 예산지역에도 당시 보부상을 통해 이 책을 구입할 수 있었으므로 윤 의사도 손쉽게 해당 서적을 접할 수 있었고, 이 책 내용의 여러 부분을 예산 덕산에서 베껴 쓴 것이다. 그리고 시간이 흘러 그 필사본이 윤 의사의 저술물로 잘못 알려지게 되었다. 사실 이성환의『농민독본』과 윤 의사의『농민독본』을 나란히 놓고 비교하면 한눈에 그 선후先後가 분명해진다. 이제라도 바로잡자면『농민독본』은 윤 의사가 창작한 것이 아닌 것이다.

위에서 나는 박두세의『요로원야화기』와 윤봉길 의사의『농민독본』, 예산우봉이씨 정려문에 담겨있는 칠언절구『마천령상음』에 담긴 표절 사항을 언급했다. 그러나 나는 이제 와 예산군에 관련된 수백 년 지난 글 표절 시비를 밝히려는 의도는 없다.

2년 전 정년퇴직을 하고, 예산군에 관련된 조선시대 인물과 생활상 등을 공부하다 보니 앞에 열거한 사항을 알게 되었다. 앞으로 정진하여 예산인들의 삶에서 형성되어 온 예산의 정신을 발굴하고 정리하여 예산인의 자긍심을 가지려 한다.

박두세의 과거시험과 관련된 두 인물의 대화를 통해 조선시대 양반의 허세와 교만을 비판하고 당시 군역, 정치제도, 사회문제를 풍자한『요료원야화기』를 현대감각에 맞게 희곡으로 소화하여 작품으로 만들기 위해 애쓰는 중이다.

4-2.
상피제도
운영하다

작년 서울~양평고속도로 국책사업을 어느 장관이 백지화를 선언했다. 대통령 부인의 소유한 땅이 인접해 있어 정국은 시끄럽다. 이번 일로 인하여 대통령 부인 일가의 땅이 전국에 있는 것으로 밝혀졌다.

대통령 부인이 되지 않았으면 정치적으로 국민에게 큰 관심의 대상이 되지 않았을 것이다. 윤석열 대통령 부인은 외출을 자제하고 있다. 대통령의 국정운영에 대한 평가가 20% 후반에서 변동 없이 보합세이다.

몇 년 전 숙명여자고등학교 쌍둥이 자매 시험문제 유출사건도 이와 비슷하게 사회적 관심의 대상이 되었다. 교사와 자녀가 같은 학교에 다니지 않았더라면 이러한 일이 발생하지 않았을 것 같다.

어느 장관의 대학교 입시의 비리는 국민 정쟁의 대상이 되어 법원의 판결로 인하여 자녀가 고등학교 학적을 보유하는 참담한 현실이 발생하기도 했다.

요즈음 세상 돌아가는 일들이 이해가 가지 않는다.

중·고등학교 다닐 적에 상피제도를 배웠다. 자세한 사례 내용은 기억나지 않는다.

고려와 조선시대에 시행된 상피제도는 비리를 차단하려고 한 것이다. 가까운 친인척끼리 같은 관청과 자기 고향에서 근무하지 못하게 했다. 이 제도가 이로운 점은 인척간의 관계를 이용한 부정부패를 막는다는 점이다. 지역 토착 세력들끼리 세력을 규합해서 중앙 정부가 장악한 지방 행정에 간섭하지 못하도록 했다. 중앙관직과 지방관직에 엄격하게 적용했다. 지방관으로 형이 충청도 관찰사로 임명되면 동생은 예산, 공주 등에서 벼슬을 하지 못했다. 과거시험 합격자가 정해지면 문과 방목에 합격자의 이름, 생년, 본관, 거주지, 부, 조부, 증조부, 외조부의 이름과 관을 함께 기록했다. 이름 가운데 문과 급제자가 있는 경우에는 특별히 주점을 찍어서 표기하고, 형제는 가운데 문제급제자가 있을 경우 반드시 기재하도록 했다.

외국에서는 출신지에 부임하지 못하고 한 가족이 특정 지역에 공무원이 근무하지 못하게 하는 경우도 있다.

최근 조선시대에 관련된 예술인의 인물, 생활상, 유배, 과거제도에 관심을 가졌다. 그러다 보니 조선왕조실록 등 문헌들에서 관직 임용

시 가족간 서로 다르게 발령을 내는 사례를 알게 되었다. 그동안 알게 된『조선왕조실록』등 문헌에 예산군과 관련된 상피제도 사례는 이렇다.

1871년(고종8년) 4월 6일『승정원일기』에 대흥군수 발령을 내야 하는데 내종사촌과 외종사촌이 충청도 수령으로 근무하고 있어 다른 곳으로 발령을 내달라는 이조의 계이다. 이원린 대흥군수는 1771~1873(2년간) 대흥현에서 임기를 마쳤다.

"어제 정사에서 새로 제수된 대흥군수 이원린이 도신과 내외종으로서 상피해야 할 혐의가 있다고 하니, 근래의 규례대로 다른 도의 수령 중에서 해조로 하여금 구전으로 서로 바꾸게 하는 것이 어떻겠습니까? 상이 이르기를, 그리하라고 하였다."

"昨日政, 新除大興郡守李源麟, 與道臣, 有內外從應避之嫌云, 依近例, 他道守令中, 令該曹, 口傳相換, 何如? 上曰, 依爲之"

대흥군수 발령을 내야 하는데 내종사촌과 외종사촌이 충청도 수령으로 근무하여 다른 도로 발령을 내달라는 이조의 계의 내용이다. 이러한 내용으로 보아 상피제도에 어긋난 것을 임명하기 전에 임금과 신하들이 주도면밀하게 상의하고 인사발령을 냈다.

1677년(숙종3) 3월 14일 예산현감으로 낙점한 홍주진이 전임자와 형제간이므로 개차할 것을 청하는 이비의 계의 내용을 소개한다.

또 아뢰기를, 어제 정사에서 체차된 예산 현감 이문회의 후임을 홍주진으로 의망하여 낙점을 받았습니다. 지금 들으니, 이문회가 미처 부임하기 전에 체차되었다고는 하지만, 새로 제수된 현감 홍주진과 전 현감 홍주문은 동복형제가 된다고 합니다. 교대하고 상피하는 것이 법전에 실려 있는데, 미처 살피지 못하였으니 황공한 마음을 금할 수 없습니다. 예산 현감 홍주진을 개차하는 것이 어떻겠습니까? 윤허한다고 전교하였다.

允。又啓曰, 昨日政, 禮山縣監李文會遞差之代, 以洪柱震, 擬望受點矣。今聞李文會, 雖未及赴任而遞, 新除授縣監洪柱震, 與前日縣監洪柱文, 爲同生兄弟云。交代相避, 載在法典, 而未及致察, 不勝惶恐。禮山縣監洪柱震, 改 差, 何如? 傳曰, 允

이문회 예산 현감이 부정한 일로 인하여 다른 사람 후임 군수를 결정하려는데 홍주진과 후임 홍주문이 동복형제인 것을 잘 살피지 못한 결과 하자가 있어 인사 제청하여 벼슬아치의 임명을 다시 하자는 의견을 임금과 상의하는 것 같다.

조선시대 문헌에 기록된 예산군 벼슬아치 임용 전 위 두 상피제도 사례 내용을 소개했다. 엄격하게 임금은 신하들과 상의하여 상피제도 위반 여부를 살피고 발령내었다.

1803년(순조3) 「일성록」에 충청도사 정내백과 평안 도사 김계온을 개차하였다. 예산 현감 정내중과 충청도사 정내백은 종형제라 평안도사 김계혼과 바꾸어 달라고 이조가 아뢰니 순조가 그렇게 하라며 인사발령이 이루어졌다.

이러한 소장이 관청에 접수되어 충청도사 형과 예산현감 동생이 같은 충청도라 상피제도를 엄격히 적용하는 단면을 보여주는 사례이다.

이조가 아뢰기를,
"새로 제수한 충청도사 정내백의 정장에 '본도의 예산 현감 정내중과는 종형제 사이로 상피해야 할 혐의가 있습니다. 법의 취지로 볼 때 염치를 무릅쓰고 부임해서는 안 됩니다.' 하였습니다. 평안 도사 김계온의 정장에 '노모의 숙환이 더욱 심해져서 형세상 멀리 부임하기 어렵습니다.' 하였습니다. 모두 개차하는 것이 어떻겠습니까?"
하여, 윤허하였다

조선시대에 아버지와 아들이 서로 견제를 제대로 못할까 봐 자리를 피한 이러한 사례는 제도화되었다.

퇴계 이황이 단양군수로 있을 때 그의 형인 온계 이해가 충청감사로 오자 퇴계는 스스로 자리를 옮겨줄 것을 청원해서 경상도 풍기로 옮겨갔다. 예산군도 많은 공직자가 근무하고 있다. 거의 지방직 공무원이다.

그러다 보니 부부, 형제, 자매, 부자, 모자가 같이 예산군에 근무하고 있는 공무원이 갈수록 늘어나고 있다. 부작용이 많다.

내가 예산군청에 근무할 때 6급 승진심사 다면평가 대상지 중 한 명이 자기 여동생 남편에게 후한 점수를 주어 말썽이 난 적이 있다. 어느 면에는 동생과 형이 팀장과 팀원으로 발령이 나서 같은 팀에 근무할 수 없어 다른 면으로 다시 발령을 낸 적이 있다. 인사 부서에 근무하는 여직원이 6급 이하 근무평정 순위와 점수를 기록한 우리과 근무 평정서를 남편에게 알려주어 이의신청한 그런 행위는 나를 당혹하게 했다. 관리자로서 미안한 마음이 조금 있었다.

그 후 그녀의 남편 직원은 다른 부서로 옮겨갔다. 얼마나 내가 미웠던지 정년퇴직 후 예산군청 사무실에서 만나면 악수는 커녕 아예 눈을 마주쳐도 아는 척을 하지 않는다.

위에 소개한 사례처럼 조선시대에 가족 간은 물론 사회 전반에 엄격한 비리를 없애려는 상피제도는 좋은 법이다.

최근 정부에서 고위급 인사발령 부작용으로 전국이 시끄럽다. 그런 결과는 이번 4월 국회의원 선거에 민심과 천심이 반영되다 보니 여당이 선거에서 참패했다.

추후 정부에서는 장관직 등 고위직 인사발령 시에 조선시대의 엄격한 잣대를 대어 발령을 내는 상피제도를 참고했으면 한다.

4-3.
억울함을 격쟁·상언으로 호소하다

- 김정희, 박진창, 이계전, 이약수, 김구, 최익현

살아가다 보면 누구나 억울한 일을 당하기 마련이다. 그 억울함이 심한 경우 가슴속에 사무친 원한으로 자리잡기도 한다. 이럴 때 억울함을 호소하는 방법으로 소송, 권익위원회 등 다양한 법적 행정 제도를 이용할 수 있다. 조선시대에도 신원을 호소하는 방법으로 신문고, 격쟁, 상언 등이 있었다.

조선 태종 때 신문고 제도가 시행했다. 백성들이 억울한 일을 당하면 대궐 밖 문루에 달린 신문고를 울렸다. 하지만 신문고를 울리는 절차는 까다롭고 힘들었다. 신문고를 통해서 임금은 백성의 억울함을 직·간접으로 들으려 했다. 적극적으로 백성의 힘든 상황을 파악하고 백성의 편에서 국정을 살피고자 하는 왕의 의지가 담긴 신문고 제도지만 실상은 유명무실했다.

방법은 다르지만 억울한 일을 당한 사람이 임금의 임의 행차 시 길가에 나가 징이나 꽹과리를 쳐서 임금에게 하소연한 것은 격쟁이다. 16세기 중엽에 격쟁은 활발하게 이루어졌다. 글을 아는 선비는 왕에게 상소문을 올려 억울함을 호소했다. 하지만 당시 일반 백성은 글을 알지 못해 상언보다는 이 격쟁을 더 이용했다.

이탈리아 철학자(1866~1932) 베네데토 크로체는 "모든 역사는 현재의 역사이다."라고 말했다. 수백 년 지난 역사서에 전해진 기록을 토대로 조선시대 예산 인물 중심의 삶과 애환의 글을 쓰려고 하니 이 말이 와닿는다.

역사서는 역사가 본인 관점이나 미래에 대한 교훈을 염두에 두고 쓴다. 이런 어려운 말을 하려는 의도는 유명한 추사 김정희, 이약수, 이계전, 최익현, 조헌 등을 언급하려다 보니 조심스럽기 때문이다.

내가 태어나고 자란 예산군에 대한 역사를 최근에 공부했다. 자연스럽게 격쟁과 상언을 이용하여 억울함을 호소한 사람을 알았다.

나는 모든 면에서 둔하다. 역사 방면에 초보이지만 용기를 내어 '조선시대 억울함을 격쟁·상언으로 호소하다.'라는 주제로 예산에 살았던 사람, 고향은 아니지만 예산에 묘소가 있는 인물 중심으로 『조선왕조실록』등을 토대하여 글을 썼다.

조선시대 백성들의 민원이 해당 관청에 접수 수리되면, 평균 3일쯤에 그 민원에 대한 답을 들었다. 격쟁은 합법이다. 격쟁과 상언을 제기한 선비와의 비율을 보면 평민과 천민이 많았다. 물론 양반도 직접 상언이나 격쟁을 이용했다.

그러한 양반 사례로 예산군 추사 김정희가 있다. 그는 아버지의 복귀를 위해 직접 격쟁을 이용했다. 추사 김정희는 암행어사를 역임한 관직자이다. 추사는 여러 사람의 모함에 시달린 부친의 복귀를 위해 나름 명성은 떨어지더라도 억울함을 직접 격쟁 방식으로 호소했다. 『순조실록』에 그 기록이 생생하여 소개하면 이렇다.

1832년 2월 26일 『순조실록』 "의금부에서 김정희의 격쟁에 대해 원정을 멈추고 더 이상 하지 않기를 청하니 윤허하다."

의금부에서 아뢰기를, "전 승지 김정희는 그의 아비 김노경에 대한 송원의 일로써 격쟁하였는데, 털어놓고 간곡히 호소를 가져다 본즉 이르기를, '저의 아비 김노경은 재작년에 김우명에게 터무니없는 사실을 꾸미어 모함하는 추악한 욕설을 참혹하게 당했습니다. … 저의 증조모의 어둡지 않은 정령께서도 또한 앞으로 감격하여 눈물을 흘릴 것입니다. 그가 이른바 감정을 억제하고 경계했다는 말은 일찍이 1827 순조 27년 여름 사이에 저의 아비가 인척 집 연회의 자리에 갔었는데, 남해현에 귀양을 보냈던 죄인 김로가 마침 그 좌석에 있다가 이야기하는 도중에 저의 아비를 향하여 말하기를, 「대리 청정하게 된 이후로 소조께서 온갖 중요한 정무를 대신하여 다스리고 모든 정사를 몸소 장악하셨으니, 어찌 성대하지 않겠는가?」라고 하자, 저의 아비가 대답하기를, 「예령이 한창이신 이때 여러 가지 정사를 대신 총괄하시어 능히 우리 대조께서 부탁하신 성의를 몸받으셨으니, 나 같은 보잘것없는 무리도 잠시 죽지 않고서 성대한 일을 볼 수 있게 되어 기쁨을 견디지 못하겠다.」고 하였습니다.

… 말한 것이 여기에 그쳤는데, 수십 년 동안 감정을 억제하면서

경계했다는 말에 있어서는 처음부터 어맥이 비슷한 것도 없습니다. 저의 종형 김교희는 영변의 임소에서 체직되어 돌아와 갑자기 뜬소문이 유행하는 것을 듣고는 김로를 공좌에서 만나 그 때에 수작한 것이 어떠했는지를 다그쳐 물었는데, 김로의 대답한 바는 곧 저의 아비의 말과 하나도 어긋나지 않았습니다. 김로가 지금 살아 있으니 어찌 감히 속이겠습니까? … 제가 사람의 자식이 되어 아비가 이러한 악명을 안고 있는 것을 보고 아비를 위해 송원하기에 급하여 이렇게 만 번 죽음을 무릅쓰고 원통함을 호소합니다.'라고 하였습니다. 대계가 바야흐로 벌어져 죄안이 지극히 무거우니, 청컨대 원을 멈추고 더 이상 하지 않도록 하소서." 하였는데, 그대로 윤허하였다.

위 내용으로 보아 김정희는 아버지를 위해 애절하게 격쟁하여 호소했지만, 임금은 멈추고 더 이상 진행하지 않았다. 하지만 추사는 이에 멈추지 않고 그해 9월 6일 재차 꽹과리를 치면서 격쟁으로 소원했다. 김정희 같은 유명한 사람이 꽹과리를 치며 소원하는 것은 그 당시 흔한 일은 아니다. 부모를 위한 지극한 효심을 엿볼 수 있다. 재차 이를 보고 받은 순조는 "알겠다."라고 하고는 김정희의 호소를 들어주지 않았다.

김정희가 충청우도 암행어사 시절 김우명을 봉고파직 시킨 일이 있는데, 이것이 김정희와 김우명과의 악연의 시작이었다.

1830년 8월 봉고파직 당한 김우명을 안동김씨 문중은 무관직인 오위의 종6품 중앙관직 부사과로 복직하도록 전략을 꾸민다. 그리고 김우명은 임금에게 김정희의 부친 김노경을 상소하여 결국 김노경은 전남 강진현 고금도로 유배된다. 그 악연은 여기서 그치지 않고 14년이 지나서도 이어지는데, 1826년 김우명은 승승장구하여 1839년 6월 사간원 대사간이 된다. 그런 김우명과의 악연은 결국 아버지에 이어 추사까지도 1840년 9월 제주도 대정현으로 귀양을 가게 하여 그곳에서 달아나지 못하도록 가시로 울타리를 만들어 그 안에 가두는 위리안치형이 그것이다.

영조의 계비 정순황후 김씨의 오빠는 경주 김씨 가문의 김귀주다. 사도세자를 탄핵해 죽게 한 문신이다. 그들은 시파인 순조 부인의 장인 김조순 중심의 안동 김문과 대립각을 세우다 큰 피해를 본다. 안동 김씨 가문은 왕족의 가족보다 힘이 센 척사 가문이다. 그런 세력은 추사가 암행어사 시절 봉고 파직당한, 74세의 김우명이 가진 원한을 재차 이용하는데, 그는 사실 안동김씨가 아닌, 원주김씨다.

세도가인 안동 김씨 가문은 혼인을 통해 가문들과 결합하여 국호를 맺었다. 왕실과 결합하여 경주 김씨 가문과 다른 가문에게 화를 입게 했다.

김정희는 수십 년 동안 김우명과의 악연으로 높은 관직에 도달하지 못한다.

또 다른 격쟁 사례로는 강상의 원리를 호소로 과녀 겁탈, 간통, 음란행위, 사회경제적 비리와 침탈호소, 노비와 대립갈등 호소하는 등 다양하다.

'덕산에서 궁차가 폐단을 부리자 논죄하다.' 또 다른 격쟁 사례 1881년 6월 20일 기록이다.

형조가 아뢰기를,

"덕산의 백성 김성옥이, 서울에 사는 김응두가 1777년(정조1)과 무술년(1778) 두 해에 궁감이라고 하면서 강이나 하천에 바닷물이 드나드는 골을 파서 논을 만드는 일로 동행한 10여 인과 함께 김성옥의 집에 머물렀는데, 그때의 밥값 150냥을 지불하지 않아 궁감 김응두가 폐단을 부린 일로 격쟁을 하였습니다." 하니, 판하 하기를, "근래 궁차의 폐단이 또다시 일어나려 하는가? 이와 같다면, 즉위한 이후 하나의 원칙이 오직 '사사로이 잇속을 챙기는 길을 끊고 백성들의 생업을 보전해 준다.'라는 것이었는데, 단속이 조금 느슨해지면 진 궁차와 가궁차를 막론하고 다시 이전의 버릇을 되풀이하는 폐단이 반드시 없으리라고 어떻게 장담하겠는가. 덕산의 일은 궁차가 함부로 날뛰는 하나의 조짐일 뿐이다. 그러니 해당 궁임을 잡아다가 엄히 신문하여 공초를 받아서 아뢰도록 하라. 앞으로 또 무슨 일을 막론하고 궁차가 폐단을 일으키는 일이 있다면 해당 지방관은 즉시 순영에 보고하고 순영에서는 또한 즉시 장계로 보고하라." 하였다.

다음은 고덕면 사리 박진창이 정려문을 받게 된 상언 제도이다.

1850년 덕산유학 안상렬 등이 박진창의 효행 행적을 암행어사에 상서를 올렸다. 원문은 이희재, 이제상 선생님이 조사하고, 2004년 12월 26일, 향토한학자 전용국 선생님이 최근 한문으로 변역한 내용이

『고덕면지』에 실려 있다. 그것을 토대로 임의로 수정하여 인용했다.

본 도내 거주하고 있는 유학생 안상렬 등은 삼가 백 번 고개 숙여 절을 하고 암행어사 정사를 보는 곳에 글을 올립니다.

"효는 백행의 근본입니다. 천성에서 나오는 것입니다. 살아 계실 때 그 봉양을 극진히 하고 부모가 돌아가시면 그 상중의 예 등을 다 하는 것은 효자로서 대의를 위하여 목숨을 바쳐 절개하는 것이라 하겠습니다.

… 덕산군(예산군) 도용면(고덕면) 계명리(사리)에 거주하는 박진창은 궁벽한 시골에서 가난하고 문벌 없는 한미한 집안으로 보잘것없는 사람입니다. 하지만 그는 어려서부터 부모님께 효도하여 정성을 다하였습니다. 부모님 뜻에 앞서 효도를 다 하였습니다. 배우지 않았어도 능히 저녁에 잠자리를 보아 드리고 아침에는 문안을 드리는 도리를 알았습니다. 도리어 이런 것을 가르치지 않았어도 잘 실천하였습니다. 어른이 되어서는 시와 글씨를 외우고 유교경전에 대한 이론과 실제를 기록하여 편찬한 예기를 알았습니다. 부모님 섬기는 도리에 맞게 돈독히 실천하고 정성을 다하니 모든 친척이 칭찬하고 시골 사람으로부터 칭송의 대상이 되었습니다. 그 후 부모님 상을 당하여서는 5, 6년간 소리를 내어 슬피 우는 모습을 지켜보는 사람마다 눈물을 흘렸습니다. 상을 당한 동안에 아침저녁 제물을 올려서 산 사람처럼 섬겨 예법에 올리는 일을 듣고 눈으로 보는 사람마다 칭송하였습니다.

… 이에 감히 안찰사(암행어사) 각하에게 글을 올려 상신합니다. 엎드려 비옵건대 헤아려 주시고 이런 점을 참고하여 두루 살펴보신 후 특별히 굽어 살피시어 임금과 신하들이 모여 논하고 집행하는 곳에 장계를 올려 정려를 내려주시기를 간절히 축원합니다."

수의각하(어사또) 처분(사리 2구 소재)

경술십이월 일(1850년, 철종원년에 신청 발원)

그 후 1870년(고종7) 『승정원 일기』 박진창의 효행에 관한 기록이다. '4월 2일 임금 행차 시 상언한 내용에 대해 보고하고 팔도 등에 관문을 보내 실적을 자세히 조사한 뒤에 품처하겠다.'는 예조의 계 내용은 이렇다.

"… 공충도 유학 윤선재 등이 덕산고 학생 박진창의 효행을 위하여, … 삼가 하교에 따라 팔도와 사도에 관문을 보내 실적을 자세히 조사해서 일일이 사유를 갖추어 등문하게 한 후에 품처하겠습니다. 감히 아룁니다." 하니, "알았다"고 전교하였다.

그 후 3개월이 지난 9월 23일자 임금 행차 시 받은 상언에 대해 하교에 따라 사실 여부를 자세히 탐문하여 임금의 명령을 받아 일을 처리하겠다는 예조의 계이다.

예조가 아뢰기를, "이번 행행 때 받은 상언에 대하여, 해조로 하여금 각각 해당 도신에게 공문을 보내서 상세히 조사하여 계문을 작성하도록 명하셨습니다. 사람들의 상언을 살펴보니, … 충도 유학 이승일 등은 덕산 사람 고 학생 박진창의 효행에 대해 상언하였고, 공충도 유학 송택 등은 박성대의 효행에 대해 상언하였습니다.

… 상은 모두 포장하는 은전을 요청한 것입니다. 삼가 하교대로 각 해도에 알려서 이 일의 사실 여부를 자세히 탐문한 다음 낱낱이 사유를 갖추어 등문하게 한 후에 임금에게 아뢰도록 하겠습니다. 감히 아룁니다." 하니, "알았다"고 전교하였다.

효자 박진창(朴鎭昶, 1784~1837) 정려는 고덕면 사리에 있다. 그는 어릴 때부터 효행자다. 부모가 살아계실 때 극진히 모셨다. 부모가 죽자 묘 옆에서 5~6년 여막을 짓고 생활했다. 그런 효행이 알려져 위 내용으로 보아 유생들에 의한 상언은 이루어져 그 후 23년 지난 1893년 효자 명정을 받았다.

조선시대에 정려를 받으려면 그 고을의 관청과 유학자, 정려를 받으려는 사람의 후손이 신청해야 했다. 중앙의 예조인 행정관청에 신청하여 효자로 인정받으면 임금의 명인 명정을 받았다. 이러한 정려를 받는 일은 그 사람의 집안뿐만 아니라 그 마을의 경사였다.

왕에게서 받는 최고의 포상 가운데 하나인 정려문을 받으려면 지역 유림의 지지가 필요했다. 조선시대 유림이 직접 나서서 명정을 요청한 자료를 살펴보고 이 글 쓰게 되어 나는 기쁘다.

어릴 적 고덕면 사리에 있는 방앗간에 떡을 하러 어른들과 자주 다녔다. 정려각은 무당집 같아서 아예 접근하지 않았다. 그곳을 다니는 동안 무서웠다. 그것이 무엇인지 알려주는 사람도 없고 관심을 가지지 않았다. 지금은 상황이 달라졌다. 정려각 상태와 정려문 기록을 파악하려고 예산군 전역을 다니다 보니 어릴 적 살던 이웃 마을이라 더 정이 간다.

현재 박씨 후손 가족은 외지로 이사 가서, 사연 깊은 박진창 효자 정려문을 보살펴 주는 이 없어 안타깝다.

또 다른 상언 방법으로 임금 행차 시 상소를 올린 효행 인물로는 고덕과 인접한 봉산면 당곡리 193-1 김상준·김현하 부자이다.

김해김씨 김상준金相俊과 김현하金顯厦 부자의 효행을 기리기 위해 1892년(고종29) 정려문이 세워졌다. 김상준은 어머니가 병이 들자 의원을 찾아 약을 지어 오다가 날이 저물어 길을 잃었는데, 호랑이가 나타나 길을 인도해 주었다. 아들 김현하도 부모의 상을 당하자 여막을 짓고 6년을 하루같이 채소와 물만 먹으며 지냈다.

격쟁 사례는 아니지만 유생을 대표하여 상소를 올린 예산군과 관련된 인물에는 이약수·이계전·김구·최익현 등이 있다.

이약수(李若水, 1486~1531)는 1519년(중종14) 기묘사화로 조광조가 유배되자 성균관 유생 150여 명과 함께 궁궐에 나아가 상소를 올렸다. 궐문을 제치고 평전문 밖까지 나가서 통곡한 일로 중종의 노여움을 사 윤언직·홍순복 등과 함께 투옥되었다. 1521년 평해에 유배되어 1531년 대홍으로 이배를 당하고 같은 해 사망했다. 이약수는 3형제 중 맏이다. 둘째 이약방은 사정시정으로 있을 때 '양재역 벽서사건'으로 처형당했다. 셋째 이약해는 명종 1년에 직제학에서 나주목사로 체직되었다가 을사사화에 사사됐다.

'금부도사가 세 번 온 영남의 유일한 억울한 집'이라고 대흥면에서
발행한『대흥면지』에 나온다.

1605년(선조38) 원통한 사정을 풀게 되었고, 1708년(숙종34) 대흥현 우
천사(현 우천사우)에 봉향했다. 묘소는 예산군 대흥면 교촌리 산7-79 있
다. 작년 여름 나는 아내와 이약수 사우를 찾아서 갔지만 묘소는 찾
지 못해 아쉬웠다. 이약수 사우에서 내려오면서 졸시를 썼다.

대흥 교촌리 소우물 마을

아내와 대흥 이약수 묘 찾아 나선

소우물 동네

〈 이약수 사우 〉

마을에 이르자 우물이 있다.
아랫마을 우물가 낡은 고무바가지 뜬 물로
우리 부부 손을 닦으니 시원하다.
나의 등에 흘러내리던 땀방울이 움찔했다.
외지인을 위해 바가지에 물은 담아 놓은 우정골
대흥 교촌리 동민의 지혜 엿보인다.

이곳 대동 샘은
조선 기묘명현의 기구한 선비 이약수
가족, 형제들이 큰 화를 당하여
한이 서리고 슬피 울어 흘러내린 눈물이다
사시사철 마을 샘 마를 날 없다

  이계전(李季甸, 1404~1459)은 1427년(세종9) 친시 문과에 을과로 급제했다. 집현전학사가 된 이후 다수의 국가 편찬 사업에 참여했다. 1458년 세조로부터 계유정난과 단종 복위 운동에 참여하지 않고 세조를 도운 공로에 대해 칭송하는 특별 교서를 받았다.
  충남 예산군 봉산면 봉림리 50-2에 문열공 한산이씨 이계전의 부조묘가 있다. 한산이씨 가문은 이흡이 덕산에 입향하면서 세거하였다. 이때 이계전의 부조묘 제향이 이곳에서 이루어졌다. 묘소는 경기도 여주시 점동면 사곡리 가래울 마을에 있다.
  "이계전이 유생 1천 70명을 거느리고 헌가요를 했다."라는 한시 노래 말이 1452년(문종2) 4월 10일『문종실록』기록은 이렇다.

〈대흥 교촌리 대동샘〉

"임금이 재전에 돌아와서 원유관을 쓰고 강사포를 입고 의장과
고취악을 갖추어 궁궐에 돌아오니, 종친과 백관들이 조복차림
으로써 시위하였다. 도상에서 나희를 설치하고, 또 채붕을 경복
궁 문전에 설치하였다. 성균 박사 이계전이 유생 1천 70인을 거
느리고 헌가요를 하였는데, 그 가사에 이르기를,"

"우리 임금을 우리가 떠받드니 성덕은 탕탕하여 요상의 이마와
같았으며, 내가 지은 시를 내가 노래하니, 면면한 질과는 주 왕
가에 빛이 났습니다.

백성이 편안하고 풍속이 번성하여 어린애가 부모를 사모하듯이
다투어 만세를 불렀습니다. 신의 무리들은 노둔하고 용렬하나
다행히 천재 일시를 만나서 오늘날을 보게 되었으니, 즐거운 마
음을 분발하여 강구연월을 영구히 축원하면서 종사의 안녕을
노래합니다."

조선시대 강하게 상소한 예산 인물로는 예산군 신암면 김구, 광시면에 묘소가 있는 최익현 등이 있다.

김구는 성균관 유생으로『소릉복위 상소』올린 소두였다. 최익현은 『계유상소』를 올려 흥선대원군 세도를 무너뜨렸다. 그는 도끼를 들고 상소하며 일본 침략 의도에 맞선 지부상소持斧上疏를 올렸다가 험지로 유배를 가고 고초를 당했다.

예산에는 지조와 절개를 내세우고 나라의 안녕을 위해 상소를 올려 몸을 바친 선비들이 많다. 나는 그분들이 자랑스럽다.

너무 장황하게 문헌을 발췌하여 나열하다 보니 부족한 점이 많다. 앞으로 좀 더 보완하고 체계적인 연구를 위해 매진하려 한다.

〈광시 최익현 묘〉

제5부

온천

5.
303년 전 채팽윤이 <덕산온천> 한시를 남기다

최근 예산군 덕산면을 다녀왔다. '덕산온천 관광호텔'이 몇 년째 문을 닫고 있다. 을씨년스럽다. 덕산 온천호텔 주변에 있는 식당, 노래방, 로또점 등은 다른 곳으로 이사 가거나 아예 문을 닫았다. 과거 화려했던 덕산온천이 사양길로 접어드는 느낌이다.

덕산면사무소 뒤편 '로얄호텔'(덕산면 덕산향교길 30-20)은 현재 리모델링 중이다. 8년간 휴업하다가 어려움을 이겨내고 신익선 예산군 문인 대선배가 올해 새롭게 개장을 준비 중이라 땀을 흘리고 있다.

'로얄호텔'이 새롭게 단장하고 활짝 문을 열어서 옛 명성을 되찾아 전국의 유명온천의 명소로 되살아나길 기원하고 있다. 그러한 나의 간절한 마음이 통했나 보다. 어제 새벽녘 개잠을 자다가 글감이 떠올라 벌떡 일어나 허리를 곧추세우고 '303년 전 채팽윤이 <덕산온천> 한시를 남기다.' 글을 썼다.

덕산온천은 유래가 깊다. 조선시대의 유학자 이율곡은 저서『충보』
에 유래가 전해진다.

'학 한 마리가 이곳의 논 한가운데서 날아갈 줄 모르고 서 있기에
동네 주민들이 가까이 가서 살펴보니 날개와 다리에 상처를 입고
서 따뜻하고 매끄러운 논의 물을 열심히 상처에 찍어 바르고 있었
다. 이렇게 사나흘 논에 고인 물로 상처를 치료한 학은 상처가 아
물어 날아갔다.'라는 기록이다.

덕산온천은 조선시대 이후 전국의 온천명소라 다녀간 사람이 많
다. 그중 1721년 조선시대 채팽윤(1669~1731)이 다녀간 기록이 전해지
고 있다. 그가 덕산온천 방문과 관련된 한시는 1720년 이후 조선시대
임금의 행적과 시대적 상황과 조선인의 삶을 살짝 엿볼 수 있다.

1721년 신축년 6월 8일 홍양관에 들어가 국련을 지내고 부스럼 때
문에 덕산온천에 가서 목욕하는데. 주목 이정재가 서리에게 명하여
보호하고 따라가게 했으나, 서리는 서류로 사양한다고 보고하다.

근심 걱정으로 병들어 석 달을 보내고 어진 은혜 입어 이틀 휴가 내
어 멀리서 윤택한 물길 나눠주어 나를 전송하여 온천에 이르렀다.

辛丑六月八日。入洪陽舘過國練。以瘡轉浴德山溫泉。主牧李侯 廷濟
命吏護行。吏回草 愁病淹三月。仁恩得二天。遙分河潤澤。送我至溫泉。

〈출처 : ≪희암집≫권15 詩〉

1721년(경종1) 6월 8일 채팽윤은 홍양관(홍주관사)에서 국상이 지난 지 1
년 만에 소상을 지내고 난 후 부스럼 때문에 덕산온천에서 목욕했다.

채팽윤은 고향인 충청도 정산으로 돌아가다 부모님을 만나려고 덕
산현에 〈돌아오는 길에 적으며〉 '회도기행回途記行'을 남겼다. 여러
정황으로 근거지가 인근 보령, 정산, 홍주 같다.

1716년 홍주목사에 제수되었으나 자신이 사는 곳이란 이유로 사양
했다. 아버지 상을 당했을 때 고향 선산인 홍주로 모셔서 장례를 지
냈다. 1728년 이인좌의 난 이후에는 남산 근처에서 머물렀다. 채팽
윤의 부인 청주 한씨와 기계 유씨 모두 홍주, 청양 등지의 대표적인
향촌 사회에서 중소 지주로서의 경제적 기반과 사족으로서의 신분적
배경을 가진 가문 출신이라 보령과 정산, 홍주, 청양과 인연이 있다.

채팽윤은 충청남도 보령 출신으로 시문과 글씨에 뛰어났다. 숙종
과 영조의 재위 동안 총애를 받았다.

충청수영성 영보정에 올라 "호서의 많은 산과 물 중에 연보정이 가
장 뛰어나다."라고 극찬했다.

충청도 홍주목 덕산현에 있는 덕산온천에서 목욕하고 다녀간 후
10년 후에 사망했다.

1731년(영조7) 『영조실록』에 "전 참판 채팽윤은 63세에 졸했다."라는
기록이 있다. 그 내용은 이렇다.

"전 참판 채팽윤蔡彭胤이 졸하였다. 채팽윤은 6·7세 때부터 신동으
로 이름이 났으며, 19세에 진사시에 합격하고, 21세 때 과거에 합격

하여 한림으로 독서당에 뽑혔다. 숙종은 항상 왕명 전달·알현과 왕이 쓰는 붓과 벼루의 공급하는 액정서에 딸린 하급 관리와 하인에게 남이 알아보지 못하도록 평소와는 다른 옷을 차려입게 하고는 그 뒤를 따르게 하여 언제든지 한 편의 시가 나오면 번번이 베껴서 대내로 들어가니, 이에 시명이 일세에 진동하였다. 중년 이후에는 전야에 물러나 살며 더욱 문장에 힘을 쏟으니, 그 시가 출중하여 미루어 헤아리기 어렵고 정도가 넓어서 미루어 헤아리기 어렵다며 권하고 좋은 일에 힘쓰도록 장려했다. 영종 조에 벼슬이 예문 제학에 이르렀으며, 63세에 졸하였다. 《희암집希菴集》29권이 세상에 전한다.

前參判蔡彭胤卒。彭胤自六七歲, 以神童名, 十九進士, 二十一登第, 以翰林選讀書堂。肅宗常使披隷, 變服隨其後, 每一篇出, 輒謄入大內, 於是, 詩名震一世。中年以後, 屏居田野, 益肆力文章, 其詩汪洋壯嚴。英宗朝, 官至藝文提學, 六十三卒。有《希菴集》二十九卷, 行于世。"

1721년(경종1) 신축년 충청도 홍주목 덕산현은 가난한 고을로 되어 갔다. 조선 정국은 소론과 노론간 분쟁이 심했다. 소론 중진인 이조판서 최석항의 양자 최창억이 공조낭관으로 있다가 덕산현감으로 발령이 났다. 덕산이 가난한 고을이라 해서 관아의 당하관 정6품직 좌랑 중신의 아들로서 그 직의 임기가 만료된 뒤에도 옮기지 않고 계속 그 직을 그대로 눌러 앉혀 비방을 받는 1721년 한해이다. 충청도 홍주목 '덕산현'의 암울했던 시대 상황은 이렇다.

김진규가 숙종의 선위를 적극 지지하려다 잘못되어 덕산에서 귀양살이하고 간 다음 덕산의 역사에 관한 주장이나 이론은 전체적으로 반노론적 색채가 강해지기 시작했다. 충남 예산군 삽교읍 목리에 살던 이흡이 성혼의 제자로 그 후손들이 소론적 색채를 띠고 있었다. 봉산면 시동리에 살던 조극선도 조익과 박지계의 제자이라 그 후손 역시 소론이다.

더구나 충남 예산군 상장2리에 터 잡게 된 이명진의 양자 이침이 그 본생 둘째 형인 이잠의 장살로 노론에 적대 감정을 품어 이담의 현손으로 우암 송시열 문인 된 외숙 이서와 의절할 지경에 직면했다. 결국 김진규가 고심하다 발의해 세운 회암서원도 노론 단일 색채를 가지지 못하고 결국 노소 연합 색채를 드러냈다.

이런 나라 다스리는 분위기는 왕세자 경종(1721~1724)이 등극하자 더욱 고조되어 왕세자 생모인 희빈 장씨가 궁방전을 이곳 덕산에 마련했다.

그 당시 박찬신의 행적을 살펴보면 홍주목 덕산현이 강등되어가는 것을 이해할 수 있다. 1728년(영조4)무신 '이인좌의 난'에 소론인 병조판서 오명항을 도순무사로 삼아 순토사 김중기, 중군 박찬신 등을 거느리고 이들을 토벌했다.

덕산현은 이인좌 모의의 한 거점이 되었다. 덕산의 어떤 절이 이인좌 일당의 거점이 되어 인근 유력 인사 등을 유인 동참하게 하고 민심 반란으로 유도해 갔다. 이 절이 바로 덕산 가야산 백암사이다. 무신의 난에 실패하자 도망하여 종적을 감춘 황진기가 내포 가야산에서 중으로 행세한 사실이 전국에 퍼지면서 밝혀졌다.

덕산현에서 이러한 반노론적 분위기는 이인좌 난에 적극 가담하려 했던 무장 한 명을 길러냈다. 1728년 조선 영조가 이인좌의 난을 다스린 공으로 오명항 등 열다섯 사람에 포함되어 2등 공신에 포함되어 어영대장, 포도대장, 삼도수군통제사, 한성판윤 등을 지내다 역적임이 드러나 참수된 함령군 박찬신이다. 그는 관직 기간에 부를 많이 축적하고 사치스러운 생활을 누리다 상소문이 여러 차례 조정에 올려지고 파직의 대상이 되었다.

우여곡절 끝에 박찬신은 1755년 3월 18일과 3월 20일 두 차례 영조 임금이 죄가 크다고 생각하고 몸소 신문을 더 거친 다음 목을 베어서 남문 밖 높은 곳에 매달아 뭇사람들에게 보이게 했다. 3월 22일 중훈무는 훈안에서 박찬신의 이름을 삭제하고 반교문축과 화상축 회맹록 권을 회수해 임금의 허락을 받고 불에 태웠다.

충청도 홍주목 덕산현이 박찬신의 출생지라 해서 강호의 의미로 채팽윤이 덕산온천을 다녀가고 34년 후인 1755년 3월 25일에 덕산현은 충청도 54현 중 맨 끝의 서열에 놓이는 수모를 받았다.『영조실록』에 수록된 내용이다.

이조에서 아뢰기를,

"박찬신朴纘新은 충청도 덕산현의 태생이니, 여기에 관계된 현감에게는 강등할 칭호가 없겠지만, 청컨대 반차班次를 제현諸縣의 끝에다 두어 깎아내리고 강등시키는 뜻을 보이게 하소서." 하니, 임금이 윤허하였다.

吏曹啓言: "續新胎生於忠淸道 德山縣, 德山係是縣監, 無可降之號, 請班次於諸縣之末, 以示貶降之意。" 上允之。

　예산지역은 영조가 등극 후 남소론이 굳게 뿌리를 내렸다. 정국의 소용돌이 속에 가담하지 못한 문인은 덕산에 모여 활동했다.

　조선시대 정쟁 싸움에 휘말려 많은 학자나 정치가들이 유배나 벼슬을 그만두고 예산지역에 은거하며 지냈다. 그들은 예산지역에서 학문을 연구하고 교류를 했다.

　덕산은 조선 후기 실학자 성호 이익의 학문을 계승하고 발전시킨 자랑스럽고 역사적인 고장이다. 이익의 숙부 이명진이 혼인하여 덕산에 거주하였다. 이익의 친형 이침을 양자로 후사를 있게 했다. 그 이후 여주이씨 이용휴, 이병휴, 이삼환 등이 성호 이익학문을 계승 발전을 시켰다. 그리하여 덕산과 고덕지역에 많은 문인이 활동하였다.

　앞에서 소개한 덕산온천과 관련된 조선시대 채팽윤의 한시를 음미하고는 성호 이익의 제자들의 활약 상을 발굴하고 계승하는 일은 '예산지역 문인의 몫이 아닌가?'라는 생각이 들었다.

　과거 303년 전 예산군의 일부 덕산현은 충남 53개 현 중 최하위에 강등되었으나 예산 군민이 패역의 골짜기에서 서로에게 기댄 채 슬기롭게 음지의 뿌리에서 겨울을 이겨냈다.

　말발굽에 밝혀진 풀이 서서히 고개를 들고 화들짝 웃음이 짓도록 닫혀있던 덕산온천지구와 인근 호텔들이 우후죽순 살아나서 재개장되어 전국의 제1의 덕산온천 명소가 되었으면 한다.

반가운 소식이다. 충청남도와 예산군이 덕산온천을 활성화하고자 98억 4천만원의 매입대금 지불단계에 접했다. 명지의료재단과 체결한 내포명지종합병원을 건립하여 충남도민과 예산 군민을 위해 온천 헬스케어 시설을 만들어 '건강 회복' 관광지를 만들려고 노력 중이다.

　충청남도와 예산군이 협업하여 덕산온천 전 지역은 전국의 건강 회복 관광지로 부각되길 기대한다.

※ 이글은 가야산역사문화연구소에서 발간한 가야산역사문화총서 3, 『내포가야산 한시 기행』 과 『고덕면지』 참고하였습니다.

제6부

인물

6-1.
덕산현감 김자흠
두 만기 1,800일 채우다

조선시대 군현에 파견되는 관리를 수령이라 했다. 고을에 따라 파견되는 품계가 달랐다. 종2품에서 종6품에 해당하는 수령을 파견했다. 덕산현은 현감(종6품)이다. 관찰사는 현감보다 위이다.

수령에게는 임기 중에 꼭 해야만 하는 '수령칠사'가 있다. 현지 사정을 잘 모르는 수령을 위해 유향소가 현지 자문을 맡고 수령을 보좌하는 보조 역할을 했다.

백성들이 수령을 고소하지 못하게 하는 '부민고소금지법'을 만들었다. 지방권력의 실세이던 당시 향리들의 수령 고소를 막아 중앙행정권력인 수령을 보호하려는 집권 정책이다. 물론 백성들 또한 고소가 금지되어 초기부터 폐단이 나오자 세종은 이 문제를 알고 '부민고소금지법'을 계속해서 개정해 나갔다.

관찰사·수령을 일반 백성이 고소한 경우 이를 수리하지 않으며, 고소자를 장 100, 도徒 3년에 처하였다. 또한 타인을 몰래 사주해 고소하게 한 자도 같으며, 무고한 자는 장 100에 유 3,000리 형으로 처벌했다.

　조선시대 1448년에 덕산 현감 김자흠이 두 만기인 12년(1,800일)을 채우고 연임이 불가능하자 사헌부 감찰로 승진해 내직으로 갔다. 김자흠 덕산 현감 후임으로 안자립이 덕산현으로 내려왔다.

　신임 관료는 동반 9품·서반 4품 이상은 인사권자인 국왕에게 관직에 제수된 그들은 은혜에 감사하는 의례를 치렀다. 이것이 '사은숙배'이다.

　상서원에 대기하다가 숙배의 명이 떨어지면 승정원에 가서 문밖에서 세 번 사배하였다. 그리고 국왕을 직접 알현했다. 왕에게 절하는 이유는 군신 간의 의리 관계를 결속시키려 했다.

　'하직숙배'는 신임 수령과 변경을 지키는 장수가 서울에서 임지로 내려가기 전에 국왕에게 하직의 인사를 드리는 의례이다. 국왕은 이 자리에서 자신이 직접 다스려야 할 통지의 임무를 대행하는 수령에게 선정을 당부했다.

　농상을 번성시킴, 호구를 늘림, 학교를 진흥시킴, 군정을 닦음, 역의 부과를 균등하게 함, 소송을 간결하게 함, 백성의 교활하고 간사한 버릇을 그치게 하는 '수령칠사'를 하직하는 자리에서 왕이 지방관으로 부여하는 자에게 질문을 던졌다. 이 '수령칠사'는 지방관에 대한 인사고과 기준이다. 이것은 지방관으로 명심해야 할 사항이다. 목민관으로 백성을 다스리는데 준칙 사항이다. 왕이 지방으로 부임하는 수령에게 '수령칠사'를 무엇인가 물어보는 것은 목민관이 초심을 잃지 말라는 의미이다.

　성종 때의 일이다. 신창현감으로 발령은 받은 신창 현감 김숙손이 하직하니, 임금이 김숙손 만나고 물었다,

　"너의 출신은 어느 곳이냐?"

하니, 대답하기를,

　"무과입니다."

하니, 칠사를 물었으나, 김숙손이 대답하지 못하고 머리를 숙인 채 자리만 긁으니, 임금이 말하기를,

　"비록 칠사를 안다고 하더라도 오히려 백성을 다스릴 수가 없는데, 더구나 알지 못함이랴!"

　노한 성종은 "김숙손의 임명을 철회하라."고 명령했다.

　그리고 승정원에 명하여 이조에서 사람을 옳게 쓰지 못한 이유를 물으니, 겸판서 노사신·판서 이극증이 와서 대죄하였다. 전지하기를,

　"내 처음 즉위하여 올바른 사람을 얻으려고 생각하는데 경 등은 이와 같은 사람을 천거하니, 이것은 반드시 자세히 살피지 못한 까닭이니 대죄하지 말라." 성종은 말했다.

　조선 후기 대과에 합격하여 관로로 진출할 길이 열렸더라도 지방의 수령을 제수받는 일조차 어려웠다. 오죽하면 문관들이 홍패를 끌어안고 굶어서 죽기도 했다.

　먼 도의 수령이라도 한번 제수받아 임기가 만료되면 헛되어 미명을 과장하고 사람들은 고용해서 궁궐 앞에서 피켓을 들고 유임해 달

라는 시위도 있었다. 그 피켓을 산이라 했다. 그 몸체의 주위에는 송덕이라는 문자로 수를 놓고 이어진 끈의 폭에는 각각 그 고을 인민의 성명을 수 놓았다. 그리고 송덕비는 부임한 직후부터 행정구역 각처에 세워져 과장하여 말하면 수십 개에 이르기도 했다.

현감이 6년 임기도 채우기 어려운데 12년 연임하는 사례는 고려시대나 조선시대에 흔하지 않은 일이다.

세종 19년부터 세종 30년까지 예산군 덕산에서 이런 일이 있었다는 일은 덕산면 전체가 조용하고 살기 좋은 고을이었던 같다.

아마 이런 일이 있었던 것은 국왕의 인사원칙이 적임자를 무한 신임한 시기인 듯하다. 덕산현은 그 당시 민심이 순박하여 고소 고발보다는 너그럽게 일을 잘하는 사람을 높이 평가하는 선비의 고장이었던 같다. 김자흠이 탁월한 목민관인 것 같다.

김자흠金子欽은 본관은 강릉이다. 첨지중추원사를 역임한 김자갱의 동생이다. 1444년(세종26)에 식년 문과에 급제하여 벼슬에 올라 각종 요직을 거쳐 호조참의에 올랐다.

김자흠 3형제가(김자갱, 김자흠, 김지현) 연이어 과거시험에 합격한 집안이다. 김자갱의 동생 첨지중추원사를 역임했다

그의 신도비는 강원특별자치도 강릉시 대전동에 있다.

군수, 현감, 관찰사 등 관직을 유지하기 위해 임금에게 잘보이기 위해서 주민을 선동하여 영세불망비를 인위적으로 세운 현감이 많다.

그런 경우는 보다 세밀한 물품과 돈을 주고서 관직을 연임한 사례

가 1622년(광해군14) 10월 전라도 나주목사와 함평현감 재부임을 위해 쌀 1,000석과 300석을 바친 사례이다.

유석증은 임지에서 근신하면서 잘 다스렸고 이홍망도 청렴하고 근신한 사람이라고 기록한 사관은 기록했다.

"백성들의 마음이 무척 감동적이다." 말하면서 감탄했다

목사와 현감의 공정 가격이 각각 쌀 1,000석과 300석이라면 엄청난 돈이다. 먹고 살기도 어려운데 어디에서 쌀을 구입하여 백성들이 돈을 바치고 그들의 수령과 현감을 연임을 관철하고자 노력한 것은 웃지 못할 일이 벌어진 것이다.

그러한 내용이 『조선왕조실록』에 기록되어 있다.

전라도 나주와 함평 백성들이 각각 목사 유석증과 현감 이홍망의 유임을 청하다.

전라도 나주에 사는 진사 김종해 등 1백여 명이 쌀 1천 석을 바치면서 목사 유석증을 유임시켜 주기를 청했고, 함평 백성들이 쌀 3백 석을 바치면서 전 현감 이홍망을 현감으로 제수해 주기를 청하였다.

(이 당시 수령들을 제수하는 데 있어서 모두 뇌물을 받았기 때문에 서로 박탈을 일삼았다. 그런데 유석증은 전에 영광의 수령으로 있을 때 청백하고 근신하여 잘 다스렸고, 홍망도 청렴하고 근신하였기 때문에 이러한 청을 한 것인데, 백성들의 마음 또한 감동적이라고 할 수 있다.)

충청도 홍주목 덕산현은 두 만기 임기 1,800일 김자흠 현감이 채웠다.

덕산온천이 본격적 개발이 시작된 지 107년이 흘렀다.

덕산지역은 온천개발지이다. 연간 오백만 명 이상 덕산면을 찾아와 전국의 온천명소가 되길 바란다.

6-2.
효행이 남다른
현감과 선비

조선시대에 상피제도의 운영 목적은 관료의 비리를 차단하는 것이다. 가까운 친인척끼리 같은 관청과 자기 고향에서 근무하지 못하게 했다. 그 결과 인척 간의 관계를 이용한 부정부패를 막았다.

상피제도의 적용 범위는 친족, 외족, 처족 등의 4촌 이내로 한정했다. 그 외 비리가 발견과 예상이 되면 법리를 확대 적용하면서 중앙관직과 지방관직 임용을 엄격하게 적용했다.

과거시험에 최종적인 합격자가 정해지면 문과 방목이 작성된다. 방목에는 단순히 합격자의 이름만 기재되는 것이 아니다. 합격자의 이름, 생년, 본관, 거주지, 그리고 부, 조부, 증조부, 외조부의 이름과 관직을 기록했다. 방목의 글자나 내용이 잘못되었을 경우 해당 시관은 징계당했다. 문과 방목은 방목에 적힌 과거 급제자의 이름을 부르기 전에 미리 완성했다. 문과 시험장의 사전 준비가 소홀하고 미흡하면 주무 부서 장인 예조판서를 파직하는 엄격한 규율을 적용했다.

관직 생활을 고향에서 하지 못하게 하다 보니 조선시대 예산 출신인 현감은 거의 없다. 과거시험에 합격했더라도 상피제도 엄격하게 적용하다 보니 다른 지방에 나가 군수, 현감. 관찰사, 영의정, 무관 장군(장수), 청나라, 일본 조선통신사 등의 관직 생활했다. 파직되었거나 나이가 들면 고향인 예산으로 많은 사람이 돌아왔다. 그러다 보니 조선시대 예산인 벼슬아치들은 다른 곳으로 발령받아 현감, 관찰사 등을 역임했다.

암행어사는 예외인 것 같다. 추사 김정희는 41세 때 충청우도 암행어사 시절 홍성, 예산, 서산, 태안, 당진, 보령 등을 다니며 100여 일간 비인 현감 등 59명을 조사하여 그중 12명의 비리를 적발하여 처벌받도록 했다.

전국에 정려문과 공덕비가 많다. 산재되어 있는 정려각과 공적비는 과거에 동헌 앞이나 집단적으로 모아서 양쪽 도로변에 모았다. 고을 수령, 현감, 군수 공덕비가 많다. 고을 수령이 바뀔 때마다 관례처럼 공덕비를 세웠다. 부정부패에 몰입하던 수령이 자신의 청렴을 위장하기 위해 세웠다. 어떤 고을의 수령은 자신의 악정이나 무능을 은폐하고자 지방 고을 사람을 매수하여 공적비를 세웠다. 공덕비가 예산군에 4개나 있는 것을 보면 부와도 연관이 있다. 예로는 삽교 인동장씨 가문이다. 99칸의 기와집과 15만 평의 토지를 소유한 갑부였다. 인동장씨 가문이라 예산에 이름난 현감 등과 관직을 타지에서 마친 선비가 있다. 대부분 예산의 연고가 아닌 타지인이다. 고려와 조선시대 관직에 있을 때 부모가 위중하면 현감, 군수라도 과감하게 관직을 사임했다. 부모에 대한 효를 중시하는 유교 사회는 지금의 현실과 대우 다르다.

조선시대 관련 문헌에서 예산지역 현감의 부모 공양 사례와 남다르게 효행을 실천한 선비의 활약상을 볼 수 있다. 예산인이 타지로 나가 관직 생활한 선비와 예산현, 덕산현, 대흥현으로 발령을 받아 관직을 하는 동안에 현감직을 훌륭히 수행한 모범적인 효행 사례는 이렇다.

□ 예산현 현감 정세익

'충청남도문화원연합회'에서 2017년 지방문화원 원천콘텐츠 발굴 지원 사업으로『예산의 고지도와 지리지』발간했다.

『여지도서』번역문, 충청도 예산현(효자)편에 나오는 현감 정세익(鄭世瀷)은 재직시 동생과 함께 효행을 몸소 실천한 인물로 평했다. 그 외 다른 고증 문헌에 예산현에 정세익 군수의 행적을 살펴보았으나, 정확한 기록은 없다. 행적을 자세히 살펴보지 못해 아쉽다.

효행이 뛰어난 선비, 양인, 노비 등의 효행 추천서에는 대부분 지역 유생이 선비와 마을 여러 사람의 연명으로 성주(군수, 감무, 현감)에게 올리는 것이 상례였다. 정세익이 예산현 현감이라 상급 기관인 감영(관찰사)에 정려문을 내려달라고 청원으로 추측된다.

아래 내용은 예산현감 정세익 인재로 추천한『여지도서』에 수록된 효행 관련 원문의 내용은 이렇다.

"현감 정세익은 어머니가 병에 걸려 제 손가락을 잘라 그 피를 내어 바치니 효험이 있었다. 사람들이 그의 효성에 감동하여 연명으로 감영에 글을 올리니 감사가 보고하였고 뒤에 또 고을에서도 천거했다. 정세량은 정세익의 아우로 부모를 섬김에 그대로 따르며 어기지 않았다. 어머니가 병이 들자 형 정세익과 함께 손가락을 잘라 피를 내어 바치니 효험이 있었다. 연달아 부모상을 당해 3년 동안 흙더미를 베고 자며 죽만 먹었다. 몸이 야위도록 슬퍼했으니 예의범절에 지나칠 정도였다. 사람들이 그의 효성에 감동하여 연명으로 감영에 글을 올리니 감사가 보고하였고 뒤에 또 고을에서도 천거했다."

"傳, 而身已故矣。贈金吾郎。郡守鄭世翊。母病, 斷指, 有效。人感其孝, 聯狀監營。監司啓聞, 後又鄕薦。
鄭世良。世翊之弟。事親, 承順無違。母病, 與兄世翊俱斷指, 有效。後連遭父母喪, 三年枕土啜粥, 哀毁過禮。人感其孝, 聯狀監營。"

□ 대흥 현감 안민학

안민학(安敏學, 1542~1601)은 한성(현, 서울특별시)에서 태어났다. 과거에 뜻을 두지 않고 경·사·백가를 널리 섭렵하고는 25세에 이이·정철·이지함·성혼·고경명 등과 교유하였다. 1580년(선조13) 이이의 추천으로 희릉참봉이 되었다. 사헌부감찰이 되고 나서 대흥·아산·현풍·태인 등지의 현감을 했다. 1601년 홍주 신평에서 60세 사망했다.

대흥현감 시절 불효의 허물을 캐묻고 따지는 대상이었다. 흥미로운 사실이다. 불효자는 물론이고 불효와 형제간 사이가 나쁘면 지탄의 대상이 되어 관직에서 물러났다. 임금과 신하가 논의하여 관직을 임명 또는 파직했다.

1583년(선조16) 8월 3일 『선조실록』에 '사헌부가 대흥 현감 안민학의 불효 논핵'을 아뢰고 합당 여부를 임금이 결정했다.

안민학 대흥현감을 부모를 잘 섬기지 아니하며, 형이나 연장자에게 공손하지 못하여 파직을 요구했다. 그러나 선조는 천천히 결정한 후 안민학 대흥현 현감직을 다른 현감으로 바꾸라고 했다.

"불효 부제한 사람입니다. 임금에게 파직을 사헌부가 파직을 명하소서"라는 것으로 보아 불효는 현감 등 고위직에 임명되었다가 그러한 불효 사실이 발각되면 여지없이 시정하는 엄정한 유교 사회의 잣대를 보여주는 국가정책임을 알 수 있다.

그 후 불효에 관행 논쟁은 그것으로 끝나지 않고 재차 『선조(수정실록)』에서도 1586년(선조19) 제도관 조헌이 안만학이 붕당의 시비가 있으니 다른 현감으로 바꾸어 달라는 상소는 이렇다.

"사헌부에서 아뢰기를, "대흥 현감 안민학은 불효·부제한 사람으로서 감히 적극적으로 나아가서 일을 이룩할 생각을 가져 내심을 속이고 거짓을 행하여 과거에 응할 재주도 없는 주제에 과거를 대

수롭지 않게 여기는 듯한 태도를 보였습니다. 말재주로 사람들을 하루는 상서로운 지조를 지키며 권세를 쫓아다니면서 시정을 평론하는 등 그의 평소의 마음 씀씀이와 행한 짓들이 극히 무상합니다. 그가 처음에는 재행으로 벼슬을 취득하였고 나중에는 주선을 부지런히 하여 초승까지 하였으므로 물정이 통분해 하고 있습니다. 파직을 명하소서." 하였다. 답하기를, "아뢴대로 하되 천천히 안만학 사안에 대하여 판결을 하겠다." 하였다.

 … 그 후 대신에게 물었는데 대신이 모른다고 대답하자 안만학의 임기가 차거나 부적당할 때 다른 사람으로 바꾸라는 말만을 명하였다."

"壬子/府啓:"大興縣監安敏學, 以不孝不悌之人, 敢生進取之計, 匿情行才短應擧, 而自以爲不屑科擧, 口給毁人, 而日以爲好尙氣節, 追逐權要, 談論時政, 平生用心行事, 極爲無狀。始以才行取官, 竟以勤幹超陞, 物情痛憤。請命罷職。

 …"答曰:"依啓。"安敏學, 徐當發落。"後問于大臣, 大臣以不知對之, 只命遞差。"

 부모님과 형제, 연장자에게 잘못한 대흥 현감 안만학은 충청도 홍주목 덕산현 회암서원에 배향했다. 예산인도 아닌 안민학을 배향한 자세한 내막은 모른다. 분당 등 여러 계파에 휘말려 논쟁의 대상이 되었다.
 '효도하고 부모를 잘 보필했다.'라는 후대의 일부 역사학자들의 평가도 있다.

안민학의 학문적 연구와 그 당시 시대적 상황에 대하여 누가 올바르다고 서둘러서 주장할 사항은 아니다. 단지 불효한 타지인 대흥현 현감을 언급했다.

□ 조익

조익(趙翼, 1579~1655)은 서울에서 태어나서 임진왜란이 끝난 뒤 문과 별시에 급제, 관직의 길에 올랐다. 웅천현감을 지내다 광해군 때 인목대비를 밖으로 나오지 못하도록 일정한 곳에 깊숙이 가둔 사태가 일어나자 관직을 버렸다. 그 후 10여 년간 고향 광주에 은거하다가 충남 신창에서 거주하면서 학문에 열중했다. 35세 때 인조반정이 성사되어 벼슬길에 나가 53세 때 판서 등을 거쳐 72세에 우의정과 좌의정을 지냈다.

신양면 신양하천길 10-6(신양리 백석마을)에 그의 묘지와 신도비가 있다.

그는 병자호란 때 실종된 부친을 찾으러 다녀 인조 임금을 호종하지 못했다. 그 결과 사임을 당했다. 전쟁 중에 실종된 부친을 찾는 효성을 엿볼 수 있다.

병자호란이 끝난 뒤에 그 죄가 거론되어 관직을 삭탈 당했다. 1636년 예조판서로 재직시 아버지 상복을 벗고 조정에 유배되었다가 부모에게 효성을 다한 점과 패잔병 모아 남한산성에 있는 적을 공격한 공로 인정되어 그해 12월 석방되었다.

조정에서는 1646년(인조24) 이조판서 삼으려고 했다. 하지만 아버지가 늙어 고향에 돌아와 89세의 치매에 걸린 고령의 아버지를 돌보았다. 부친이 변비로 고생하자 60이 넘은 정승의 몸으로 손가락에 꿀을 발라 아버지의 변을 직접 긁어냈다. 병중에 계신 아버지와 늘 한방을 사용했다. 부모의 상을 당하자 3년 동안 눈물을 흘려 베개와 자리가 썩었다. 그러한 기록은 효행은『조야집요』에 있다. 평생 청렴하고 검소한 벼슬하여 집 한칸 밭 한자리가 없을 정도였다. 그의 고향 광주에서 1655년(효종6) 77세에 사망했다.

□ 예산현감 김연근

김연근金延根은 1866년(고종3) 예산현감 지냈다. 부모의 병이 있어 현감직을 유지하기가 힘든 상황이다. 부모의 병이 매우 위중하여 내려갈 수 없어 이조에서 고종임금과 논의 대상이었다. 부모의 병과 신병이 있으면 강제로 임지로 내려보내는 데는 어려움이 있었다. 예산 현감 김연근의 관직을 교체하고, 그 외 다른 군수·현감 등은 잘못하면 직무를 정지하는 등 엄격한 인사시스템을 알 수 있다.

이조 황종현이 아뢰기를,
… 예산 현감 김연근은 부모의 병이 매우 위중하여 내려갈 수 없다 하고, 여주 목사 이용직, 임피 현령 김재중, 금구 현령 홍순영, … 덕천군수 김병완은 신병이 갑자기 중해져서 내려가지 못한다고 하였습니다. 부모의 병과 신병이 이미 이와 같다면 억지로 임지로 내려보내는 데는 어려움이 있으니, 예산 현감 김연근은 다른 곳으로 바꾸게 하고, 여주

목사 이용식, 평창 군수 김철순, 덕천 군수 김병완, 임피 현령 김재중, 금구 현령 홍순영, 은산 현감 윤경진은 잘못이 있으니 자격을 박탈하고 그만두게 하는 것이 어떻겠습니까? 하니, 전교하기를, 윤허한다.

　答曰, 知道。
　… 禮山縣監金延根, 親病沈重, 不得下去云。驪州牧使李容直, 臨陂縣令金在重, 金溝縣令洪淳永 … 德川郡守金炳阮, 俱以爲身病猝重, 不得下去云。其親病·身病, 旣如是, 則有難强令還任。禮山縣監金延根改差, 驪州牧使李容直, 平昌郡守金哲淳, 德川郡守金炳阮, 臨陂縣令金在重, 金溝縣令洪淳永, 殷山縣監尹庚鎭, 竝罷黜, 何如? 傳曰, 允。

□ 효렴한 민회현

민회현(閔懷賢, 1472~1540)은 품행이 효성스럽고 청렴하여 주군에서 관리 선발 응시자로 추천한 사람으로 인정받아 관직에 등용되어 승진한 대표적인 인물이다. 부친 민질은 두 살 때 사망했다. 16세 때 모친상을 당했다. 3년간 시묘하면서 죽만 먹으며, 친히 곡하며 조석으로 전을 올렸다.

『중종실록』1517년(중종12) 충청감사 김근사가 민회현의 행실이 뛰어나 왕명을 받고 외방에 나가 있는 신하가 자기 관하의 중요한 일을 왕에게 청하는 보고문서를 이렇게 올렸다.

생원 민회현의 관리를 천거하는 데 필요한 명목에는 "기도가 침착하고 의연하여 마음가짐이 가상합니다."라고 하였다.

하지만 기묘사화로 출신자 방목이 혁파되어 조정에서 내린 임명 사령서와 과거의 최종 합격자에게 주던 증서를 몰수당한 채 고향 예산군 신암면으로 돌아와 특별히 하는 일 없이 집안에서 보냈다.

조정에서 다시 효행이 있고 청렴한 사람을 대우하고자 그다음 해인 1518년 군자감(종6품)을 거쳐 사헌부감찰(정6품)이 되었다.

민회현은 47세 때인 1519년에 조광조 등이 학문과 덕행이 뛰어난 인재를 선발하기 위해 추진한 현량과에서 병과로 급제하여 정언(정6품)에 임명되었다.

1538년 이조판서 윤인경의 건의에 따라 직첩을 환급받고 좌랑에 복직되었다. 과거가 무효된 뒤 고향에서 한가하게 집에 있을 때 홍성 현감 조우가 민회현을 위로하기 위하여 수차에 모시려 하였으나 결코 이에 응하지 않았다.

홍성 현감 조우로부터 음식물 등의 선물이 끊이지 않았으나 한 번도 가서 만난 일이 없었다.

민회현은 "바른 것을 굳게 지켜 동요됨이 없었으며, 겉으로는 온화하거나 속은 강하여 1만 명의 군사로도 속으로도 움직이지 못하였다. 어떤 일을 당하였을 때 정연하게 모가 나지 않은 듯했으나 정도를 고집하여 돌이키지 않는 것이 태산보다 무거웠다."

효렴한 예산인이었던 민회현에 대한 졸시이다.

효렴한 민회현

효렴한 민회현 양부모 돌아가실 때
시묘 중 죽만 먹고 친히 곡 하였다네

충청감사 김근사가 그의 행실이 올바름 들어
조정에 천거하여 벼슬을 임금으로부터 직접 받았다네.

바른 것은 굳게 지키며 속은 강하여
1만 명의 군사도 그의 마음 움직일 수 없었다네.

□ 조극선

조극선(趙克善, 1595~1658)은 예산군 봉산면 효교리에서 출생했다.
이명준, 박지계, 조익 등에게서 배웠다. 1623년(인조1) 학행이 뛰어
난 사람으로 추천되어 동몽교관이 되었다. 종부시주부·공조좌랑을
역임하고 한때 은거하였다. 병자호란이 일어나던 1636년 이조정랑
으로 재직할 때에는 시폐와 자강지책을 간곡히 진언하였다. 병자호
란 후 순창군수, 형조정랑, 사어 등에 임명되었으나 취임하지 않았
다. 1648년에 온양군수로 부임하였다. 효종이 즉위하면서 당시 좌의
정이던 조익의 강력한 추천으로 성균사업에 임명되었으나 나가지 않
고 학문에 정진하였다. 선공감첨정을 거쳐 이듬해 다시 장령으로 임
명되었으나 병으로 사망하였다.

그는 효성이 깊어 항상 부모를 하늘처럼 모셨다. 아버지가 외출하여 집에 올 시간이 되면 항상 다리 앞까지 나와 아버지를 모시고 집으로 돌아갔다.

어느 날 조극선은 덕산현감 이담(1510~1575)의 집에 놀러 갔다가 밤이 깊어 비가 주룩주룩 내리자 너무 늦어 집을 나서려 하였다. 이담은 자고 가라며 붙들었으나, 그의 부친이 자식을 밖에서 기다리고 있을 것이라며 서둘러 나섰다. 이담은 조극선 부친이 냇가에서 비를 맞으며 자식을 기다리고 있던 모습을 보고 크게 감동하였다.

다리에 '효교교'라고 쓴 비석을 세워 주고, 상감에게 상소하여 효자 정려문을 세워 주었다.

〈조극선 정려각〉

□ 최사흥

최사흥(崔士興, 1413~1493)은 태종조의 청백리로 알려진 효자인 최유경
의 아들이다. 효성이 지극했다.

충청도 대흥현 감무로 있을 때 부친상을 당하자 벼슬을 사직하고
즉시 고향으로 돌아와 3년 동안 시묘를 살면서 어머니를 지성으로 봉
양하였다. 어머니가 병으로 누워 있을 때 허벅지의 살을 베어 죽을
끓여 먹여 효험을 보았고, 모친상을 당하자 3년 동안 시묘를 살았다.

세종 때 왕명으로 최유경·최사흥 부자를 기리는 효자문이 세워졌
다. 현재 효자문은 진천군 문백면 구곡리 외구마을에 있다. 현재 최
시흥 후손들이 외구마을에 살고 있다.

1617년(광해군9) 『삼강행실도』에 효자도에 최사흥의 사흥할고의 내
용이 담겨있다.

"현감 최사흥은 진천현 사람이다. 정성과 효성은 하늘이 낸 바,
벼슬을 버리고 어버이를 모셨다. 어미가 병이 들어 다리의 살을 베
어 드리니 이튿날 이어 좋아졌다. 간병하는 동안 시종 죽만 먹었
다. 정종 때 정문을 세웠다."

士興割股

縣監崔士興鎭川縣人 誠孝出天
棄官養親 母病割股肉以進翌日 乃
瘳居憂終始啜粥 恭定大王朝旌門

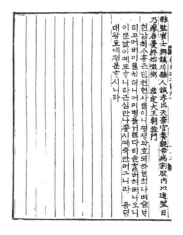

현감 최ᄉ흥은 딘쳔현 사름이니
졍셩과 효되 하ᄂᆞᆯ희 나 벼슬 ᄇᆞ리
고 어버이를 치더니 어미 병 들거
늘 다리슬흘 버혀 ᄡᅥ 나오니 이튼날
이예 됴ᄒᆞ니라 근심 만나 죵시예
죽만 머그니라 공뎡대왕됴애 졍문ᄒᆞ시니라

사흥할고 - 최사홍이 다릿살을 베다

□ 김구

김구(金絿, 1488~1534)는 서울 동부 연희방(현, 서울특별시 종로구 연건동)에서
출생했다. 1513년(중종8) 문과에 급제 승문원부정자가 되었다. 조광조
와 더불어 왕도 정치의 쇄신을 꾀하다가 기묘사화에 연루되어 전북
군산시 옥구읍 개령, 남해, 임피(지금의 전북 군산시 옥구읍) 등으로 14년간
유배되어 1533년 46세 때 풀려났다. 남해 유배 중 부모가 사망하자
유배지에서 예산으로 돌아와 여막을 짓고 부모님 산소에서 시묘를
지내며 살았다. 뒤늦게 복을 입고 눈물을 흘려 묘소 근처에 풀이 마
를 정도였다. 유배 생활 중에 부모가 모두 돌아가셨다. 부모 묘소를

〈김구 손자 김갑의 정려각〉

바라보다가 기절하여 말에서 떨어졌다고 전해진다. 1534년(중종29) 11
월 47세의 나이로 예산군 신암면 화손옹주 묘 아래쪽에 있던 연못의
별장에서 사망했다. 남긴『자암집』에는 남해찬가로 일컬어지는 경기
체가 〈화산별곡〉과 함께 남해에서 유배생활의 시름을 잊고자 지은
60여 수의 시문이 수록되어 있다. 예산현 덕잠서원과 전라북도 군산
시 임피의 봉암서원 등에 배향되었다. 묘소는 예산 신암면 종경리 부
인 김해김씨의 묘와 함께 있다. 김구의 묘소 아래 손자 김갑의 효행
의 상징인 정려각이 있다.

□ 대흥현 이진은

이진은(李震殷, 1646~1707) 경기도 이천시 백사면에서 태어났다. 1666

년(현종7) 생원시에 합격했다. 1678년(숙종4) 증광문과에 장원급제 했다. 관직에 나가 성균관 전적을 지내고 공조좌랑 겸 춘추사국에 임명되어 실록 편찬에 참여한 후 여러 지방의 수령을 지냈다.

1680년(숙종6) 사헌부 지평을 거쳐 함경도사를 제수받았으나 신병을 이유로 사직하였다. 다시 관직에 복귀하여 병조정랑을 지낸 후 대흥군수로 1682년 임명되었지만 역시 신병과 부모 봉양을 위해 사직하였다. 1862년(숙종8) 1월 현종의 태를 안장한 태봉이 있는 '대흥현'에서 '대흥군'으로 승격하게 한 대흥 현감 적격 관리자로 예산군에서는 크게 인정해야만 한다.

그동안 백방으로 이진은 대흥 현감 행적을 자세히 살피려고 노력했다. 노력한 것만큼 되지 않았다. 다행스럽게 『대흥면지』에 이진은이 1681~1682년 근무한 기록이 있다. 그가 대흥현 어떤 외직으로 보충되어 임명된 지는 몰랐다. 글을 퇴고하려고 2024년 04월 27일 새벽녘 『승정원일기』검색 1682년(숙종 8) 1월 27일 '이진은 정기승급에 대한 논의와 언급' 기사를 보고 알았다. 다행히 숙종 임금이 허락하여 '대흥현'에서 역사적으로 '대흥군'으로 승격되었다. 이진은이 대흥 군수로 발령 난 사실을 알았다. 궁금증은 완전히 풀렸다. 오늘 저녁 그녀와 술 한잔 해야겠다. 기쁘게 한 일은 이렇다.

네이버 등에 등재된 사실과 행장은 미사여구의 글과 좋은 점만 나열하여 정확하게 대흥현에서 관직 생활했는지 알 수 없다. 글쓰기 수준은 역사를 전공하지 않은 인터넷을 의존하는 수준이라 나 자신이 서럽다.

대흥현 결원시 호봉이 격상되는 5급을 발령을 내어야지만 이미 이진은은 시종 5품을 거쳤으니 정기승급 개념으로 대흥군수로 승진 의뢰하니,

"임금은 그렇게 하라"고 했다.

> "이조에서 임금에게 아뢰기를, 대흥현에 결원이 생긴 고을은 규례대로 승호하도록 이미 승전을 받들었으니 지금 승호해야 하는데, 시임 현감 이진은李震殷은 일찍이 시종侍從 5품을 거쳤으므로 그대로 군수로 승진시키겠다는 뜻으로 감히 아룁니다. 알았다고, 전교하였다."

> "吏批啓曰, 大興縣以缺封邑, 依例陞號事, 已捧承傳, 今當陞號, 而時任縣監李震殷, 曾經侍從五品, 仍陞郡守之意, 敢啓。傳曰, 知道。"

"이진은은 대흥현에 와서 자신을 단속하고 백성을 사랑하여 온 경내가 칭송하였다." '국역 국조인물고'(1999) 세종대왕기념사업회에서 수록된 일부 내용이다.

> … 함경도 도사에 제수되었으나 병으로 사직하고 다시 병조로 들어와서 정랑에 올랐다가 부모의 봉양을 위해 외직을 구해서 대흥현에 보임되었는데, 자신을 단속하고 백성을 사랑하는 것을 먼저할 일로 삼으니 온 경내가 칭송하였다. 선왕의 태를 간직하는 산을 대흥현에 정했으므로 해서 호칭을 고쳐 군으로 삼았는데, 공이 그

대로 군수가 되었다. 얼마 있다가 병으로 인하여 벼슬을 그만두었다. 여러 해 동안 병이 낫지 않아서 침과 뜸을 시험해 보았으나 거의 눈이 보이지 않게 되었고 또 변비가 있으면서 겸하여 가슴과 옆구리가 그득하고 답답하며 숨이 차고 현기증이 나타났다. 비록 원기는 실로 병들지 않았다고 하더라도 사람들이 병들어 못쓰게 된 사람으로 여겼고 공도 세상의 벼슬길에 뜻을 끊고서 시를 읊으며 스스로 세월을 보냈다. 1688년 성균관 음악을 가르치던 정4품이 되고 1691년 고성군수로 임명되었으며 이후 사도, 종부시정, 사간원 정언 등을 지냈다. 1695년(숙종21)에는 김제군수로 부임하여 굶주린 백성들에게 물품을 주어 구제하는 등 선정을 베풀었다.

□ 덕산현감 김수민

김수민(金壽民, 1623~1672)은 어릴 적부터 교서관·홍문관·성균관·승문원에 두었던 정7품 관직에서 업을 닦고, 전주를 익혔다. 1652년(효종3)에는 덕산현감이 되었다. 평생 남과 교유하기를 즐기지 않았고, 물욕이 없어서 고향에 백 평의 땅도 증식시키지 않았고, 서울에 집 한 채도 없었다. 효성이 지극하여 어머니가 병들자 손가락을 잘라 피를 먹였고, 모친상을 당하여 너무 슬퍼함에 진물이 들어 있는 작은 부스럼이 나는 피부병에 걸린 그의 도리에 맞는 올바른 행실이 알려져 1674년(현종15)에 효자의 정문을 세워주도록 했다. 묘소는 남양주 와부읍 덕소리 석실에 있다.

앞에서 예산군에서 현감직과 비슷한 관직 생활한 10명의 부모의 병중으로 관직을 사임한 사례와 효성이 지극한 내용을 살펴보았다.

부친상을 당하면 충청감사가 장계를 올릴 정도의 **빠르게** 행정의 관직을 발령하여 행정의 공백을 최소화했다.

그 외에 이순원은 1691년(숙종17) 대흥군수로 근무시 모친이 병에 걸려 사직 청하자 윤허했다.

1799년(정조23) 충청 감사 이태영이, "대흥 군수 남지복이 부친상을 당하였다"고 급히 장계를 올리자 전교하니,

> "즉시 이조로 하여금 구전 정사로 후임을 차출하게 하고, 신하가 올린 글을 재가하면서 임금이 그 글 끝의 의견문에 당일 내려보 내도록 했다."

글을 쓰게 된 연유도 『일성록』, 『조선왕조실록』 등 조선 사관들이 24시간 왕의 정사와 행동을 정확히 기록했기 때문이다. 이러 기록이 없다면 글을 쓰는 중에 힘들었을 것이다.

『한국고전종합DB』에『조선왕조실록』,『승정원일기』,『일성록』,『한문관련자동번역』등을 활용하여 자료를 검색하여 다행스럽고 고맙다.

2년 전 예산군에서 공직을 마쳤다. 34년 공직 생활 중에 팀장과 직원이 부모님이 병에 걸려 중환이라 휴직서를 낸 것을 이해하지 못했다. 다른 표현을 한다면 일하기가 힘들어서 도피하는 것으로 착각했다.

올해 부모님이 결혼생활 70년이 지나고 90세 넘어섰다. 그 당시 그렇게 생각한 내 자신이 부끄럽다. 부모가 병에 들어 중병에 누워만 있다면 누군가 보살펴야 한다. 남의 일이 아니다. 내일이다. 아무것도 하지 않으면 아무 일도 일어나지 않는다.

요즈음 요양병원과 효 요양원이 예산군에 많이 생겨서 정말 다행스럽다. 예산 현감과 그 외 선비의 부모 공양을 위해서 사직하는 과정을 설명했다.

좋은 관직을 그만두고 부모님이 사시는 곳으로 돌아갔던 이들을 다소 이해가 간다. 그보다 더 어려운 일은 3년 상을 치르고 시묘살이는 더 힘들었다. 시묘살이 마치면 조정에서 다시 다른 곳으로 발령받아 관직을 유지했던 정책은 잘한 일이다.

현재 공무원은 유아 휴직하면서 자녀를 양육한다. 직장 다니던 초임 시절 6개월 유아의 휴직 가는 데도 여성 직원은 눈치를 보며 휴가를 다녀왔다. 더러는 유야 휴직 기간이 남아 있어도 다 채우지 않고 복귀하여 일을 하던 선배 공무원 모습이 생각난다. 그분은 고인 되었다. 지금 예산군에서는 공직 가용자원이 있어 휴직을 너무 잘해준다.

6-3.
암행어사
김정희의 악연

사람은 인연으로 살아간다. 대부분 사람들은 좋은 인연으로 살아가길 원한다. 그렇지만 좋은 인연은 악연으로 이어진 사람도 있으니, 자신이나 자신 주변에 해를 입혀 나쁜 결과를 가져온 것으로 맺어진 사람이다.

이 글에서는 충남 예산군 신암면이 고향인 조선 후기 암행어사 김정희의 악연을 소개한다.

'김정희'라고 하면 떠오르는 것은 추사고택, 세한도, 추사박물관, 제주도 유배, 추사체 등이다. 41세인 1826년(순조26) 2월, 임금으로부터 충청우도 암행어사를 제수받는다. 봉서, 사목, 마패, 유척 등을 수령하고 충청우도에서 110일간 암행 감찰을 했다. 그는 충청우도의 해당 고을과 외딴 마을을 살폈다. 남루한 옷과 찢긴 삿갓을 쓰고 다니며 관리들이 공무와 관련하여 어긋난 일은 하는지 두루 살핀다.

1826년 6월 25일, 김정희는 자신이 목격하고 느낀 바를 작성하여 임금에게 보고한다. 충청우도 암행어사로 활동한 복명서, 인명부와 안흥굴포(안면도) 해운항로 개설 문제 등이 주요 골자다. 이때 김정희는 지역관리자 59명을 암행 조사했다. 짧은 기간에 충청우도와 경기도 관내를 순찰하여 비리를 적발하고 임금에게 장계를 올리는 일은 힘들었다. 행장을 차리고 말을 구하지 못하면 먼 길을 걸어서 수천만 리를 다녀야만 했기 때문이다.

　　김정희는 암행어사 수행 중 감사와 현감, 군수 등 12명을 삼정을 문란하게 한 행위, 악질적인 지방의 토호 비리의 명목으로 적발한 후 징계하였다. 그중 충남 서천군 비인현감 김우명은 부정이 많았다. 이에 그를 파면하고 관가의 창고를 봉했다. 뒷날 이 일이 근원이 되어 김정희 가문과 김우명의 악연은 모질게 이어져 대를 이어 지속되었다. 김우명과 김정희는 나이 차가 난다. 당시 김우명 비인현감은 59세로 김정희보다 한참 위였다. 그 당시 김정희 경주김씨 가문은 높은 관직과 신분을 누렸으나, 이후 김우명과의 악연으로 큰 어려움을 겪게 된다.

　　1826년(순조26) 9월, 김정희는 암행어사로 대산 지방 시찰 중 평신첨사가 백성들에게 부당하게 여러 명목의 세금을 가혹하게 억지로 거두어들여 백성의 재물을 무리하게 빼앗는 일을 적발하여 막아 주었다. 그러한 음덕을 기리고자 '어사 김정희 영세불망비'를 지역주민들이 자발적으로 세웠다.

현재 이 비문은 다른 곳에서 이곳으로 옮겨져 서산시 대산읍 대산리 1365-8번지 국도 29호선 도로변에 여러 비석과 나란히 세워져 있다. 계단을 올라가면 오른쪽 첫 번째 비석이다.

어사 김정희 영세불망비의 전면 좌우 측에는 4언 댓구 글이 있다.

御使 金正喜 永世不忘碑

赴王事忠 作民業安
穡我賴誰 雪山甚重
博施之澤 永防加斂
證比不忘 於千萬年

임금을 섬김에 충성스럽고 백성의 생업을 편안하게 하다. 백성들은 누구에게 의지하는가. 설산雪山은 매우 중하다.

백성에게 나누어주고 베풀어 윤택해졌

〈서산 어사 김정희 영세불망비〉

다. 세금을 가혹하게 거둬들이고 백성들의 재물을 무리하게 빼앗는 일을 영원히 막아 주다. 이런 업적을 대산 주민들은 잊지 않느니, 아아, 천년만년을 이어지길 바란다.

1830년 8월, 김정희 암행어사 시절 봉고파직 시킨 김우명을 안동 김문은 무관직인 오위의 종6품 중앙관직 부사과로 복직하도록 전략을 꾸민다. 그리고 복직된 김우명은 김정희의 부친 김노경을 탄핵하여 전남 강진현 고금도로 유배되도록 한다. 그러나 김우명과 김정희 가문과의 악연은 이것으로 끝나지 않았다.

1840년, 김우명과 김정희의 악연은 14년이 지나서도 이어졌다. 1826년 봉고파직 당한 김우명은 1839년 6월 사간원의 대사간이 되고 김정희를 탄핵하여 궁지로 몰아넣는다.

그해 9월, 결국 김정희는 제주도 대정현으로 귀양길에 오르고, 가시울타리 안에 갇히는 위리안치의 형을 받는다.

영조의 계비인 정순황후 김씨의 오빠는 경주 김문의 김귀주다. 그는 사도세자를 탄핵해 죽게 한 문신이다. 경주 김문은 시파인 순조비 순원왕후의 장인인 김조순을 중심으로 하는 안동 김문과 대립각을 세우다 큰 피해를 본다.

안동 김문은 왕족의 가족보다 힘이 쎈 척사가문이었다. 그들은 김정희의 암행어사 시절 봉고 파직당한 김우명 원한을 재차 이용하는데, 그때 김우명의 나이 73세였다. 세도정치를 편 안동 김문은 혼인을 통해 가문들과 결합하여 국혼을 맺었다. 그들은 왕실과 결합한 경주 김문과 다른 가문에게 화를 입혔다.

김정희는 수십 년 동안 김우명과의 악연으로 높은 관직에 도달하지 못하고, 긴 세월 제주도에서 유배 생활을 했다. 김정희는 유배 생활 중 많은 책을 저술했고, 후배를 양성하면서 인고의 생활을 이겨낸 훌륭한 인물이다.

지금까지 두 사람 간의 모진 악연을 대략 살펴보았다. 그런데 예산지역 사람들은 대부분 젊은 시절 김정희가 암행어사로 활약한 사실을 잘 모른다.

다만 김정희가 암행어사 수행 중에 아쉬운 점은 홍성군 성리학자 남당학파 한원진이 저술한 책 중 일부를 불태웠다. 한원진 성리학자가 수십 년 동안 연구한 책을 주장하는 사상이 다르다고 불태운 것은 잘못했다.

2011년 친필본 '추사 김정희의 암행보고서'가 발굴되었다. 기쁜 일이다. 이런 학술지 자료들이 많이 세상에 알려지길 바란다.

그동안 김정희 연구논문과 서적이 세상에 많이 나왔다. 그러나 암행어사 김정희에 대한 연구논문은 소수에 불과하다. 앞으로 김정희에 관한 연구와 발표가 더 다양하게 이루어지길 바란다. 세상에 알려진 암행어사 박문수는 암행어사가 아니다. 일반어사이다. 추사 김정희는 어사를 떠나서도 모든 면에 있어 박문수보다 뛰어난 학자이다.

젊었을 때 예산군이 고향인 김정희 암행어사 행적은 지금 보아도 자랑스럽다. 우리 주변에서 조선 후기 김정희 가문처럼 모진 악연은 일어나지 않았으면 한다.

6-4.
한국 근대 가무악의 거장
한성준과 DNA유전자

　사람이 태어날 때 몸무게가 2.4킬로그램 미만의 미숙아나 건강에 이상이 있는 신생아를 인큐베이터에 넣어 기른다. 인큐베이터는 미숙아의 생존율을 높이고 건강한 성장을 도와주는 중요한 역할을 한다. 이처럼 예술인도 타고난 재질을 가지고 태어났더라도 누군가의 지도를 받아야만 대성할 수 있다. 그렇게 미숙한 예술인 초보들을 가르치고 성장을 시킨 위대한 가무악의 거장은 바로 한성준이다.

　충남 예산군 덕산면 복당리에서 살았던 한성준(韓成俊, 1875~1941)을 예산군민은 잘 모른다. 출생지가 홍성군이다. 예산군에 비하여 홍성군은 예술인에 대한 많은 관심과 지원이 많다. 그럴 때마다 종종 비애감을 느끼곤 한다. 출생지나 성장지는 따질 게 아니다. 올해 한성준 탄생 150주년이다.

　2014년 한성준 탄생 140주년 기념을 위해 유가족과 그의 제자들이 홍성군과 예산군에 방문하여 지원요청을 했었다. 예산군은 출생지가 아니라 지원하지 않은 것으로 알고 있다. 하지만 홍성군은 성대하게 지원해 주었다. 자세한 설명은 하지 않는다.

한성준은 조선시대 춤의 큰 별이며 대부이다. "3,000마디의 뼈가 움직여서 춤이 되느니라! 사람이 생겨나면서부터 춤이 있었다."라고 했다.

고종과 흥선대원군 집권 시기에 궁궐 어전에서 춤을 수준 높게 선보여 한성준에게 조정에서는 참봉직 일종의 벼슬아치를 내렸다. 정기적으로 나라에 경사가 있을 때마다 나가서 소임을 다했다. 돈녕부, 예빈시 등 여러 관서에 속한 종9품 관직이라 궁궐의 연희가 있으면 무대에 올라가 멋진 공연을 하여 찬사를 받았다.

내포 일대의 이름난 가면극, 인형극, 줄타기, 땅재주, 판소리 따위를 하던 직업적 예능인에게 춤과 장단, 줄다리기 등 다양한 분야에 큰 영을 끼쳤다. 홍성군·예산군을 떠나서 그의 예술적 명성은 명무, 명고, 명적을 모두 다루고 소유한 진정한 종합선물 세트의 예술인이다.

그의 후손들의 인터뷰나 최근 발행된 서적에 의하면 "원래 당진에 살던 양반이었으나 역적으로 몰려서 재물이나 세력 따위가 없다."라고 했다. 동학이나 사화에 가담하여 집안이 풍비박산이 나자 홍성·예산지역에서 성장한 것으로 추측이 된다. 몰락한 양반이자 세습무 집안이라 어쩔 수 없이 그는 젊은 시절, 굿중패·남사당 떠도는 유랑 생활을 해야만 했다. 홍성·예산·서산과 인접한 가야산 사찰에서 많은 춤과 공연을 펼쳤다. 서산은 근대 전통 예술계를 주도한 심정순 일가의 고향이다. 심정순 집안은 5대에 이어서 7명의 전통 예인을 배출한 당대 최고의 국악 명문가였다. 심수봉은 1980년대 대중가요를 불러 인기를 한 몸에 받았다.

한성준의 어머니는 홍성·서산 등지에서 무당으로 무악의 반주에 따라 노래하고 춤추면서 제의를 진행하는 굿하는 사람으로 알려진 인물이다. 외조부는 6~7세에 춤과 북장단, 줄다리기를 지도했다. 14세에 3년간 홍성의 서학조에게 줄타기와 땅재주 등 민속예능을 배웠다. 17세 때에는 덕산골 박순조 문하에서 20세가 넘도록 춤과 장단을 공부하고 덕산 수덕사에 들어가 춤과 장단을 연마했다. 1894년 이후로 전국을 돌며 각종 민속예능을 섭렵했다. 그 뒤 서울의 원각사 등에서 활동했다. 그후 조선 성악연구회, 조선 음악 무용연구소를 창설하여 연구와 후진양성에 노력을 다했다.

한성준의 차남 한창선의 둘째 딸 한수자는 김완선의 어머니이다. 한성준의 외증손은 김완선이다. 김완선은 춤을 잘 추는 가수로 알려져 있다. 그녀는 조상 한성준의 유전자를 물려받은 듯하다.

한성준의 넷째 딸 한백희는 1970년대 미8군 무대에서 팝과 라틴음악을 부르며 활동했다. 고전 무용가 인간문화재인 한영숙은 한성준의 자녀이다.

심수봉의 할아버지 심정순은 서산에서 판소리와 가야금병창으로 이름을 떨친 음악가이다. 심수봉과 김완선은 음악적인 면과 춤에 대한 소질 DNA의 유전자 물려받았다.

일제 강점기에 창씨개명을 하지 않았다. 만주 공연 등을 다니며 조선인들을 위로했다. 1930년대 경성방송국 최다 출연자로 종횡무진 활동했다.

사람은 똑같은 부모에서 태어난 자녀라도 체질은 서로 다르다. 평생 오장육부는 바뀌지 않는다. 크거나 작거나, 강하거나 약한 것을 가지고 태어나 생활한다. 이것은 사람은 서로 다른 유전자의 영향을 받았기 때문이다.

최근 〈잭 햄브릭 미시간 주립대 교수 연구팀〉은 노력과 선천적 재능의 관계를 고심한 88개 논문을 대상으로 연구 발표한 내용은 흥미롭다. 놀라운 일이다. 그들은 전체 성과와 노력의 비중을 분류했다.

게임은 26%의 노력, 스포츠는 18%의 노력, 교육은 4%의 노력에 의해서 결과물이 이루어진다는 것이다. 나머지는 선천적 재능 등의 유전자를 따른다는 것이다.

사람의 경우 "교육은 96%의 선천적 재능 등에 이루어진다. 유전적인 요소가 노력의 4%보다 월등하다."라는 미국 심리학과학회 결과에 전적으로 동의하지 않는다. 나는 선천적인 타고난 재능이 없어서인지 노력이 더 중요하다고 여기며 이제껏 살아왔다.

공부 잘하는 학생은 좋은 유전자로 태어나 피나는 노력을 하지 않고 행복을 누린다고 생각하니 말이다. 사람은 "게임, 교육, 음악, 스포츠 등에서 벌어지는 일에 대한 반응은 많은 부분에서 유전자에 의해서 통제된다."라는 그들은 주장하고 있다.

축구선수 차범근의 아들 차두리, 농구선수 허재의 아들 허웅은 대를 이어 운동을 잘한다. 이들은 유전적인 요소를 물려받은 것을 알 수 있다.

충남 예산군 덕산면 복당리에 한때 한성준의 생가였다. 지금은 태양광발전시설이 준공되고 전기시설이 가동하여 한성준이 살았던 생가의 흔적을 전혀 볼 수 없다.

예산군에서 한성준 생가 주변의 많은 면적의 토지에 태양광발전시설을 인허가해 주지 않기 위해 직원들과 예산군에서 최대한 노력을 다하였다. 덕산 수덕사 주변을 오고 가는 경관 피해 등 여러 가지 사유를 제시하여 7년 전 개발행위 불수리 처분을 내렸던 기억이 떠오른다.

다음날 개발행위허가 신청자는 패소를 기다렸다는 듯이 충청남도에 행정심판을 신청했다. 그 당시 나는 예산군 개발행위팀장이라 담당 직원과 같이 충남도청 행정심판 심리에 참석했다. 그 후 충청남도 행정심판에서 예산군이 승소했다.

행정심판에서 패소한 태양광 발전시설 개발행위허가 신청한 사업주가 다시 행정소송을 넣었지만 1심에서 예산군이 승소했다. 행정소송 2심에 들어서자 토지주는 힘이 있는 다른 변호사를 선임하여 예산군 고문변호사와 법리 다툼을 벌이다가 예산군은 아쉽게 행정소송에서 패소했다.

많은 행정심판과 행정소송에서 승승장구하며 모두 승소하던 나에게 2심인 행정소송 첫 패소는 큰 충격이었다. 대전고등법원에서 법리 다툼에서 인허가 신청자의 손을 들어주어 예산군은 패소했다.

힘센 변호사는 DNA 유전자를 타고났나 보다. 예산군과 나는 그들이 원망스러운 존재이다. 법원에서 우리나라에서 알아주는 근대 가무악 한성준의 생가는 문화재 보존 가치가 있다는 예산군의 주장은 법리의 싸움에서 밀려났다.

대전고등법원 판사는 예산군의 개발행위허가 불수리 처분 타당성을 모두 인정해주지 않았다. 일부 법리 논쟁에서 패소한 판결문을 읽어보면 법리적으로 부당하다는 사유는 두 가지이다.

예산군은 대전에 있는 고문변호사를 선임해서 최선을 다했다. 힘이 약한 DNA유전자를 만났더라면 예산군이 승소했다. 대전고등법원 판사가 충남 예산군 덕산면 복당리에 거대한 기업을 운영하는 사업주의 손을 번쩍 들어주지 않았더라면 태양광 발전시설은 예산군에 들어오지 못했다.

요즈음 무척 거대하고 힘이 강한 유전자를 만나면 힘에 밀려서 살아야만 한다. 얄미운 세상이다. 이런 일은 슬픈 일이다. 오호~ 통재라!

※ 이글은 1.『전통과 현대, 경계를 넘어 한성준의 존재론적 위상 재발견』성기숙 엮음, 2015 계문사와 2. 가야역사문화총서 2『가야산에서 한국사를 읽다』김헌식, 이기웅, 2020 그림책에서 인용하였습니다.

제7부

통신사

7.
일본통신 사절
예산인
- 신계영·김이교·조태억의 행적

조선 국왕의 명의로 일본의 막부장군(일본국왕)에게 보낸 공식적인 외교사절이 조선통신사이다. 명·조선·일본 간의 사대교린 관계에서 조선과 일본은 대등한 처지의 교린국으로서 상호 간에 사절을 파견했다. 조선통신사로 가려면 선발 과정을 거쳐 임명했다. 일본 통신사 다녀오면 승진하는 할 수 있는 기회가 많았지만 6개월 동안 힘든 여정으로 일본에 파견되어 더러는 통신사 가는 것을 기피했다. 조선통신사 인솔하는 정사, 부사, 종사관 3명은 높은 관직이다.

통신사 외교사절 파견은 태종 때 시작하여 정례적으로 했다. 조선 전기 8회, 조선 후기 12회, 총 20회 이루어졌다. 조선과 일본 간 우호교린이다. 통신사 외교사절은 학문, 기술, 예술 등 활발한 문화교류의 통로의 장이다.

'조선통신사' 하면 초·중·고등학교에서 배운 조엄이 일본 통신사로 가서 고구마를 가져와 보급한 내용이 기억난다. 조선 후기 예산인 신계영·김이교·조태억이 일본 통신사로 다녀온 사실을 몰랐다.

2023년 5월 예산문화원에 '충남지역의 조선통신사 자료와 활동방안' 충남학 강의 듣고 나서 우리 고장에 연고가 있는 조선통신사 인솔자로 일본에 다녀 온 김이교, 신계영을 알았다. 이날 공주대학교 역사교육과 문경호 강사는 김인겸, 신유, 김이교 조선통신사 부분을 많이 언급했다. 김이교, 신계영의 묘소는 예산군에 있다.

신계영(辛啓榮, 1577~1669)은 3대 조선통신사 종사관으로 1624년(인조2) 정사 정립, 부사 강홍중과 최소인원 300명을 인솔하여 일본에 건너가 도쿠가와의 사립을 축하하고 이듬해 귀국했다. 임진왜란 때 포로가 되어 잡혀간 조선인 146인을 데리고 돌아왔다.

1557년(선조18) 서울(한양 동쪽 낙산)에서 출생했다. 1601년(선조34) 25세 사마시에 합격했으나 벼슬에 뜻이 없었다. 1603년(선조36) 27세 때인 아버지 신종원을 따라 충남 예산군 신암면 오리지(오산리)로 낙향하였다. 32세 신암면 오산리에서 부친과 그 이듬해 모친을 여의었다. 43세 1619년(광해군11) 알성 문과에 병과로 급제했다.

외교활동을 통하여 국난의 극복에 앞장섰다. 1624년(인조2) 통신사 정립의 종사관이 되어 일본에 건너가 도쿠가와의 사립을 축하하고 이듬해 귀국했다.

1634년 동부승지, 1637년 6월 병자호란 때 청나라 포로로 잡혀간 사람들을 대가를 지불하고 귀환시키는 속환사가 되어 심양에서 속환

〈대술면 송석리 신계영 사당〉

인 600여 인을 데리고 왔다.

1639년에 볼모로 잡혀간 소현세자를 맞으러 부빈객의 자격으로 심양과 1652년(효종 3) 사은사의 부사로 청나라에 다녀왔다. 조선의 관료로 일본, 중국에 가서 전쟁 중 포로로 끌려갔던 조선인을 구했으며, 외교적인 노력으로 좋은 성과를 이루어 존경스러운 예산인이다. 1655년에 사직하고 충남 예산 고향에 돌아와 여생을 한가하게 자연을 벗 삼으며 보냈다.

신계영은 1655년 79세 때 벼슬에서 물러나 예산으로 내려왔다. 그해 10월『월선헌십육경가』가사를 지었다. 거처를 〈월선헌〉이란 집을 짓고 신암면 오산리에 살면서 예산 16개 자연 경치를 사계절에 따 아름답게 묘사한 작품은 국문학사에 길이 남아 있다.

'월선헌십육경가' 가사는 2020년 대학수학능력시험(수능) 국어영역

시험에 출제되었다.

신계영의 연시조 '탄로가'는 늙음을 한탄하는 노래로 『선석유고』에
수록되어 있다

아이였을 때 늙은이를 보고 백발이 난 것을 비웃었더니
그 사이 아이들이 이제 나를 보고 비웃을 줄 어찌 알았겠는가?
아이야, 너무 웃지 말아라. 나도 그전엔 늙은이를 비웃던 아이였도다.

사람이 늙은 후에는 거울이 원수로구나.
마음이 젊으니 예전의 얼굴 그대로 있겠거니 여겼더니
하얗게 센 머리가 가득 난 모습을 보니 죽을 날도 머지않았구나.

늙고 병이 나니 백발을 어찌하리.
젊어서 즐겁게 놀던 일이 어제인
듯하다마는
　어디 가서 이 얼굴을 가지고 예전
의 나라고 하리오.

신계영은 나주목사 재임 시 많
은 선정을 베풀었다. 나주시에서
는 치적을 높이 평가하여 2006년
'성씨박람회' 개최 시에 『신석 신
계영 선생실기』를 간행했다. 이

〈대술면 송석리 신계영 신도비〉

처럼 훌륭한 예산 문인에 대하여 예산군은 관심을 가져야만 한다.

신계영은 임진왜란·병자호란 포로 740여 명을 귀환시킨 훌륭한 외교관이다.

예산군에 18세기에 입향한 영산신씨이다. 영산신씨는 예산군 대술면 송석리에 입향하기 이전에 신암면 오산리에 살았다. 영산신씨 신암에 거주하게 된 것은 초당공파 제15세 신후담이 15세기 말에 아산현감을 재직하던 중 사망하여 신암면 오산리에 묘소를 조성한 것이 계기다. 그 후 신후담의 현손인 신계영의 묘소가 송석리에 조성되면서 17세기 말경부터 그의 후손들이 송석리에 살기 시작했다. 후손들은 예산·신암·대술에 살고 있다.

묘소는 예산군 대술면 송석리 있다. 폭우 피해로 훼손되어 있다고 전해 들었다. 저서는 『신석유고』, 『월선헌십육경가』, 『전원사시가』 등이 있다.

김이교(金履喬, 1764~1832)는 1811년 일본에 다녀온 마지막 조선통신사이다.

1789년(정조13) 식년 문과에 병과로 급제해 검열·수찬·초계문신·북평사를 거쳐, 1800년 6월 순조가 즉위하고 대왕대비 김씨(영조의 계비)가 수렴청정하는 과정에 그는 시파로서 벽파에 의해 함경북도 명천에 유배당했다. 동생 김이재도 전라남도 고금도에 안치되었다. 그 후 대사성·대사헌·도승지·한성부판윤 등을 거쳐 이조판서·평안도 관찰사·병조판서·형조판서·공조판서·예조판서 등을 역임하였다. 1831년 우의정에 올랐다.

1811년 2월 12대 통신사로 일본으로 출발하여 5월 22일 대마도부 중의 객관에서 동무상사 미나모토와 부사 후지야스에게 국서전명을 거행하고 공사예단(공적 혹은 사적으로 주는 외교상의 예물 명단)을 전달했다. 7월 3일 대마도를 떠나 부산에 도착한 후 7월 26일에 왕에게 보고서를 올렸다. 그는 이듬해에도 대마도에 건너가서 국서를 전달하였다.

김이교는 충남 예산군 대흥면 교촌리 '소천' 소우물 부근에 향저를 짓고 살았다. 인근 지역은 그의 향장이었다.

저서는 『죽리집』이 있으며, 묘소는 예산군 대흥면 금곡리에 있다가 2012년 신양면 죽천리로 옮겼다.

조태억(趙泰億, 1675~1728)은 1711년 8대 통신사 정사로 차출되어 일본을 다녀왔다. 막부의 어용화가 가노 쓰네노부[狩野常信]가 그린 조태억의 초상화가 전해진다.

이조참의 조가석의 아들이며, 조사석의 조카이다. 경종 때 소론 영수였던 조태구(조사석의 아들)와 노론 4대신의 한사람인 조태채의 종제이다. 그의 집안은 5대에 걸쳐서 문과 급제자 배출했다.

1693년(숙종19) 진사가 되고, 1702년 식년문과에 을과로 급제했다. 1707년 문과중시에 병과로 급제하였다. 1708년 이조정랑을 거쳐 우부승지를 지냈다.

다행스럽게도 예산군에서 지난해 예산군 향토문화재 10건을 지정하고 올해 본격적인 정비에 나선다는 소식을 들었다. 예산 향토문화재로 10건에 포함된 '죽리 김이교의 묘' 유형문화재 관리와 다각직인 '예산역사 바로 알기'와 같은 세미나 개최 등 연구 활동이 예산지역에서 활발히 전개되었으면 하는 바램이다.

김이교가 저술한 1811년『신미통상일록』기록물은 대한민국과 일본이 공동으로 2017년 유네스코 세계기록유산(1643~1811)으로 지정되어 충남역사박물관에서 소장하고 있다. 그의 자료는 공주(충남)지역 조선통신사 관련 자료를 활용하고 있어 예산인으로 안타깝다. 공주에서는 김이교, 신유, 김인겸 등의 자료를 활발하게 연구하고 있다.

조선통신사 콘텐츠를 공주(충남)지역 콘텐츠로 활용하고 있다.

조선통신사가 공주지역만이 아닌 예산지역과 내포 지역을 아우르는 유용한 재료이다. 예산인 3명의 조선통신사 다녀온 활약상과 홀륭한 업적을 전국에 홍보하여 알려졌으면 한다.

제8부

능묘

8.
남연군 아들의
능묘에 관한 소고

인간은 평등하다. 누구나 좋은 것을 선택하고 흉한 것은 피한다. 선천적인 타고난 명과 후천적인 노력의 운에 따라 흥·망이 결정된다. 좋은 터와 나쁜 터는 구별이 된다. 재앙은 피하고 복을 받아 살려고 풍수지리를 믿는다. 조상 음덕으로 자식이 잘되길 바란다. 누구나 명당자리를 원한다. 터를 잡고 조상의 묘를 좋은 곳으로 정하여 유복한 삶을 누려보려고 풍수지리를 믿고 있다. 허영심과 욕심을 부려 예산군에 묘를 쓴 사람은 많다.

예산군에 이름난 묘소는 화순옹주, 정현룡, 서거정, 조충수, 최익현, 김노경, 김정희, 남연군, 이산해, 박성석, 박인우, 김이교, 조정, 이목, 신계영, 조사석, 조익, 조극선, 이의배, 이약수, 박두세 등이다. 모두 다 사연과 업적을 남기고 예산군 땅에 묻혔다. 예산군 고향이 아닌 사람이 예산군 땅에 많이 묻혀 있다. 예산으로 유배와 사망한 후 묻힌 묘소도 있다.

예산군 덕산면 가야산 일원에 조선 왕실의 묘소와 태실 유적으로는 홍녕군 묘, 연령군 묘, 남연군 묘, 남연군 신도비, 헌종대왕 태실 등이다. 남연군묘는 가야사지, 오페르트 도굴사건과 관련하여 상징적인 역사 유적이라 관광객이 많이 방문하고 있다. 일부만 묘소가 잘 정리되어 있다.

그중 남연군과 그의 네 아들 능묘에 관한 이야기이다. 최근 덕산면 어느 식당에서 지인과 점심 후 옥계리 저수지 길옆 새로 생긴 커피숍에 들렀다. 커피숍 위쪽에 '남연군의 큰아들 묘가 있다.'라고 하기에 커피 마시다가 지인과 같이 묘소를 보기 위해 커피숍 옆 만들어놓은 계단을 따라 산으로 올라갔다.

이날 찾아간 이곳 남연군의 첫째아들 홍녕군 이창응(1809~1828)묘소에 억새 풀이 묘소 전체를 덮고 있었다. 능묘 주변을 관리하지 않아

〈 홍녕군 이창응 묘 〉

억새 풀이 모두 쓰러져 구원의 몸짓을 하고 있었다.

집으로 돌아와 덕산 상가리 옥계저수지 옆 산에 홍녕군 묘 어떻게 예산군 덕산면에 안장되었나 궁금하여『조선왕조실록』자료를 검색하여 알아본 내용은 이렇다.

1871년 7월 8일『고종실록』에 '홍녕군의 면례에 필요한 비용을 주어라.'라는 기록이다. 전교하기를,

"듣건대 홍녕군의 면례를 덕산에서 행할 것이라 한다. 전 1,000냥과, 쌀 30석, 베와 목면 각 5동(同)을 호조에서 실어보내도록 하고 안장하는 날에 지방관을 보내어 치제하라." 하였다. 위 기록은 고종이 돈 1,000냥 등 큰 비용을 들여 경기도 시흥군 하북면 번대방리(서울특별시 동작구 대방동)에 있던 홍녕군 묘를 덕산 옥계리로 1871년(고종8) 8월 20일 옮겨왔다. 옮겨온 이유는 인근에 남연군의 묘 등을 관리하던 사람들이 궁집에 거주하면서 관리를 해주었기 때문이다. 그 무렵 부인 임천조씨와 합장했다.

〈흥녕군 이창응 비석〉

비문을 살펴보니 '1872년 이재원이 짓고 흥선대원군 아들 이재면이 글을 썼다.'라고 기록되어 있다.

홍녕군은 흥선대원군의 큰형

이다. 아버지는 남연군, 어머니는 여흥민씨이다. 1822년(순조22) 12월 27일 수원관을 지내고 1828년 2월 1일 20세 사망했다. 1864년(고종1) 7월 9일 시호를 정간에 추증하였고, 1865년 9월 14일 신정왕후 조대비의 명으로 특별히 의정부 영의정에 추증되었다.

남연군의 둘째 아들은 홍완군 이정응(1814~1848)이다. 은신군의 양손자이며 남연군 이구와 부인 여흥 민씨의 둘째 아들이다. 흥선대원군의 형이며 홍녕군의 동생이다. 1865년 9월 14일 신정왕후 조대비의 명으로 특별히 의정부 영의정에 추증되었다. 처음 이름은 '시응'이었다. 1836년 오위도총부 도총관에 임명 받은 해에 부친 남연군은 사망했다. 1844년 10월에 동지정사 자격으로 청나라를 다녀왔다. 묘소는 처음에 충청남도 서산군 보현동 묏자리에 안방을 등지고 앉은자리에 있었다. 그 후 두번째 부인 순천박씨가 경기도 양주군 와공면 월곡에 매장되었다가 양주군 와공면 도곡리 산 97-1 안골(현, 남영주시 와부읍 도곡 1리 안골) 금대산의 갓무봉 언덕으로 이장할 때, 같이 이장되어 합장되었다. 동시에 충청북도 충주에 안장되었던 본처 대구서씨의 묘소도 이장하여 현재 그의 묘소에 3명이 합장되어 있다.

작년 여름 예산군 대흥면 교촌리 '대흥향교 명륜당'에서 '2023 유교 아카데미강좌' 받았다.

대흥향교에서 멀지 않은 곳에 남연군의 셋째아들 홍인군 이최응(1815~882) 묘소가 대흥면 교촌2리 산 7-6번지에서 있다가 다른 곳으로 옮겨져 현재 터만 남았다고 주민한테 들었다.

1884년(고종21) 3월 3일『승정원 일기』에 고 영의정 이최응의 면례 때 무명 등을 제급하겠다는 호조의 계의 기록은 이렇다.

또 호조의 말로 아뢰기를,

"의정부가 아뢰기를, '고 영의정 이최응의 면례 날이 가까워졌다 하는데, 상신의 묘소를 옮길 때에는 장수와 담꾼을 제급하는 것이 본래의 법이니, 이번에도 규례대로 거행하라고 해조에 분부하는 것이 어떻겠습니까?' 하였는데, 전교에 윤허한다고 명하셨습니다. 무명 30 필, 쌀 10석, 콩 15석, 석회 1백 석을 전례대로 마련하여 제급하겠습니다. 감히 아룁니다." 하니, 알았다고 전교하였다.

많은 양의 석회 1백 석을 지급한 것으로 보아 남연군의 묘소와 같이 외부인이 도굴하지 못하도록 했다. 이최응은 1882년 영돈령부사 시절 6월 10일 임오군란 때 폭동군인들에 살해되어 고종은 대원군 바로 위 형 묘소관리를 염려했다.

2017년 대흥면에서 발간한『대흥면지』홍인군 이최응에 대한 기록이다.

"…그는 흥선대원군의 쇄국정책에 반대하여 1880년 이후 미국, 일본과의 개항 정책에 적극 동조하였다. 1882년(고종19) 6월 임오 군란 때 흥선대원군의 사주를 받은 난병에게 민겸호 등과 함께 살해되었다. 이곳에 묘를 쓰고 관리를 해 오다 몇 해 전 후손이 파묘하여 화장하고 신도비는 5년전 쯤 대덕 진잠으로 옮겼다. 묘 앞에 있던 양석은 용인 비석 박물관에서 가져갔다. 파묘하게 된 원인은 문중의 서울 땅찾기 소송비용을 대기 위해 소우물 재산을 처분하기 위해서였다는 설이 전해진다."

여러 가지 이유로 조선 후기 고종 임금이 1884년 많은 돈을 들여 이장한 예산군 대흥면 교촌리 묘소는 사라져 그 터만 남아 있다. 서울 성북구 우리옛돌박물관에 이최응 묘소 양석 석물은 전시되어 있다.

홍인군 손자 이지용은 1904년 2월 외부대신(현 외교부장관) 시절 주한 일본 공사 하야시 곤스케에게서 1만엔을 받고 한일의정서에 서명했던 친일반민족행위자이다.

대흥면 교촌리는 조선초 사가 서거정 고택, 안동김씨 명문 사족인 김방행, 김이교 형제들이 살았던 유허지이다.

홍인군 묘와 그의 손자 이지용이 살았던 고택 유허지는 남아 있다. 우정골인 이 마을은 최고의 풍수지이다.

남연군의 넷째 아들 흥선대원군 이하응(1820~1898)은 한성부 북부 안국방 소안동계(지금의 서울특별시 종로구 안국동)에서 태어났다. 아버지 남연군은 본래 인조의 넷째 아들 인평대군의 6대손 진사증의정부영의정 이병원의 둘째 아들이다. 후사가 없이 사망한 은신군의 양자로 입양

되어 남연군의 작위를 받았다.

철종이 후계자 없이 죽은 후 당시 실권을 쥐고 있던 조대비와 힘을 합하여 자신의 둘째 아들인 명복(뒤의 고종)을 왕위에 올리고 대원군이 되어 직접 정치에 관여하였다. 비변사 폐지, 법전 정비, 세도정치 근절, 서원철폐, 세제개혁 등을 통해 왕권을 강화했다. 외세에 대적할 실력을 키워 조선을 중흥할 과감한 혁신정책을 추진하였다. 서양 세력의 접근에 대해서는 통상수교정책을 강력하게 거부했다. 병인양요, 신미양요 때는 그들의 무력시위를 받았다.

무리하게 경복궁을 중건하여 백성들의 생활고가 가중되었고, 외교 문명의 수용이 늦어졌으며, 집권 후반기에는 명성황후를 중심으로 한 반대파와 대립하게 되어 정치에서 실권을 잃었다.

흥선대원군의 묘는 고양군 공덕리에 있다가 1906년 파주군 대덕리로 옮겼다. 그 후 다시 1966년 4월에 경기도 남양주시 화도읍 창현리로 옮겨졌다.

남연군의 아들 4명의 묘소에 얽힌 내용을 살펴보았다. 남연군은 직계혈통이 아닌 종친의 명단에 올린 실세 집안이다. 고종은 부친의 형제들에게 왕권을 이용하여 많은 혜택을 주고 묘소관리에 남다른 노력을 엿볼 수 있다.

그러나 여러 가지 사정으로 남연군의 첫째아들 이창응 묘소관리는 엉망이다. 조선 왕조를 이끈 이씨 후손의 자랑이자 수치이다. 그들의 왕족 후손인 순종과 고종이 정치를 잘했으면 일본에 의해 지배받지 않고 살았을 텐데 하는 아쉬움이 있다. 더욱 아쉬운 것은 남원군 후손들이 일부 친일 세력에 결탁 나라를 일본에 넘어가게 한 장본이다. 그러다 보니 후손들이 묘소관리를 잘하지 않은 것 같다. 셋째아들 이최응 묘소는 후손들의 사정상 다른 곳으로 이장하고 터만 남이 아쉽다.

  남연군은 왕족으로 이름은 구이다. 홍선대원군의 아버지이며, 고종 황제의 할아버지이다. 원래 인평대군의 6대손이나 뒤에 아들 없이 사망한 사도세자의 넷째 서자 은신군의 양자로 입양되었다. 사망하여 연천 땅에 묻혀있다가 현재 묘소는 덕산면 상가리 산 5-28에 있다.

  홍선대원군은 순조, 철종비가 다 안동 김씨 권문 세력의 횡포의 힘든 상황 속에서 지내다가 지사 정만인의 풍수설을 철석같이 "충청도 덕산 가야사 동쪽에 2대에 걸쳐 황제가 나올 자리"라는 말을 믿었다.

  가야사의 스님을 내쫓아내고 빈집에 불을 질러 묘소를 마련했다. 2대에 걸쳐 왕위를 계승했으나, 홍선대원군의 10년 정치는 고종, 순종에 이르러 조선 후기는 망국의 길로 갔다. 왕권 강화를 위해 통상수교 거부는 천주교인의 신자의 모함당해서 1868년 4월 18일 통상 요구를 두 번씩이나 거절당한 독일 오페르트가 남연군 묘를 파헤치는 형국에 이르게 되었다.

  이들을 위해서 일부는 고종이 석회 1백 석을 전례대로 하사하여 묘소를 마련했다. 홍선대원군 셋째 형 이최응의 묘소를 이장하여 유물들이 서울특별시 성동구 '우리옛돌박물관'에 전시되었다는 소식은 슬픈 가족사이다. 그렇게 묘소에다 왕족들은 외국인도 도굴하지 못하도록 무쇠를 덮어 노력하였지만, 결국 대원군의 형 이최응 묘 이장한 지 130여 년 넘기지 못하고 파묘 화장을 한 것이 사실이라면 슬픈 일이다. 결코 남의 일이 아니다.

남연군과 그의 아들 넷은 서너 차례 묘소를 옮기며 후손들이 번창하기를 희망했지만, 그리 원했던 일들이 잘 이루어지지 않았다. 이런 일들은 앞으로 우리에게 다가올 일들이다.

우리나라의 전통적 가족제도의 근간은 직계가족제도이다. 직계가족제도는 장자를 통한 가계 전승을 원칙으로 삼는 부계제의 한 형태였다. 조선시대 후기에 와서 직계가족제도가 강화됨에 따라 더욱 성행하게 되어 묘지에 대한 남다른 욕심을 가졌다.

현재 산업화·서구화로 전통적으로 중시하던 가계 전승의 의미가 퇴색되었다. 남아선호사상도 점차 사라지고 대를 이르려는 생각보다는 출산을 아예 하지 않고 즐기는 세상이다. 남연군 직계 가족도 왕족을 유지하려고 입양한 사람이 많았다. 그들의 직계 가족을 외우려고 하니 복잡하다.

이제 다음 세대들은 아이를 낳지 않아 앞으로 묘소 관리도 없어질 것 같다.

남연군 묘를 대원군이 1845년(현종 11) 가야산 기슭에 이장하기 전에 가야사를 불태웠다.

1846년 3월 18일 남연군 묘를 이장하기 전, 주도면밀하게 가야사를 무너뜨리고 부처님보다 격이 높은 가구식기단, 돌난간, 마루 장식기와, 돌 주전자, 금당지, 대웅전, 석탑지, 기타 건물지를 남연군 묘 양옆 경사면에 묻었다. 석불 등은 정교하게 목을 모조리 잘라서 버린 만행을 하면서 땅속에 묻었다.

　　만약에 가야사가 없어지지 않았더라면 덕산 가야사는 경상북도 경주시 불국로(진현동)에 있는 불국사에 전혀 뒤지지 않은 큰 사찰이다.

　　가야사가 존속되었더라면 이미 예산시로 승격이 되어 예산시는 큰 발전을 했다.

　　조상에 대한 묘소의 소중함을 알게 되었지만, 예산군으로서는 가슴 아픈 사연이다.

제9부

덕산현
동헌

9.

德山縣 東軒에 걸린
시에 차운하다

「덕산현 동헌에 걸린 시에 차운하다.」라고

내 노트에 제목을 쓰자 사방에 묵혀 있던 책들이 금을 바른 것처럼 빛이 난다. 햇빛이 눈부시게 우리 집에 비친다. 사방천지가 도금되어 있다.

내가 남들이 쓰지 않았던 글을 쓸 때는 글감이 한 두둑과 한 고랑이 되어 넓은 이랑이 된다.

'고덕면지편찬위원회'가 2016년 발간한 『고덕면지』 최완수 간송미술관한국민족미술연구소 소장님의 '총사 1편'을 읽으면 예산지역 역사를 한눈에 볼 수 있다. 글감이 지천이다. 읽으면 읽을수록 반딧불이 날아와서 반짝반짝 비춰준다.

『가야산역사문화 총서』3권을 펼치면 조선시대 한시들이 아름답고 요염한 모습으로 유혹한다. 이런 한시들이 글감으로 들어가다 보니 글이 살아난다. 두 분께 진심으로 감사의 인사를 드린다.

『세종실록』149권에 수록된 '충청도 홍주목 덕산현'은 이렇다.

'이산현은 본래 백제의 마시산군이다. 신라에서 이산군으로 고쳤다. 고려 현종 9년에 운주 임내에 붙이었다가, 뒤에 감무를 두었다.

덕풍현은 본래 백제의 금물현인데, 신라에서 금무로 고쳐 이산군의 영현으로 삼았다. 고려 현종9년에 운주 임내에 붙이었다가, 명종 5년 을미에 비로소 감무를 두었다. 본조 태종 5년은 이산이 내상의 성밑에 있기 때문에 출중한 인물이 줄어들어 2현을 합쳐 덕산이라 했다. 13년에 예에 의하여 현감으로 고쳤다. 딸린 소가 2이니, 내박·신곡이다.

가야갑은 신라에서 서진을 정하고, 이를 서진이라 하여 중사에 실었다. 본조에서 봄·가을에 소재관으로 하여금 제사를 지내게 한다.

사방 경계는 동쪽으로 예산에 이르기 15리, 서쪽으로 해미에 이르기 15리, 남쪽으로 홍주에 이르기 10리, 북쪽으로 면천에 이르기 20리이다.

호수가 6백 49호요, 인구가 3천 2백 14명이다. 군정은 시위군이 20명이요, 진군이 2백 30명이요, 선군이 87명이다.

덕풍의 성이 4이니, 황·송·이·윤이요, 이산의 성이 4이니, 고·오·문·송이다.

땅이 기름지고 메마른 것이 반반이며, 간전이 5천 1백 99결이요, 논이 9분의 5이다.

토의는 오곡과 조·참깨·팥이다. 토공은 지초·대추·감·여우가죽·살쾡이가죽·노루가죽·사슴가죽·밀·칠·자리이다. 도기소가 1이다. 현의 서쪽 풍지동에 있는데, 하품이다.

읍 석성 둘레가 3백 98보이며, 안에 우물 하나가 있는데, 겨울이나 여름에도 마르지 아니한다.

온천은 현의 남쪽 3리에 있는데, 집 1간이 있다. 역이 1이니 급천이다.

월경처는 합덕의 서촌이 현의 북촌에 넘어와 있다.'

조선시대 덕산현(郡) 동헌에는 객사 62간, 아문 81간, 무기고 7간, 각 청 16간 등의 크고 작은 청사가 있었다. 덕산현 동헌 건물 위치는 현재 남아있지 않다. 나의 추측으로는 현재 덕산초등학교 자리와 학교 앞 도로변에 있었던 것 같다. 해방 후까지 남아 있었으나 예산교육청에서 역사적인 문화재 인식 부족으로 마구 없애버리고 초등학교 신축에만 열과 성을 다하여 매진한 것 같다. 교사를 신축·확장하는데 덕산면 동헌이 전부 철거되었다는 사실에 나는 화가 난다.

1915년 9월 덕산군 청사를 양도받아 교사로 개조하고 여기에 2학급 교실을 증축하여 늘린 뒤 학교를 원래 자리에서 교사로 개조하고 증축한 덕산군 청사를 옮겼다.

덕산관아터의 위치도 현 덕산초등학교가 자리한 덕산면 읍내리 348-1에 있었다.

덕산옥터는 덕산 관아터에서 500m 가량 떨어진 읍내1리 마을회관에 있었다.

현재 예산군 덕산면 덕산 동헌
을 잘 보존·유지했다면 관광객이
많이 올 수 있다. 수덕사를 방문하
고 관광객이 덕산 동헌에 들러 선
조들의 삶을 되돌아보는 여유를
가질 수 있는 것이다. 예산군 전
지역은 문화재 보존에 앞장서야
한다. 무분별한 난개발도 문제지
만 우리 선조가 살아왔던 터전을
모두 없애 버린다는 것은 정말 몰
상식한 행동이다.

〈바위에 새겨진 '옥병계'〉

'가야구곡' 중 옥병계도 한 사람이 식당을 운영하려고 기존에 있던
물이 흐르는 방향도 바꾸어 놓아 〈가야구곡2〉인 옥병계가 그곳에
있었는지 모른 정도였다. 4년 전에 덕산면 상가리 '옥병계'를 아내 최
금비와 찾아다니다 포기하고 집으로 가다가 길옆에 있는 것을 겨우
알아냈다.

조선 후기에 이르러 성리학의 한계성을 극복하려는 일군의 학자가
등장하는데 이들의 학문을 실학이라 불렀다.

성리학자들 중 성호 이익은 중국으로부터 들여온 서적을 접하고
개방적인 학풍의 경세치용 실학사상을 정립한 인물이다. 이익의 일

가와 후손 일부가 지금의 충청남도 서부 지역인 덕산(지금의 예산군 고덕면 상장리)에 세거함에 따라 성호학파의 계승이 덕산 지역에서 이루어졌다.

예산을 근거지로 살았던 여주이씨는 성호 이익의 학풍을 이어 이용휴, 이병휴, 이가환, 이삼환, 윤봉구, 이철환, 한홍조, 현상벽 등 수많은 명현을 배출하였다.

성호 이익의 집안에서 성호로부터 실학을 전수 받았던 인물은 여러 명이다. 출계 문제로 가계는 복잡하다. 혈연적으로 모두가 성호의 동복형인 이침의 자손들이다. 이들은 조금씩 경향을 달리하며 성호가학을 발전시켰다.

다산 정약용은 성호 이익으로부터 학문을 계승한 여주이씨 인물들에 대해 "정산 이병휴는 역경과 삼례, 만경 이맹휴는 경제와 실용, 혜환 이용휴는 문자학, 장천 이철환은 박물학, 목재 이삼환은 예학, 섬촌 이구환은 경제실용지학을 계승하였다."라고 하였다.

〈 고덕면 상장리 이용후 생가 〉

김진규(1658~1716)가 덕산으로 귀향한 것은 응봉 송석리인 덕산현 장촌면 석곡리에 송시열의 문인인 제주목사 박성석과 그 일족이 살고 있었기 때문이다. 그러니 박승건 형제 3인의 손자 37명이 포진한 덕산은 김진규가 귀양살이하기에 가장 좋은 곳이다. 덕산현 현내가 최고로 수석이 빼어난 가야동 일대를 박성석이 차지하고 있어서 이곳에 와서 귀양살이도 했다. 그래서 가야동 일대의 지명도 모두 운치있게 개명하여 전국의 문사들이 구름처럼 모여들었다.

박성석의 사위 윤봉구도 평생 벼슬하지 아니하고 숨어 살면서 학문에 전념하기에 가장 적합한 가야동에 있는 경작지 물려받아 살았다. 윤봉구는 45년을 가야동에서 은거하면서 권상하 문하의 강문 팔학사 중 하나로 명성을 떨쳤다. 낙론은 인성과 물성이 같다는 주장했다. 온양 설화산 아래 외암리에 은거하던 이간과 충남 예산군 예산읍 금오산 거무실에 살던 한상벽, 예산읍에서 은거하던 한홍조 들이 성리학 학문을 연구했다. 윤봉구의 아우 윤봉오도 가야동에서 살면서 별호 병계를 얻고는 주자의 무이구곡을 본따서 『가야구곡』을 설정했다.

윤봉구가 가야동에 은거해 있던 45년여 동안 덕산을 거쳐간 현감이 22여 명이다.

덕산현 동헌은 예산군의 역사적인 성리학의 중심지이다. 여러 관료와 문인들이 수시로 다녀가면서 덕산현 동헌에 걸린 현판이나 벽에 걸린 시를 차운하여 한시를 남겼다. 다시 찾아와 또다시 한시를 남긴 사람도 있다. 조선의 팔도에서 문사들이 내려와 학문을 배우고 간 역사가 깊은 곳이 예산이다. 인근 홍성군에 비해 인물면에서 예산군은 걸출한 문사가 많다. 그와 연관된 문화유적이 없어 입증하기 어렵다.

조선시대 조위(曺偉, 1454~1503)는 「예산으로 가는 길에 가야갑은 덕산에 있고, 무한산성은 예산에 있다.」라는 한시를 남겼다.

1493년(성종24)에 12월 24일 도승지로 있던 조위를 충청도관찰사로 내보낸다. 마음껏 지방행정에 그의 이상을 펼쳐 보이도록 한 조치이다. 조위는 김종직의 제자이다. 성종이 최초로 독서시킨 6인 사가독서제 문사 중 한 사람이다. 그가 사림파로 성장했으니 성종은 조위에 큰 기대를 걸었다.

1494년(성종25) 7월 21일, 조위는 가뭄으로 농사가 부실하니 점마별감을 보내지 말고 한산 축성도 중지하게 해 달라는 청을 해서 성종의 허락을 받을 정도로 총애와 신임을 받게 된다.

그해 8월 17일에는 가뭄으로 세금을 거둘 수 없으니 면세하게 해 달라고 하여 다시 성종의 허락을 받아낸다. 성종은 도백성의 보호에 적극 앞장선 조위를 극진히 아꼈다.

이때 조위는 예산도 들르고 덕산도 들렀다. 이때 조선시대 예산에서 역사적이고 보배로운 「예산 도중」이란 시와 「예산객관」을 남겼다.

이것이 시발이 되어 덕산 동헌, 신례원 등에 조위가 쓴 이 시를 보고 많은 묵객이 예산현과 덕산현 관아에 묵으면서 산(山)자를 차운하여 릴레이식으로 많은 시를 남겼다.

조위가 「예산객관」이란 한시를 쓴 정확한 연도는 알 수 없다. 그가 남긴 <예산으로 가는 길에 가야갑은 덕산에 있고, 무한산성은 예산에 있다.> 시는 이렇다.

禮山道中 伽倻岬在德山 無限山城在禮山

조위

小雨紅塵帖不驚	보슬비에 꽃잎 져도 놀라지 아니하고
驂驔躑躅赴長程	곁말은 머뭇거리며 긴 여정 떠나노라.
靑山隱映伽倻岬	푸른 산은 은은히 가야갑사에 흘기고
白水彎回無限城	맑은 물은 굽이돌아 무한성으로 흐른다.
芳草萋處迷遠碧	방초 무성하여 멀리서 푸른 빛 어른거리고
遊絲澹澹弄新晴	이지랑이 하늘거리니 날이 새로 개였도다.
故園春色應如此	고향 땅의 봄빛도 이와 같을지니
異域風光易感情	타향의 풍광에 내심정 아리도다.

『매계집』권1

위 시는 홍, 청, 백, 벽, 춘색 등 색채 이미지를 표현했다. 그는 긴 여정에 심신은 고달프지만 알록달록한 가야산과 무한산성을 관조하면서 자신의 고향을 이곳으로 오도록 불러내고, 한편으로는 고향으로 돌아가지 못하는 슬픔을 표현했다.

조선시대 덕산현 동헌에는 널리 알려진 많은 행정관료가 다녀갔다. 이들은 시와 문장에 능통했다. 덕산 동헌에 머물면서 자연스럽게 동헌에 걸린 시판을 보고는 그들의 심정이 담긴 애환과 회포를 푸는 방식의 한시를 많이 남겼다.

김극성, 김정국, 신용개, 구봉령, 이안눌, 김정, 이진망, 이승소 등이 덕산현을 지나다가 동헌에 걸린 운자 1연 '山'자, 2연 '看'자, 4연 '瑞'자 운의 시판에서 차운하여 지은 많은 시를 남겼다.

그중 덕산현 동헌에 걸린 한시를 차운한 8명이 쓴 13여 편을 소개한다. 그 외 많은 사람의 시가 남아 있다.

나는 이 글을 쓰면서 이런 생각을 했다.

덕산현 동헌의 건물이 있었더라면 다음 소개한 한시를 덕산면 동헌 앞에 이분들의 작품을 전시하고 싶은 생각을 해보았다. 부질없는 짓이다.

김극성 외 7인이 덕산현 동헌에 걸린 시를 차운한 시는 이렇다.

덕산에서 동헌에 걸린 시 네 수를 차운하다
次德山東軒韻四首

김극성

〔1〕

西山爽氣送秋來　서산의 상쾌한 기운 가을을 보내오고

十載塵襟好展開　십 년의 속된 마음 펼치기 좋도다.

竹葉有祟吾已矣　대잎에 빌미 있어 나도 그만둘 터인데

墻花無賴客何哉　담 밑의 꽃 의지할 곳 없으니 객은 어찌하나?

〔2〕

細雨斜風對晚山 가랑비 비껴 부는 바람 저녁 산을 마주하고

尋常佳趣不同看 예사로운 고상한 정취도 다르게 보노라.

一抹靑煙樓野外 일말의 푸른 연기 들판 밖에 잠기고

雙飛白鳥入雲端 짝지어 나는 백조 구름 끝으로 들어간다.

〔3〕

望中非水卽靑山 바라보니 물이 아니면 청산이니

此景此樓人共看 이 정경, 이 누각을 함께 감상하노라.

身材江湖無樂事 몸은 강호에 있어 즐거운 일 없으니

蓬萊正在五雲端 봉래산이 바로 오색구름 끝에 있노라.

〔4〕

古鼎燒心香半殘 옛날 솥에 태운 심향 반쯤 남았고

陶詩一拳已回看 도연명 시 한 권을 돌아보았노라.

午睡欲醒無一事 낮잠에서 깨려하지만 할 일 없으니

南山斗起上眉端 남산의 별이 미간 사이로 떠오른다.

덕산 동헌에 걸린 제영에 차운하다
次德山東軒題詠韻

地有千尋木 땅에는 천 길의 나무가 있고

村非太古煙 마을 연기는 태곳적이 아니로다.

高秋時極目 하늘 높은 가을철에 멀리 바라보니

西日半銜邊 석양이 절반쯤 끝을 머금었도다.

<우정집夏亭集>권1

김극성(金克成, 1474~1540)은 생원시에 장원하고, 1498년 별시 문과에 장원으로 급제했다. 1500년에는 서장관으로 명나라에 다녀와서 북평사가 되었다.

1506년 중종반정에 가담, 분의정국공신 4등에 녹훈되어 장악원정으로 임명되었다. 이듬해 부모 봉양을 위해 외직을 빌려 서천군수로 부임하였다.

의주목사로 갔다가 1518년(중종13) 삼공에 문무 겸비의 인물로 천거되어 예조참판으로 전임되었다. 1521년(중종16) 공조참판으로 정조사에 임명되어 북경을 다녀왔다. 1523년 예조판서·우참찬·이조판서를 지내다가 잠시 평안도관찰사가 되었다. 권신 김안로의 미움을 받아 그 일파의 모함으로 1531년(중종26) 정광필과 함께 흥덕에 유배되었다. 이듬해 김안로가 죽자 귀양에서 풀려 우의정에 발탁되었다.

비교적 한미한 집안 출신으로서 매사에 신중하고 자세했다. 세 번이나 예조판서를 지낼 만큼 문학에 뛰어났다. 저서로『우정집』이 있다.

□ 덕산의 동헌에 걸린 시에 차운하다
次德山東軒韻

김정국

朝暾驅靄捲秋山 아침 햇살이 가을 산 아지랑이를 걷어내니
渺渺川原一樣看 아득히 먼 강과 들판이 한눈에 보이는구나.

野闊長川歸路遠　들판은 넓고 하늘은 높은데 귀로는 멀어

客中愁緒正無端　나그네의 많은 수심 정말로 끝이 없구나.

<사재집思齋集 권1>

　김정국(金正國, 1485~1541)은 <신례원 정자에 앉아 예산 태수에게 적어 올리다>, <삼가 정산현 동헌(청양)에 걸려 있는 선고조(김익령)의 시에 차운하다>, <결성동헌에 걸린 시에 차운하다> 등을 남겼다.

　위 한시 <덕산의 동헌에 걸린 시에 차운하여>와 소개하지 않은 <결성 동헌 시에 차운하여>는 비슷한 시기에 쓴 시 같다.

　그는 1515년인 31세 때 점마별감에 임명되어 가을에 홍주(현 홍성)로 오고 갈 때 덕산현에 온 것 같다.

　<결성 동헌 시에 차운하여>라는 시에

　"… 헤아려보면 지금 10여 년이 되었는데, 임금의 명을 받는 신하들이 거듭 오고, 성문도 전과 같으며, 마을 거리도 옛날과 같다. 이로써 태평성대의 기상이 있어 풍광과 회포가 다르니, 이 때문에 감흥이 일지 않을 수가 없다. 이에 시를 지어 회포를 푼다."라는 한시는 김정국의 『사재집』 권1에 수록된 주석을 읽어 보면 알 수 있다. 중종 때 각부의 참판과 황해도·전라도·경상도의 관찰사를 지낸 김정국의 문집인 『사재집』에 520수의 시가 수록되어 있다.

　그는 10세와 12세에 부모님을 여읜 뒤 김안국과 함께 이모부인 조유형에게 양육되었다.

　1504년(연산군10) 언관으로 있던 이모부 목사 조유형이 갑자사화에 연루되어 결성현(충남 홍성군 결성면)으로 유배되자, 그를 따라 학문을 배우며 3년 간 머물렀으며, 1509년(중종4) 4월 6일 별시 문과에 장원했다.

1514년(중종9) 신광한 등과 함께 사가독서를 하여 유능한 젊은 문신들을 뽑아 휴가를 주어 독서당에서 공부하게 했다.

1515년(중종10), 벼락과 번개가 친 것으로 인하여 구언하니 그는 5월 11일 이조정랑(정5품)으로서 '임금은 정성을 다해 신하를 대우하고, 날마다 여러 신하들을 직접 접견하여 어진 이를 선발하여 유능한 인재를 등용하여 진심으로 일을 맡겨야 한다.'는 내용의 〈추성임하친접군신소〉도 올렸다. 1519년(중종14) 11월 5일 황해도 관찰사 겸 목사에 제수되고 그해 11월 15일 기묘사화가 일어나자 상소를 올려 사림을 구하려고 하다가 어쩔 수 없음을 알고 곧 그만두고 경기도 고양군 망동리에 은거하여 많은 제자를 가리켰다.

저서로는 『성리대전절요』, 『촌가구급방』, 『기묘당적』, 『사재척언』 등이 있다.

□ 덕산의 벽에 걸린 시에 차운하다

次德山壁上韻

신용개

〔1〕

日高寒靄未離山	해는 높이 뜨고 차가운 구름은 산에서 벗어나지 못하고
冪野藏村罨畵看	들판 감추고 마을 덮으니 채색 그림으로 보는 듯.
何處好林勘注着	어느 곳의 좋은 숲에서 거주할 수 있는가?
故園歸思忽無端	고향으로 돌아가고 싶은 생각 갑자기 솟아 난다.

〔2〕

露尖呈翠數洲山　여러 고을의 산은 뾰족하고 푸른데

大野長天日望看　너른 들판에서 높은 하늘 바라보노라.

歲晏朔風吹短鬢　세모에 삭풍이 짧은 살쩍에 불고

淸愁不覺入眉端　맑은 근심 나 몰래 양미간에 스며든다.

〈이요정집二樂亭集〉권1

　위 시는 신용개가 좌천되었을 때 덕산 동헌에 걸린 시판을 보고 차운한 작품이다. 세모에 삭풍이 부는데 자신은 좌천되었어도 고향에 돌아가고자 하였으나, 여건상 가지 못하고 얼굴에 수심이 가득한 심정을 피력하였다.

　신용개(申用漑, 1463~1519)는 1488년(성종19) 문과에 급제, 승문원 권지가 되었다. 4년간 왕을 모셔 성종은 성종 어의를 벗어 입혀주기까지 하였다. 연산군 때 직제학·도승지를 지내다가 강직한 성격이 연산군의 비위에 거슬려 영광에 귀양을 갔다.

　그는 1498년(연산군) 김종직의 〈조의제문〉을 김일손이 사초에 실었던 무오사화와 연루되어 투옥되었던 인물이다. 그 후 도승지 된 후 1502년 충청도 수군절도사로 좌천되었다. 1503년 형조판서를 거쳐 예조참판이 되어 명나라에 사신으로 다녀온 뒤 갑자사화에 또다시 연루되어 전라도 영광에 유배된 문인이다. 신용개의 조부는 신숙주이다.

□ 덕산에서 다시 동헌 시에 차운하다

德山, 復次軒韻

구봉령

1)

城臨闊野擁遙山　성 가까이 너른 들 아득한 산을 에워쌌고
滿點螺尖鳥外看　일만 점 뾰족 봉우리 나는 새 너머 보인다.
不覺臨軒衣盡濕　옷이 비에 젖는 줄도 모르고 동헌에 나갔더니
春雲片片落簷瑞　봄 구름 조각조각 처마 끝에서 떨어진다.

2)

東風籬落杏花天　봄바람에 살구꽃이 울에 떨어지는 날
客興聊斟藥玉船　나그네 흥에 겨워 약옥선 주고받는다.
病眠平生眞一快　병든 눈으로 평생에 참으로 호쾌한 경관 보니
碧空無際絶纖煙　푸른 하늘에 끝없이 가는 연기 피어오른다.

□ 덕산에서 박순 시에 시에 차운하다

德山, 次思菴韻

天涯重到十年間　십년 사이 하늘 끝에 다시 이르리
驛路炎塵惱炳顏　역로의 더운 먼지에 병든 모습이라
却喜書簾吹爽氣　기쁘구나, 한낮에 상쾌한 바람이 발에 불어
竹林開處露靑山　대나무 숲 열린 곳에 청산이 활짝 드러났다.

〈백담집栢潭集 권1〉

위 첫 번째 시와 두 번째 시는 덕산 동헌에 걸렸던 〈덕산에서 관찰사 신영공에게 드리며.『사암집』권1시에서 차운한 작품이다.

'사암'은 박순(1523~1589)의 호다. 구봉령이 충청도 관찰사로 나간 1576년 4월 현재 당진 송악면 가교리 신암면에 있는 그의 9대조 구예의 묘소에 성묘하러 왔다가 덕산현아에 들러 좌의정 박순의 운을 빌려 시를 남겼다.

구봉령(具鳳齡, 1526~1586)은 1546년(명종1) 사마시에 합격했다. 1560년 별시문과에 을과로 급제해 홍문관에 정9품 관직인 홍문관정자가 되었다.

1573년(선조6) 직제학에 올랐으며, 이어 동부승지·우부승지·대사성·전라관찰사·충청관찰사 등을 지냈다. 1581년 대사헌에 오르고, 이듬해 병조참판·형조참판 등을 지냈다. 그는 한때 암행어사로 황해도·충청도 등지에 나가 흉년과 기황으로 어지럽던 민심을 수습하기도 하였다.

당쟁이 시작될 무렵이었으나 중립을 지키기에 힘썼다. 시문에 뛰어나 기대승과 비견되었고, 또한「혼천의기」를 짓는 등 천문학에도 조예가 깊었다. 만년에 정사를 세워 후학들과 경사를 토론하였다.

사후 용산서원에 제향되었다. 저서로는『백담문집』과 그 속집이 있다.

□ 덕산 동헌에서 벽에 걸린 시를 차운하다

德山東軒, 用壁上韻

이안눌

沔陽鄉里接伊山　면양 향리는 이산을 인접하고
父老塡街拭目看　부로들은 큰 길 메우니 눈 비비고 바라본다.
征施暫停春雨濕　깃발을 잠시 멈추니 봄비가 적시고
杏花消息破憂端　살구꽃 피는 고향 소식이 근심을 깨노라.

『동악집』권21〈호영록〉

□ 덕산현 관아의 시판에 걸린 시를 차운하다

德山縣館. 用板上韻

洪陽山接沔陽山　홍양산은 면양산과 인접하고
八月看如二月看　팔월에 보니 이월에 본 것 같다.
南去北歸身易老　남북으로 돌아다니느라 이 몸 늙기 쉽고
不堪官事日多端　날마다 느는 관청 일 감당 수 없도다.

『동악집』권21〈호영록〉

□ 덕산동헌의 시판에 걸린 시를 차운하다

德山東軒, 用板上韻

一年三宿古鸎山　일 년에 세 번 앵산에서 자고
蟾魄翻驚九度看　달빛에 문득 놀라 아홉 번 바라본다.
老病客中常少睡　객지에서 늙고 병들어 항상 잠 못 이루고

154

未容歸夢入南端 꿈속에서나마 남쪽 끝에 들어가지 못한다.

『동악집』권21〈호영록〉

　이안눌의 첫 번째 시에서 '면양'은 지금의 당진군 면천이다. '이산'은 덕산의 옛 이름이다. 면천은 이안눌과 깊은 관계가 있다.

　1620년(광해군12)에 생모 이씨가 돌아가자 3년 동안 면천에서 여묘살이를 했다. 1627년에는 귀양을 풀어 주어 면천으로 돌아왔다. 1633년 벼슬을 사직하고 다시 면천으로 돌아왔다. 1634년 1월 공청감사겸 도순찰사로 부임하였다.

　그의 시는 절실한 주제를 기발한 시상으로 표현하였으며, 그가 옮겨 다닌 지방의 민중생활사 및 사회사적 자료를 담고 있다. 그의 생애가 임진왜란·병자호란의 양란에 걸쳐 있으므로 전란으로 황폐해진 당시의 상황을 그의 시를 통하여 엿볼 수 있다.

　그는 그런 심정을 담은 〈편지를 부치며〉 '7언 절구'를 남겼다.

　- 집에 편지를 부치며 寄加書 -

　欲作家書說苦辛 恐敎愁殺白頭親
　집에 보낼 편지말에 괴로움 말하려다 백발노인 어머님께 근심될까
염려되어
　陰山積雪深千丈 却報今冬暖似春
　그늘진 산 쌓인 눈이 그 깊이가 천 길인데 금년 겨울 봄날처럼 따뜻
하다 적었네

위 시는 그가 함경북도 병마사가 되어서 눈이 키를 덮는 경성 땅에서 겨울을 나며 쓴 시다. 황막한 변방의 추위는 냅다 못해 뼈를 저민다. 올 적에 입었던 옷이 맞는 것이 하나도 없다.

"어머님! 이곳은 너무 춥고 힘들어요." 집에 보낼 편지에 이렇게 쓰려다가 백발의 어머님이 자식 걱정으로 뒤척일까 되려 걱정이 되어 잠 못 드실까 봐 이렇게 다시 고쳐 쓴다.

"어머님! 이곳의 겨울은 봄날처럼 따뜻하여 잘 지내고 있습니다. 저는 건강하게 잘 있습니다. 곧 뵐게요" 라고 썼다.

아! 지금쯤 전방에도 칼바람 속에 흰 눈이 쌓여가겠지. 어머니의 품이 그리운 아들의 눈물이 맑게 맺혀 얼고 있겠지.

두 번째 시에서 '홍양산'은 지금의 홍성 용봉산이다. '면양산'은 당진 면천의 아미산이다. 〈호영록〉에 유독 덕산에서 지은 시가 많다. 덕산 관아에서 처리해야 할 일이 많았던 것으로 추측된다. 그의 나이 60세 중반에 접어들어 수많은 일의 처리가 힘에 벅찼나 보다.

세 번째 시는 관직 생활 중 쓴 시 같다. 1634년 공청감사 겸 도순찰사로 일하다 1635년 파직되기 전에 순찰하면서 동헌에 걸린 한시를 차운한 작품 같다.

이안눌(李安訥, 1571~1637)은 1599년 문과에 급제하여 여러 언관직을 거쳐 1601년 서장관으로 명나라에 다녀왔다. 1607년 홍주목사·동래부사, 1610년 담양부사가 되었으나 1년 만에 병을 이유로 돌아왔다. 어머니의 3년 상을 마치자 인조반정으로 다시 등용, 예조참판 때 사직했다. 다음 해 이괄의 난에 유배되었다.

저서로는『동악집』이 있다.

□ 덕산동헌에 걸린 시를 차운하다

1 덕산을 지나다가 동헌에 걸린 산(山)운의 시판에 차운하다.
    덕산동헌에 걸린 시를 차운하다
            次德山東軒詩板上韻

                                                        김정

洪州南去接伽倻 홍주는 남으로 가고 가야산에 접하니
列邑人姻一望看 여러 읍 사는 집들 한 눈에 바라본다.
望眠遠窮天外盡 보는 눈 다하여 하늘 밖에 끝나니
亂峯千點在雲端 어지러운 봉우리 천 점이 구름 끝에 있구나.

                              『충암집冲庵集』권1. '덕산운'

   위 김정의 한시는 덕산을 지나다가 동헌에 걸린 산(山)운의 시판에
차운하여 남긴 한시이다. 그는 조광조의 정치적 성장을 도왔다.

   김정(金淨, 1486~1521)은 1507년(중종2) 증광 문과에 장원으로 급제했다.
병조정랑·부교리·헌납·교리·이조정랑 등을 거쳐 1514년에 순창군수
가 되었다. 1515년 8월 8일 담양부사 박상(1474~1530)과 순창군수 김정
이 구원에 응해서 폐비 신씨의 복위와 이어 죽은 박원종, 유순정, 성
희인의 죄를 의논하여 생전에 지낸 벼슬의 이름을 깎아 없애려는 청
을 했다. 청류 사림의 여론을 대변했다. 유순, 정광필은 훈구대신들

이 용납하지 않아 결국 박상은 남평에, 김정은 보은으로 유배되었다. 권민수·이행 등은 이들을 엄중히 다스릴 것을 주장하고, 영의정 유순 등은 이에 반대했고, 조광조도 치죄를 주장한 대간의 파직을 주청하였다. 이 문제를 둘러싸고 대간 사이에도 대립이 생겼고, 사림파와 훈구파의 둘 다의 주장이 옳다는 등 의견이 분분하였다.

1516년 석방되어 박상과 함께 다시 홍문관에 들고, 권민수와 이행의 파직으로 마무리가 되어 중앙 정계에서 사림파의 승리를 이끌었다.

이조참판·도승지·대사헌 등을 거쳐 형조판서에 임명되면서 사림파는 급속한 성장을 했다. 1519년 기묘사화 때 극형에 처해지게 되었으나, 영의정 정광필 등의 옹호로 금산에 유배되었다가, 진도를 거쳐 다시 제주도로 옮겨졌다. 그의 저서로는 『충암집』이 있다.

제주도 귀양 가는 길에 김정은 길가의 소나무를 보고는 소회를 적는다.

길가의 소나무에 쓰다 題路傍松

김정

海風吹去悲聲壯 山月高來瘦影疎
바닷바람 불어가면 슬픈 소리 거세지고 산 위로 달이 높이 뜨자 야윈 그림자 성글구나.

賴有直根泉下到 雪霜標格未全除
곧은 뿌리 샘 아래로 뿌리박음 힘을 입어, 눈 서리도 높은 기상 어쩌지 못하누나.

바닷바람이 몰아치니 소나무 가지 사이에서 매서운 휘파람 소리가 들린다.

저 세찬 바람과 맞서서 조금도 굴함이 없다. 깊은 밤 달이 산꼭대기에 뜨면 뼈만 남은 가지는 앙상한 그림자를 드리운다. 하지만 땅속 깊이 뿌리를 내렸기에 모진 눈보라도 꿋꿋한 기상을 꺾지 못한다.

내 지금 비록 환난과 역경 속에 있으나 너의 기상을 본받아 떨쳐 일어나리라.

불의의 광풍도 미친 눈보라도 나를 어쩌지 못할 것이다. 땅속 깊이 든든히 뿌리내린 의리의 기상으로 이 시련의 날들을 견뎌 내리라.

위의 한시는 내용으로 보아 김정은 제주도 귀양을 가면 살아 돌아오지 못함을 예견했던 것 같다. 귀양지로 가는 길이었을까? 길가 소나무 그늘에 잠시 쉬다가 그 등걸에 쓴 시처럼 느껴진다.

그는 을사사화 때 제주에 유배되었다가 그곳에서 이듬해 사약을 받고 죽었다.

□ 덕산군수 최수신이 객관을 수리하기에 벽에 걸린 시를 차운하여 주노라
　　　　　德山守崔君守身修客館, 次壁上鈞贈之

　　　　　　　　　　　　　　　　　　　　　　이진망

斗邑蕭條擁萬山　조그만 고을 쓸쓸하게 만산을 감싸고
古亭丹碧煥新看　옛 정자 울긋불긋 바뀌어 새롭게 보인다

河東昔日稱佳政　하동은 옛날에 바른 정치 칭송했는데
增飾官居卽一端　관청을 증축하니 한결같이 바르도다
<도운유집>책1

이진망(李眞望, 1672~1737)의 시에 나오는 최수신은 최창대(1669~1720)의
아들이다. 할아버지는 최석정(1646~1715)이다. 그의 부친 최창대는 이름
이 높았다. 대사성, 병조참의, 공조참의, 홍문관 부제학을 역임했다.
50세에 개성 유수 임명 특지를 받았으나 병으로 사직하고 부임하지
않았다. 2년 후에 사망하였다. 친자가 없어 최수신을 양자로 들였다.
『가야구곡』중 '관어대'와 '욕병계' 일원에 덕산현 관사가 있었다.

이진망(1672~1737)은 1696년(숙종22)에 생원이 되고, 1711년(숙종 37)에
식년문과에 장원급제했다. 1725년(영조1) 대사성으로 소론인 이광좌
의 신원을 상소하였다. 1730년 형조판서가 되고, 1732년에는 동지사
로 청나라에 다녀와 예조판서가 되어 대제학을 겸하였다. 1735년에
좌참찬으로 빈객을 겸하다가 추부사로 죽었다. 영조의 즉위하기 전
의 그 임금이 살던 집이나 그때의 지위에 사부였으므로 국왕이 예우
를 하였다.

저서로는『도운유집』이 있다.

□ 덕산의 동헌에 있는 시를 차운하여 길을 가는 도중에 즉사로 읊다
〔用德山東軒詩韻記途中卽事〕

이승소

騰凌馬足殷靑山　내달리는 말발굽에 푸른 산이 울리는데

壟上耕夫輟未看　밭에서 밭 갈던 농부 쟁기질을 쉬고 보네.
榮苦雖殊同役役　영화와 노고가 비록 서로 다르나 나라 위해 일하
　　　　　　　　기는 마찬가지
百年人事儘多端　백년 인간사가 참으로 여러 갈래구나.

『삼탄집三灘集』 제4권

　이승소(李承召, 1422~1484)는 예문관제학과 겸임하는 충청도 관찰사로
1465년(세조11) 10월 26일 발령되었다. 10여 개월 재임을 하면서 집현
전 직제학 출신으로 예문관제학을 겸비한 문서답게 충청도 전 지역
을 순찰하면서 충청도 각처에 시를 남겨 놓았다. 그중에서 위 한시는
덕산현에 들러 읊은 시이다. 충남 예산현 동헌에 걸린 산(山)자 운을
빌려 지었다.

　1438년(세종20) 17세로 진사시에 합격했다. 1467년 충청도 관찰사로
있을 때 병을 얻어 위중하자 국왕이 의약을 내렸다. 예종이 즉위하자
예조참판이 되어 명나라와 외교 사무를 보았다. 여러 차례 과거를 주
관, 인재 등용에 힘썼다.

　1480년 이조·형조의 판서를 역임하면서 신숙주 등과『국조오례의』
를 편찬하였다. 1480년 주문사의 부사로 다시 명나라에 다녀왔다.
정사였던 한명회의 사헌궁각 사건에 연루되어 간관의 탄핵을 받았
다. 그 뒤 이조판서·형조판서·우참찬·좌참찬으로서 문명을 날렸으
나, 1483년 병이 심해져 사직을 청하자 한직인 지중추부사로 옮겨져
특별히 녹봉을 받았다. 문장으로 이름을 남겼다. 청렴해 집안에 꾸민
것이 없었다고 한다.

저서로는 『삼탄집』이 있다

앞에서 소개한 시는 동헌과 관련이 있다. 1연 '山'자, 2연 '看'자, 4연 '瑞'자 운의 시판에서 차운한 시이다. 8명 문인이 쓴 13편의 한시를 쓴 작가는 조선시대 문인이며 이중 다수가 무오사화, 갑자사화, 기묘사화, 신사무옥 등과 연루되고 유배 생활과 연관성이 있다. 이러한 문인들이 강진이나 제주도에 가지 않고 충청도 예산군에서 유배 생활하면서 지역의 정서를 반영한 한시를 남겼다. 귀중한 예산과 관련된 지명에 한시가 전해지고 있어 다행스러운 일이다.

특히 충남 예산군 덕산면과 고덕면을 축으로 많은 실학자를 배출하였다. 18세기 여주이씨 성호학파 실학자들의 배출은 우리 고장의 보배이다. 그러한 영향으로 현재 예산지역이 우리나라 문학의 메카로 자리매김을 하게 하였다.

덕산의 관아와 옥은 천주교 순교자들의 신앙 증거의 현장이었다. 덕산 출신의 순교자는 141명으로 알고 있다.

성 손자선 토마스와 복자 정산필 베드로 내포회장, 복자 원시보 야고보, 복자 김사집 프란치스코 등은 덕산 포교에 붙잡혀 덕산 관아로 압송되었다. 다양한 방법으로 행해진 모진 박해에도 불구하고 배교를 거부하고 천주 신앙을 고백하였다. 1799년 내포의 회장인 정산필 베드로는 덕산 동헌에서 인접한 옥터 부근에서 참수 및 장사한 것으로 알려져 있다.

이처럼 덕산동헌, 관아와 옥터는 천주교 박해시기 순교자들이 신

앙을 증거한 '증거 터'로서 교회사적 가치를 지니고 있다. 이런 흔적
들이 없어지고 덕산초등학교로 변해버려 아쉽다.

※ 이 글은

1. '가야산역사문화총서 3권', 『내포가야산 한시 기행』에 나오는 한시
   국문 번역
2. '고덕면지편찬위원회'가 2016년 발간한 『고덕면지』 최완수 간송미술
   관한국민족미술연구소 소장님의 '총사 1편'
3. 우리 한시 삼백수(7언절구) 정민편역, 김영사출판사
4. 내포 천주교 유산 활용을 위한 연구용역 학술세미나 『덕산지역 순교
   사적 고찰과 활용』 내포교회사연구소, 2022

의 글의 내용 인용하였습니다. 머리를 숙여 감사드립니다.

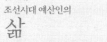

문헌이 바탕은
조선시대 예산인의
삶

제10부

예신고
정문

10-1.
예산군
효 이야기

삼국시대에서 조선시대에 이르기까지 효는 최고의 덕목이었다.

효를 실천한 사람에게 포장한 문헌 사례는 『삼국사기』에 전해졌다. 신라 경덕왕14년(755) 웅천주 판적향(현재, 충남 공주)에 살고 있었던 '향덕'이란 사람이 부친을 위해서 자기의 허벅지의 살을 베어낸 효행을 하여 왕이 집, 의복, 물건, 음식 등을 상으로 내리고 비석을 세워 사적을 기록하여 표본으로 삼게 했다.

고려시대에도 효자, 효부, 열녀에 대한 효행 이야기는 전해진다. 그런 사람에게 국가에서 포장이 이루어졌다.

예산군은 충절의 고장이다. 대흥 이성만 형제의 효행과 우애이야기는 초등학교 교과서에 실린 실존 인물이다.

1497년(연산군3)에 이성만, 이순 형제의 효심과 우애를 기리기 위해 세워진 효제 비석은 현재 예산군 대흥면 동서리에 있다.

심청전 근원설화와 원홍장 이야기는 학계에서 정확하게 검증이 되지 않았다. 심청전의 근원설화는 백제시대『원홍장이야기』로『관음사사적기』에 기록이 있다.

2002년 예산군 효행사례 학술세미나에서 언급한 '심청전 근원설화 원홍장 이야기'는 심청전의 근원설화이다. 소설 심청전과 유사하다.

이성만·이순 형제의 의좋은 형제와 예산군 인물을 캐릭터 개발하여 예당호 출렁다리처럼 예산군 홍보했으면 한다.

전남 곡성 등 다른 지방자치단체에는 전국 효 서예대전 개최 등 지역문화발전의 콘텐츠로 활용하고 있다.

어렵게 관직에 올라서도 부모님이 돌아가시거나 병환 중이면 관직을 내던지고 부모를 돌보았다. 3년간 시묘 생활은 힘든 일이다.

조선시대 예산, 덕산, 대홍 현감 중에도 효를 실천한 사람이 있다.

성수종(1495~1533)은 기묘사화로 스승 조광조와 연루된 문인으로 대간의 탄핵을 받고 별시 문과에 급제 명단에서 제외되었다. 예산에 낙향 후 초시에 합격하여 예산 현감에 임명이 되었으나 벼슬에 뜻을 버리고 청빈하게 살았다. 그는 효성이 지극했다. 19세에 부친상을 당했다. 3년 동안 시묘를 할 때 자신은 죽을 먹으면서도 매일 세 번의 상식을 올리며 자신의 도리를 하였다. 음식을 올렸다. 선조 대에 기묘명인으로 추대되었다.

민회현(1472~1540)의 부친 민질은 두 살 때 사망했다. 16세 때 모친상을 당했다. 그는 3년간 시묘하면서 죽만 먹었다. 곡하며 조석으로 전을 올리며 자신의 도리를 하였다. 품행이 효성스럽고 청렴하여 주군에서 관리 선발 응시자로 추천 받았다. 부모에게 효도하는 놈가짐과 청렴한 사람으로 인정받아 1518년 군자감 종6품 관직을 거쳐 사헌부 정6품 관직에 등용되고 승진한 인물이다. 기묘사화로 현량과 합격자 명부가 취소되어 직첩과 홍패를 몰수당했다. 그 후 신암면으로 돌아와 한가롭게 여생을 보냈다.

대흥현감 안민학(1583년)은 불효하여 사헌부의 탄핵을 받아 대흥 현감을 다른 사람으로 바꾸었다. 그의 강직한 심성은 모함에 의한 죄로 인하여 관직을 내리고 외진 곳으로 쫓겨난 사람에게 미움을 샀다. 정인홍 등이 여러 선비를 무고하고 탄핵한 결과이다. 『세조실록』과 『조선왕조실록』에 기록이 있다. 그런 일들은 부정적인 관점보다는 긍정의 눈으로 보았으면 좋겠다. 안민학 부인인 곽씨가 23세 별세하자 어려운 살림에서 챙겨주지 못한 남편으로서 자책하고 부인의 그리움은 평생 살아도 끝이 없다는 애도문이 2018년 충남 당진시에서 발견되었다.

이진은(1646~1707) 2년 동안(1681~1682)에 많은 선정을 베풀어 조정에서 대흥 현감에 발탁되었다. 부모의 봉양을 위해 외직인 대흥현 현감을 맡도록 하였다. 자신을 단속하고 백성을 사랑했다. 온 경내에서 칭송하였다. 그는 선왕의 태를 간직하고 산을 대흥현에 정하여 조정에서 호칭을 '대흥현'에서 '대흥군'으로 승격하도록 하여 대흥군 군수를 생활했다.

예산현감 장윤식(1817~ ?)은 99칸의 기와집과 15만여 평의 토지를 소유한 조선시대 상류 갑부이다. 근면한 정신으로 젖 장수나 등짐장수가 사용하는 작은 지게와 상민이 쓰던 패랭이 모자를 만들어 팔아서 큰 부자가 된 사람이다. 1870년 세워진 장윤식 현감 영세불망비는 예산 버스터미널에서 있었던 것을 2018년 예산군청사를 신축하면서 군청 앞으로 옮겨왔다. 그의 영세불망비는 예산향교 앞, 삽교읍 월산리 정려각, 대흥면 의좋은 형제 공원 왼쪽에 있다. 무려 비가 4개나 된다.

예산군 현감과는 관련이 없는 안처순(1493~1534)은 1518년 홍문관박사가 되었으나 어머니의 부양을 위해 구례 현감으로 나갔다. 그는 이듬해 기묘사화에 화를 면하고 은퇴했다가 성균관학관·경성교수를 지냈다. 1533년 전적으로 기용된 뒤 봉상시 판관에 이르렀다.

강문 8학사 중 한 사람인 '한홍조의 부인 단양우씨가 예산읍 산성리 봉두암 절벽에서 자살하였다.'라는 글을 여러 곳에서 읽었다. 산성리 봉두암 위치를 찾으려고 지명유래, 면지 등을 찾아보았지만 찾을 수 없었다. 그런 것은 나의 한계점이다.

예산군에서 발굴되지 않은 효자, 열녀, 충신은 많다. 그중 노비, 사비, 호장, 향리, 학생에 관한 내용이 빈약하여 아쉽다.

예산군은 한국을 대표하는 충·효의 인물이 많다. 선비의 학문이 발달한 고장이다. 유교문화와 선비정신을 계승하였다.

조선 후기에서 일제강점기인 1930년대에 태극교 유교단체 모성존도원 등에서 성균관 문묘 제사를 지냈다. 공자를 따르는 효행자 등에게 정려를 내렸다.

예산군에는 평산박씨 박윤호(1930년), 인형원 부부 쌍효각(1927년), 충혼공적 정치방과 정해열(1927), 효자 김창조(1927) 등이다. 한일합방으로 성균관이 폐쇄되자 '경성모성존도원' 유교 단체에서 분묘 제사를 지내며 전통적인 유교 사회 명맥을 유지했다.

일제강점기에는 조선시대의 예조에서 행하던 포장과 명정을 세우도록 하는 일은 '성균관'에서 '경학원'으로 변경하여 이루어졌다. 전통적인 포장절차도 후손들에 의해 꾸준히 정문을 건립했다.

예산읍 예산리 '천주교대전교구 예산성당' 뒤편에 박윤호의 정려문(1930년)과 진휼기념비(1940년)는 보존하는 일이 부실하다. 평산박씨 종친회에서는 족보 만들고 박윤호 여사가 생전에 예산지방과 대전 충남의 사회발전에 기여한 노력이 헛되지 않도록 정려각 관리를 잘 관리 했으면 한다.

고덕면 상몽리 정해열은 생전에 정문을 받았지만, 정치방은 충혼공적을 304년 지나서 8대 후손과 같이 포장을 받았다. 드문 일이다.

후대에 이어서 그런 포장이 이루어진 것은 유생들의 힘과 종친의 힘이 원동력이라고 여겨진다.

충, 효, 열 관련 정문, 문서, 시설물 등은 윤리와 관련된 문화재이다. 대부분 문화재로 지정되지 않았다.

과거 정문은 사람이 많이 왕래하는 동네의 입구에 설치했다.

현재는 대부분 인적이 드문 한적한 곳에 있다. 관리가 어려운 정려각과 개발지역이라 철거와 이전한 정려각을 한곳으로 모았으면 한다.

예산군에 정려각 공원이 만들어졌으면 좋겠다는 생각이 든다. 나만의 욕심일까? 나처럼 효의 문화를 계승하는 문화자원에 관심과 애정을 가진 사람이 여러 명 늘어났으면 한다. 예산군에서 '개발행위허가제한' 지침이나 조례에 호텔 등 유흥시설 신축 시 정려각과 거리 제한했으면 한다.

유교문화는 서양의 문물에 밀려 퇴색되었다. 이러한 것들이 새로운 가치로 평가 받는 날을 기대한다. 21세기에 수준 높았던 전통사상 미래가치 인정하는 평가를 받았으면 한다.

몇 년 전부터 조선시대에 관한 역사, 인물, 문학에 관심을 가지게 되었다. 2020년 『조선시대의 예산 문인과 예산인의 삶』이란 책을 발간했다. 전국적으로 유명한 예산 문인을 언급하면서 문학작품을 일부 소개했다.

충남 예산군은 지형학적으로 온화한 지역으로 성호 이익 제자들이 은거하면서 성리학을 발전시킨 곳이다. 덕산, 고덕, 봉산지역을 중심으로 시와 문장을 발표하고 활동하였다.

예산군은 조선 후기 실학자 성호 이익의 학문계통을 이어받았다. 덕산면 장천리(고덕면 상장리)에 세거한 여주이씨 가문은 조선 후기 실학을 발전하도록 디딤돌이 되었다. 이철환, 이병휴, 이용휴, 이가환, 이시홍, 이삼환 등이다.

시간의 여력이 된다면 가칭 '예산 성호학연구회'를 발족하여 뜻있는 사람과 의기투합하여 연구하려고 한다. 이런 일은 방대하여 몇 년, 수십 년이 걸리는 큰 사업이다.

앞으로 예산군 문인협회 회원이 주축이 되어 '예산학연구회'에서 유교문화 이야기를 재미있게 풀어써 주민들이 많이 공감하고 예산인의 자긍심과 애향하는 마음을 가졌으면 한다.

예산군은 유배문화가 이루어진 곳이다. 사학 당쟁으로 유배온 사람과 유배를 간 사람과 천주교와 관련이 있는 사람이 있다.

예산지역에서 유배를 간 사람은 김노경, 김정희, 이산해, 이가환, 이기양, 김구, 김려, 조사석, 이흡, 이담 등이다.

예산지역에서 유배의 생활한 사람은 천주교와 관련된 이승훈, 이존창 등이다. 예산으로 유배를 오다 죽은 사람은 권일신이다. 예산 사람으로 유배를 거부하여 천주교 순교자가 된 사람은 강완숙이다.

예산지역은 주야로 예술 활동에 전념하여 활동하는 사람이 많다. 이들에게 예산군은 개인에게 작품집 발간비용을 아예 지급하지 않고 있다. 창작기금을 기대하기란 힘든 일이다. 희망 사항이다. 군수가 심지를 가지고 실천했으면 한다. 인접 시·군에서는 예술인에게 창작기금을 많이 지원해주고 있어 우리 예산에서 활동하는 예술인들은 부러워하고 있다.

예산군에 8개 예술단체가 있다. 분연히 일어나 단합된 힘을 발휘하여 예산문화재단 설립하는 날을 고대한다.

효 실천한 내용은 대동소이하다. 대부분 부모나 웃어른에게 아래 6가지를 실천한 사례들이다.

첫째 부모님의 병환 중에 변을 맛보아 병세를 징험한 일

둘째 얼음을 깨어 물고기를 얻는 일

셋째 호랑이가 길을 인도하고 꿩을 몰아 잡은 일

넷째 종기를 직접 입으로 빨아 부종을 치유한 일

다섯째 다리 살을 베어 바쳐서 병을 낫게 한 일

여섯째 손가락을 깨어 피를 흘려 넣는 일이다.

이런 효행이 사람마다 가능할까? 이 육행을 현재 세대와 앞으로 돌아오는 세대들은 주자와 같은 성현처럼 과연 실천할까?

이런 것을 실천하면 웃음거리이다. 인간의 존재가치는 인간다운 인간이 되어 보람 있는 일을 하였을 때 나타난다. 보람 있는 일, 인간다운 인간이 되어 산다는 것은 무엇인가? 또다시 나는 고민을 해본

다. 그것은 다름 아닌 얼마나 조상들의 훌륭한 문화유산을 잘 이어받아 갈고 닦으며 매사 실천하면 현재에 일들이 영광스럽고 훌륭하여 돋보이게 한다.

6년 전 신익선 문학박사의 문자 메시지를 받았다.

"(사)한국문인협회예산지부 회원이 중심으로 한 가칭 '예산학연구소 예산저널'을 만들었는데 동참해 달라."는 문자였다.

그런 제안을 받은 나는 예산군에 평생 살면서 효행을 실천한 인물에게 내려준 정려문에 관심을 가졌다. 중·고등학생 시절엔 역사의 인물에 관심이 전혀 없었다. 차라리 지방대학 국어국문학과를 진학했더라면 교사를 했을 것 같아 아쉬움이 있다. 4년간 영문도 모르고 졸업했으니 예산 지역은 물론 한국사에 인물을 전혀 알지 못했다.

수필을 쓰는 나는 예산군 지역에 알려지지 않은 역사적 문화적 글을 쓰기에 역량이 매우 부족하다.

신익선 문학박사로부터 전화를 받고는 정문에 관한 원고를 주섬주섬 쓰기 위해 주말을 이용하여 읍·면에 있는 정려각 탐방에 나섰다.

예산군 12개 읍·면 중 정려각을 조사하러 처음 아내와 찾아간 곳은 신암면이다. 신암면은 34년 공직 생활 중 팀장으로 2번 발령받아 군무하여 지리적으로 정려각을 다른 읍·면보다 찾아가기에 쉬웠다.

추사고택에 인접한 신암면 용궁리 마을 강민구·강민채 형제 정려문을 아내 최금비와 둘러보았다. 그곳에서 두 형제의 효행을 실천한 내용을 알았다. 사진 촬영 장비가 없어 핸드폰으로 정려각과 정려문 사진을 촬영했다.

우리 부부는 주말마다 정려각과 정려문 탐방을 했다. 비가 내리는 악천후에도 우비를 입고서 예산군 정려문 탐방을 했다. 나 혼자 다니는 것보다는 부부가 같이 다니는 것이 좋았다. 찾아가는 길을 모를 때 중지를 모아 길을 찾게 되어 부부라는 장점이 좋았다.

아내 최금비는 정려각 탐방보다는 쑥을 채취하고 집에서 만들어 간 간식을 나누어 먹는 일에 재미있어했다. 집을 떠나 주말마다 목적의식을 가지고 예산군 이곳저곳 다니다 보니 직장에서 사무관 승진에 대한 압박감에서 벗어났다.

나는 같이 입사한 동료는 물론이고 고덕중학교 후배, 친한 친구에게 이리저리 10여 명에게 밀렸다. 3년 이상 마음고생하다 우여곡절 속에 사무관으로 승진했다. 지금 그 당시 직장생활을 생각하면 가슴이 울렁거리고 심장에서 콩콩 뛰고 있다. 나는 말년에 공직 생활 중 부모님에게 마음 아프게 한 불효자이다.

나와 아내는 정이 무럭무럭 붙어나자 시기의 대상이 되었다. 대부분이 잘 지내던 여성들이다. 그러한 것은 시시콜콜한 설명하지 않는다.

3개월 동안 열정적으로 12개 읍·면 정려각을 찾아 다닌 덕분에 예산군에 잘 보존된 40여 개의 정려각 탐방을 모두 마쳤다.

정려각 탐방 예정이었던 광시면 전근금 정려문은 세 번 방문하여 위치를 찾은 적도 있다. 산속과 구릉지에 있는 정려각을 발견하기란 쉽지 않았다. 후손들이 주변에 나무가 크게 자라면 전지 등을 하지 않고 방치하여 찾기가 힘들었다. 차량을 이용하여 정려각이 있는 이곳 그곳을 찾아 다녔다. 여름철에는 땀을 많이 흘렸다. 대부분 오전에 다녔다. 오후에 날씨가 더워서 그랬다. 정려문 탐방을 하고 나서 아내와 점심을 같이 했다.

예산군 봉산면 고도리 '김의제 부인 창원황씨' 정려문 탐방 시에는 밭길 옆에 익모초가 많이 자라나 있었다. 아내는 산 아래 위치한 정려각 있는 곳으로 뒤따라오지 않았다. 익모초를 채취했다. 집으로 돌아와 아내가 해준 익모초즙을 마셨다. 내가 어릴 적에 나의 아버지는 여름철 밥맛이 없으면 익모초를 마셨다.

'효자 전근금의 비석'은 예산군 광시면 동서로 25, 버스 승강장 옆에 있다. 차량 안에서 그곳을 보지 못하고 3일간 지나쳤다. 엉뚱한 산 방향으로만 찾아 다녔다. 정려문이 아니었다. 정려각은 사라지고 효자비만 도로변에 있는 것을 모르고 우리 부부는 여기저기 찾아 다녔다. 정려문을 찾으려고 하는 의욕만 앞세우고 찬찬히 준비하지 못한 것이 불찰이다.

그 후 요령이 생겨『여지도서』등 효 관련 문헌과 예산군에서 발간한『디지털예산문화대전』에 기록된 정려문 위치 지번을 출발하기 전에 노트에 적어 활용했다. 한 번에 정려각 찾기란 힘든 일이다. 봉산에 있는 정려각은 주변 나무가 크게 자라서 사람이 잘 보이지 않는 산속에 있었다.

우리 부부는 어렵게 예산군 전역에 있던 정려각 40개 모두 찾았을 때 매우 기뻤다. 서로 얼굴을 마주하며 무슨 큰일을 한 것처럼 두 사람이 손을 들어 올려 손바닥을 마주치면서 환한 웃음 지으면서 보람을 느꼈다. 그녀는 그때 참 예뻤다.

매주 주말에 다녀와서 정리한 정려문에 대한 글은 책 1권을 발간할 수 있는 원고 분량이다.

예산군은 충남 어느 시·군에 뒤처지지 않을 정도로 이름난 효자, 효부, 열녀 인물을 많이 배출했다. 각종 문헌자료와 연구자료에서 조상 대대로 내려온 예산인의 자랑스러운 효 실천한 내용이 진솔하게 나에게 전해져 왔다.

예산군에 산재 되어 있는 정려각과 비문 탐방을 모두 마치고는 예산군의 효부, 열녀(열부), 충신, 효자, 부자 등으로 나누었다.

'효자'는 방맹, 장윤식, 정학수, 박도한, 최승립, 전근금, 박승휴, 이후직, 이규, 박진창, 이우영, 김창조 이다.

'효부'는 이상빈의 부인 평산신씨, 인영원과 성주배씨, 김의재의 부인 창원황씨, 신효의 부인 밀양박씨이다.

'열녀(열부)'로는 김재양의 부인 철원임씨, 김찬희의 부인 신창표씨, 박근의 부인 현풍곽씨, 한홍조의 부인 단양우씨, 정현룡 장군의 부인 우봉이씨, 영조의 셋째 딸 화순옹주이다.

'부자지간 효행한 사람'은 장진급과 장형식, 김방언과 김치하, 김창준과 김현하, 후손간 박희적과 박기택, 최필현 그의 조카 최순홍, 조극선의 7대손 조정교 이다.

'형제지간으로 효행을 실천한 사람'은 강만채와 강만구, 이성만과 이순, 차명징과 차경징 등 이다.

'충신(장군)'으로는 이억, 한순, 정치방과 정해열, 박신홍 등이다.

'효자, 효부, 열녀의 삼정려'는 대술면 마전리 한경침의 부인 공신 옹주, 효자 한진묵, 한재건의 부인 경주김씨이다.

이처럼 위에 열거한 인물은 충, 효, 열 한국을 대표하는 인물이다. 자랑스러운 예산인이다.

조선시대 예산인은 충효와 예절 정신을 계승하면서 선비와 백성은 학문연구에 매진하였다. 조상 대대로 조밀 조밀하게 예의와 도의를 중시했다. 대승적으로 국가의 어려움에 있을 때는 예산인은 자신의 목숨을 기꺼이 희생했다. 각종 사화 당쟁에 희생한 인물이 많다.

조선시대 여성에게는 이름을 부여하지 않았다. 예산군 정려각에 걸려 있는 현판에 이름이 없고 성씨만 기록했다. 나는 정려문에 걸려 있는 효부인 경우에 이름은 없고 다만 남편의 성씨에 따라 새겨져 있는 정려문 현판을 볼 때마다 비애감을 느꼈다. 억울하게 일찍 태어나 고생만 하고 본인 고유의 성과 이름을 가지지 못했으니 말이다.

예산군 정려각을 탐방하여 예산군의 성씨 태동을 알게 했다. 본관이 확인된 경우는 탐진최씨(효자 최승립), 연안차씨(효자 차명징·차경진 형제), 김녕김씨(효자 김방언·김치화 부자), 전주이씨(효자 이홍갑), 온양정씨(효자 정학수), 경주최씨(효자 최순홍과 최필현 숙질), 울산박씨(효자 박도한), 김해김씨(효자 김창조, 김상준·김현아), 나주전씨(효자 전근금), 온양방씨(효자 방맹), 교동인씨(효자 인영원), **인동장씨**(장윤식, 장진금·장형식 부자), **청해이씨**(효자 이규), 예산을 본관으로 하는 예산장씨 등이다.

  예산군에서 정문을 받은 사람을 읍·면별로 분석해보면 특정 성씨가 집중되지 않았다. 여러 성씨가 고르게 분포되어 있다.

  예산군의 하층민에게 정려를 내린 문헌의 기록은 있지만 현재 정문은 남아있지 않다. 그 예로 광시면 미곡리 전근금의 정려문이다. 초기의 초가인 정려문은 화재로 소실되어 현재 도로변에 전근금의 효자비만 남아있다.

  '왕족의 자녀(딸)의 열녀 정려문' 받은 예산군 신암면 용궁리 추사고택에 화순옹주의 홍문이 있다. 화순옹주는 영조의 둘째 딸이다.

  대술면 마전리에는 3정려문에 한경침의 부인 공신옹주가 포함되어 있다. 성종의 셋째 딸이다.

  봉산면 궁평리에 '단양우씨' 정문이 있다. 조선시대 강필 8학사 중 1명인 한홍조의 부인이다. 그녀의 정려문은 예산군 예산읍에 있다가 봉산면 궁평리로 옮겨졌다.

  충남 예산군 봉산면 봉림리에 정려문의 주인공 '우봉이씨'는 나이가 많은 여류 문인의 한시를 표절했다.

  마천령을 찾아간 두 여인의 나이를 따져보면 송씨의 남편 유희춘은 1513년 출생하여 1577년에 사망했다. 우봉이씨 남편 정현룡은 31세인 1577년 알성시 무과에 급제하여 출사하였는데, 이는 송씨 부인의 남편 유희춘의 사망한 해이다.

과거 사람의 표절 시비를 가리는 일은 작가의 나이를 비교하면 어느 정도 밝혀진다. 나이가 적은 후대의 사람이 전대의 나이 많은 사람의 글을 표절하는 경우가 많다. 그 시대 여러 정황을 알아보고 나이 차이를 구별하면 표절을 한 사람을 알 수 있는 것이다.

내가 알고 있는 우봉이씨 관련 한시는 상식선에서 사실을 이야기했다. 예전에 있던 가치, 내용이 없는 상태라 이론적으로 표절 시비에 관한 것을 밝히지 않았다. 조심스럽다. 잘못하다간 후손에게 누끼칠 것 같아 조용히 끝낸다.

내가 생각하는 얄팍한 상식은 고증되지 않은 소견에 불과하다.

예산군에서 전국적으로 알려진 효자 이야기는 이성만·이순 형제 효행이다.

'볏단을 나르는 의좋은 형제' 이야기는 실제 대흥에 살던 실존의 인물이다. 효자비는 대흥면에 있다. 이성만은 대흥면 관아의 벼슬아치 밑에서 일을 보던 향리직 우두머리 호장이다.

초등학교 교과서에 이성만·이순 형제의 우애 내용이 실리기도 했다. 1978년 대흥면 상중리에서 우애비를 발견했다. 충청남도 유형문화재 102호로 지정되어 관리하고 있다.

지명과 관련된 정려문이 있다. 단양우씨가 살았던 곳은 예산읍 산성리 암하리방죽 인근이다. 그곳에서 그녀는 바위에서 뛰어내려 죽었다는 설화의 내용 전해진다.

봉산면 시동리 조극선 정려는 효교교(다리)지명의 유래가 전해지고 있다. 그곳에 덕산현감 이담이 조극선의 효행 사실 확인하고는 조정에 알려 효자 정문을 세웠다.

　각종 문헌『삼강행실도』,『여지도서』,『충청도 읍지』,『효행등제등록』에서 예산군 정려문의 내용이 있다. 조선시대 덕산지역(삽교읍, 덕산면, 고덕면, 봉산면)에 정문이 편중되어 있다. 그 중 고덕면, 봉산면이 효자, 효부, 충신, 열녀 등이 많다.

『여지도서』에 나오는 최준발 3형제의 기록이다.

"충의 최후발(후발, 후천, 후극)은 한 집안의 삼형제로 모두 효성이 지극했다. 어머니가 병에 걸리자 제 손가락을 잘라 피를 내어 바쳤다. 상을 당해서는 3년 동안 여막에서 시묘살이 하였다. 이 일이 조정에 알려져 부역과 세금을 면제해 주었다." 이들 삼형제와 관련된 위치와 정문을 아직 파악하지 못했다.

　광시면 박근의 처 현풍곽씨는 호랑이가 은혜를 보답한 열녀의 이야기가 예산군 민담 전설에 나온다.

"그녀는 나이 19세에 고려 멸망 후 은거한 한림 박근에 시집을 갔다. 남편이 23세에 죽었다. 3년간 여묘살이 하면서 상을 마치고 친정으로 돌아가지 않고 시부모를 효성으로 봉양했다."

　조선시대 문장이 능했던 자암 김구는 효자이다. 그는 15년간 귀양살이를 했다. 다시 예산군 신암면으로 돌아왔을 적에는 이미 부모가 사망했다. 부모 산소에 가서 통곡했다. 그가 뿌린 눈물은 산소 근처의 잔디 풀이 말라 죽었다. 그 후 사망했다.

그런 예산군 선조의 효 실천은 '김갑'이란 후손이 예산군 신암면에서 이어 받았다. 김갑의 정려문은 김구의 묘소 아래 있다. 그의 효행은 지역사회의 귀감이 되었다.

  정려문에 나타난 귀족, 장군, 중인, 하층민의 부모와 효행을 실천한 일은 우리 후손은 본을 받아야 한다. 예산 사람들은 그런 귀감이 가는 인물을 많이 모른다.

  내가 그동안 전혀 모르던 사실을 예산군 정려문을 공부하여 조선에서 임금이 포상으로 정려를 내려준 것을 지역주민과 전국에 알리게 되어 기쁘다.

  예산군에는 많은 정문과 효자비가 있다. 애석하게 많은 정려문과 효자비가 있었으나 각종 문헌 기록에 남아 있지 않아 빠졌다.

  대부분은 지금 쓰고 있는 글은 현대사회에 맞지 않는 효에 관한 이야기이다. 손가락, 장딴지를 베어내어 병환에 계신 부모님에게 드렸다는 이야기 등이다.

  조선시대 관료들은 관직에 있을 때 부모가 돌아가시면 벼슬을 버리고는 고향으로 돌아가 3년 간 무덤 옆에서 초막을 짓고 살았다.

  지금 생활과는 동떨어진 생활상이다. 유교 사회의 일그러진 일면을 엿볼 수 있다.

  3년 간 시묘를 위해 관료들은 높은 관직을 던져버렸다는 이야기에 현대인은 이해하기 힘든 부분이다.

조선 전기 최사홍(1413~1493)은 충청도 대홍현 감수로 있을 때 부친상을 당하자 사직한 관료이다. 사직 이유는 3년 간 부친 최유경 시묘를 위해서이다. 그의 효행을 기리고자 1494년(성종25)조정에서 부친 최유경과 함께 부자 효 정문을 충북 진천군 문덕면 구곡리 외구마을에 내렸다.

그는 세종 때 병든 어머니를 위해 손가락을 베어내어 드렸다. 효험이 없었다. 허벅지 살을 베어 죽을 끓여 드려 쾌차했다. 어머니가 돌아가시자 3년 시묘했다. 이런 효행 이야기는 현대의학에서는 허무한 맹랑한 이야기이다.

조선시대 대술면 마전리에 한씨 집안에 효자, 열녀, 효부가 함께 명정을 받았다. 그런 일은 흔하지 않다.

삼 정려문을 받은 사람 중에 성종의 셋째 딸 공신옹주는 절개를 지킨 사람이다. 그녀의 남편은 한명회(1415~1487)의 손자 한경침이다. 갑자사화로 인하여 폐서인이 되어 유배당했다. 한명회는 사극에서 많이 나와 유명세가 있는 고단수의 정치인이다. 공신옹주는 유배되는 날에도 몰래 남편의 신주를 품고 가시나무 울타리 속에 숨겨두고 죽을 올리며 매일 정성껏 제사를 지냈다.

조선시대 성종 임금 이후 유교의 시책 '재가 금지에 관한 법'은 가혹했다.

왕은 양반집 여자에게 재가를 금지했다. 만약에 재가한다면 자손의 입신출세 제한을 했다. 왕명의 지시는 누구도 거역하지 못했다. 그러한 유교 사회의 억압된 잘못된 법을 건의하고 고치기가 힘들었다.

홍덕록의 아내 '이조사'는 남편이 죽자 뱃속의 아이를 어루만지며 7년을 기다린 뒤 남편을 따라가겠다는 말을 주위 사람에 말하곤 했다. 아이가 5세가 되어 엄마 품을 벗어날 때가 되니 시아버지는 다시 시집을 보내려 했다. 그녀는 그런 사실을 알아차리고 독약을 마시고 죽었다. 이런 일이 조정에 알려져 1757년(영조32)에 정문을 세우고 표창했다.

임금으로부터 열녀로 인정받고 정문을 받았다. 그러한 정절을 중요시하고 지키다가 희생당한 조선시대 여성의 가슴 아픈 사연이다.

충남 예산군에 알려진 충신이 많다.

백제 말 흑치상지, 김유신 장군, 병자호란 때 쌍령전투 참여 전사한 이억 장군, 고려 초 여진족을 격파한 강민첨 장군, 임진왜란 때 전사한 정현룡, 병자호란 때 공을 세웠던 인초선 등이다. 3대 가족이 고위급 장수 이목, 이의배, 이여발이다.

조선시대 충신 한순·이억·정현룡에 관한 정문 이야기를 기술하였다.

이억 장군은 병자호란 때 쌍령전투에 참여했다. 정현룡은 임진왜란 때 장수로 공을 세웠다.

예산군에서는 2016년 효행의 전통을 계승하고자 〈효 실천 헌장〉을 만들어 효행을 장려하고 있다. 그런 사업은 일시적인 이벤트식 보여주기식이라 눈에 띄지 않는다. 꾸준하게 자라나는 청소년에게 효를 실천하는 예의범절교육이 필요하다.

조선시대는 전적으로 유교를 강요하는 사회였다. 국가 정책적인 일에 거부하지 못하고 순응했다. 그런 결과 부모를 지극하게 모셨다. 돌아가신 부모의 묘 옆에 여막을 짓고 3년간 묘소를 지키며 효를 실천했다. 1대에 그치지 않고 2~3대가 이어서 효를 실천하였다. 부모에게 효도하는 것을 자녀들은 부모가 평소 하는 것을 지켜보면서 따라는 실천했다. 효행은 대물림처럼 여겨왔다. 그런 공적은 귀감이 되기도 한다. 올바른 지침서이다.

자기 허벅지 등의 살을 베어내어 그 피를 부모님의 입에 흘려 넣어 드렸다. 선뜻 부모의 생명을 연장하려고 그런 일을 한 것은 현재 살고 있는 세대와는 동떨어진 삶이다. 선조들은 최선을 다하면서 유교를 숭상하고 실천하며 살았다.

남녀평등사회가 이루어진 현재 젊은 세대들의 생각으로는 잘못된 나쁜 유교의 정책이다.

정부에서는 노인 기초연금, 독거 노인지원, 노인 어르신 봉양 수당, 어르신 문화여가활동 등에 보조금을 지원한다. 그와 무관하게 인륜을 저버리는 사망사고가 주위에서 빈번히 발생한다. 어른들은 '전통의 윤리가 땅에 떨어졌다.'라고 자성의 목소리가 높다. 과거 효만을 중시하던 유교 사회의 폐습은 있었지만, 유교 사회 최고 덕목이었던 충·효·열을 받들고 계승 발전시키는 정책이 잘 이루어졌으면 한다.

효는 백행의 근본이다. 인간 도덕 중의 큰 덕목이다. 예절의 바탕이다.

조선시대는 국가에서 최고 덕목인 유교 사회에서 충·효·열을 강조했다. 효자, 절부, 나라를 위하여 목숨을 바친 자, 환난을 구한 자 등을 권장하고 해마다 연말 예조에서 정기적으로 선발하여 국왕에게 보고하여 정려문을 내려주었다.

충·효·열이 뛰어난 사람으로 선정되면 임금은 명정과 쌀, 의복 등을 내려주고 마을 앞에 붉은색 문으로 세우도록 했다. 마을에 포상을 내려 정문을 세우게 했다. 국가가 요역. 조세 등을 면제하거나 감면해주었다. 상으로 의복이나 쌀, 음식 등을 내려주었다.

명정 현판문의 형태의 순서는 충신, 효자, 열녀의 구분, 포장을 받은 사람의 신분과 성명, 명정 연대의 순으로 기록되어 있다.

그런 행적이 있는 사람은 지역에서 문벌이 좋은 선비 집안이나 유학을 공부하는 선비 사이에서 논의 대상이다.

국가에서 정기적으로 유교 윤리의 근본이 되는 군신 간의 도리, 부자간의 도리, 부부간의 도리를 잘하는 인물 등을 칭찬하고 장려하기 위해서 그러한 행적을 관찰사, 암행어사, 현감, 유생의 연서로 지역에서 받았다.

당대의 인물이거나 사후에 후손이 평생에 한 일이 알려지면 조정으로부터 포장을 받았다.

죽은 후에 정려문을 받은 인물은 예산군 광시면 '열녀 현풍곽씨'이다. 고려시대 사람이다. 열녀로 포상을 받는 것은 조선 세종 12년이다.

주민과 유생의 연명으로 정려포장을 상신했다. 대게 군내 지역의 유생들의 연명과 더러는 군수, 현감이 올리기도 했다. 더러는 암행어사가 직접 왕의 행차 중에 북이나 꽹가리를 두드려 그런 충효 사실을 아뢰었다.

고덕면 사리 '효자 박진창의 효행 행적'을 암행어사에게 글을 올렸다.

충·효·열이 뛰어난 사람을 칭찬하고 여러 사람에게 알리려고 임금은 정려문을 내렸다.

예조와 의정부의 심사를 거쳐 국왕의 재가를 받아 시행하는 가장 높은 단계의 표창이었다.

천민의 경우는 정려를 임금으로부터 하사받아 천민의 신분에서 벗어나서 신분이 상승했다. 조선왕조는 이러한 정표 정책을 통하여 효자, 효부, 열녀의 열행을 전국에 알리는 한편 후손에게 본을 받도록 했다.

조선시대 국가에서 효행한 사람에게 내려준 정려문은 전국적으로 산재되어 있다. 충청남도 예산군도 예외가 아니다. 예산군을 지나가다 보면 산이나 구릉지 등에 붉은색의 정문을 볼 수 있다.

조선시대에서 국가의 차원에서 삼강오륜의 윤리 강조하면서 강조하며 권장하였다. 조선 후기 예산 지역에서 효행을 실천한 인물은 많다. 이 시기에 집중적으로 조정에서는 효행한 사람에게 포상하는 정책이 이루어졌다.

예산 지역에서 개발 사업이 활발하다. 그러다 보니 효와 관련된 문화재의 원형이 훼손되고 있다. 조상 대대로 정문 인근에 사람들이 살면서 관리해 왔다.

내가 40여 곳 정문을 탐방한 결과 정문을 받을 만한 훌륭한 집안이 다른 지역으로 이주하여 그전처럼 제대로 관리가 소홀하다. 그러다 보니 정문도 흉물이 되어 조금씩 없어졌다.

충·효·열의 인정받아 정문을 건립한 문헌자료를 정비하고 발굴하여 보존하는 일은 시급하다.

'예산군 효이야기'는 정려문 중심으로 이루어졌다. 효제비와 효와 관련된 인물이 많이 빠져 있으며, 글의 내용은 단순하다. 지금 쓰고 있는 글은 문학적인 작품성이 없다.

『디지털예산문화대전』, 『조선왕조실록』 등에서 인터넷 검색하여 자료 많이 발췌했다. 전문적인 수준이 아니라 낮은 수준의 개괄적인 글이다. 6년 전 정려문 탐방을 위해서 정려각을 방문 조사하는 동안 나름대로 고생은 했다.

정문에는 얽힌 한 사람 한 사람의 슬프고 애절한 사연이 담겨있다. 그런 어려운 생활 속에 예산 선조들은 힘들게 살다가 모두 생을 마감했다. 그렇지만 열심히 살은 공적은 후대에 유물이나 공적이 문헌 등에 기록되어 대대로 전해오고 있어 다행스럽다.

충효의 고장인 예산군은 그동안 많은 효행의 사례가 있다. 현재 효행 관련 유적과 유물이 많이 남아 있다. 예산군 효행의 사례 수필형식의 이야기는 정체성 확립의 기반과 자긍심을 위한 문화유적자원을 활용하고 기초자료 되었으면 한다. 효의 이야기를 100% 신봉을 하지 않았으면 한다.

예산군에 산재한 40여 개 넘는 정려문 탐방을 하면서 많은 것을 배웠다. 나는 2022년 상반기 정년퇴직을 했다. 지금은 백수이다. 이제 차분히 자연으로 돌아갈 시간이 다가왔다.

나이가 올라갔으면 이제는 다시 내려와야 한다.

현재 부모님 연세가 구순이 넘었다. 과거에는 부모님이 2남 4녀를 돌보았으나, 이제는 거꾸로 부모님을 자녀들이 보살펴야 한다.

올 3월부터 아침에 고덕에 있는 병원에 아버님을 모시고 다닌다. 1시간 반의 시간동안 차 안에 앉아 어제 쓴 글을 읽으며 열심히 지웠다가 다시 쓰고 여러 번 교정을 반복했다.

하루가 빨리 지나간다. 어느새 한 달, 한 살 자꾸만 세월이 빠르게 지나간다. 세월 앞에 나이와 장사는 점차 기력을 잃어 버려 죽음에 도달하는 것이 인생살인가 보다.

지난 3월 18일 직장을 다니면서 시어머니를 돌보던 며느리가 밤에 마당에 누워 있는 치매 걸린 시어머니 머리를 치어 숨지게 했다. 그녀는 7~8년 전부터 시어머니를 모시기 위해 오전에 시어머니를 찾아뵈었다. 시어머니가 오후까지 주간보호센터에 있는 동안 직장생활과 살림을 하면서 틈틈이 오후 5시경에 귀가하는 시어머니 식사와 손과 발이 되었다. 이들 부부는 시어머니를 요양병원에 모시고 싶어 했다.

시어머니는 "고향 집에서 자다가 죽고 싶은 것이 소원이다."라며 그곳 시골에서 혼자 지냈다. 아들도 외지로 나가 직장을 다니며 시골에 계신 어머니를 돌보았다. 일요일 저녁이나 월요일 새벽 어머니가 계신 집을 나서서 출근하곤 했다. 사고 당일에도 이 집의 착한 며느리는 시어머니를 돌보기 위해 골목길에서 우회전하여 마당으로 진입하는 도중에 큰 사고를 냈다. 남의 일 같지 않다. 참으로 애통하고 눈물이 나는 사연이다.

　부모는 나를 낳아 길렀다. 성장하도록 보살폈다. 그동안 키우면서 아무런 보상을 바라지 않았다. 자녀에게 사랑을 베풀고 가족을 위해 희생했다. 우리 가족을 위해 밤낮으로 논밭을 일구었다. 우리는 결혼하여 가정에서 부모의 역할을 하고 있다. 이러한 일은 부모가 있었기 때문이다. 부모는 그렇게 자녀에게 보상을 바라지 않고 무한한 사랑으로 길러 주셨다.

　이 글을 쓰면서 생존하신 부모님께 진심으로 감사드린다.

　예산군이나 전국의 선조 조상 중에는 추운 겨울 부모님의 잠자리에 들어가 자기의 체온을 옮겼다. 부모의 잠자리를 따뜻하게 해 놓았다.

　나는 고덕면 대천리에 있는 고덕중학교에 다닐 때 시골집에 도착하면 배가 고파서 부엌으로 달려갔다. 어머니는 밭으로 일을 나가 집에 없다. 어머니는 일을 나가기 전 가마솥에 물을 넣어 끓였다. 밥그릇을 그곳에 놓으셨다. 내가 학교에서 집으로 돌아오면 밥을 먹이기 위해서이다. 우리집 부엌에 들어가면 3개 가마솥이 있다. 3개의 가마솥은 크기와 용도에 따라 다르게 어머니를 사용했다. 손잡이를 잡고

솥뚜껑 열어 두 번째 가마솥에서 꺼낸 밥은 조금 식어 있다. 어머니의 따스한 체온을 느끼곤 했다.

현재는 과거의 효도와 효행을 강요하는 시대는 지나갔다. 효는 자기 마음에서 자발적으로 우러나야만 한다. 올바른 정신으로 실천하는 것이 효이다.

봉산면 봉림리는 서산 마애불 ~ 덕산 유적지를 연결하는 지방도로 중간지점이다. 이곳에 역사적인 자원이 많아 장점을 살리기 좋은 마을이다.

이후직 정려, 박희적·박희택 정려, 열녀 우봉이씨 정려, 효자 김의재 열녀 창원황씨 정려, 문열공 이계전 부존묘, 이의배 신도비, (한산) 이후직 가문이 소장한 군 현대 농사 관련 문서, 봉림저수지, 조극선 관련 유적지와 효교리(효자교), 조극선 일괄 문서, 회암서원지, 북병사 정현용 고택(현재 정대용 가옥) 등이 있다.

이곳에 유교 전시관과 야외 정려공원을 조성하고 청소년 수련원을 신축했으면 한다. 서해안 고속도로 개통 이후 덕산온천과 서산 마애불을 찾는 관광객이 급증하는 추세이다. 중간 경유지인 봉산면 봉림리에 민자를 유치하여 개발이 이루어졌으면 한다.

예산군에는 문화재 가용자원이 많다. 관심을 가지지 않아 사장되어가고 있어 슬프다.

10-2.
『동국신속삼강행실도』에
수록된 효자

조선은 통치이념 유교 덕목인 충·효 사상을 앞세워서 백성에 교화 시키려고 노력했다. 1434년(세종16) 집현전에서는 『삼강행실도』, 『속 삼강행실도』, 『이륜행실도』를 발간했다.

1617년(광해군9)에 광해군이 주도하여 『동국신속삼강행실도』는 목 판본으로 총 18권 18책의 방대하게 발간했다.

수록된 효자, 충신, 열녀의 인원은 1,586명이며, 충신은 각 7백 명 정도이다. 효자는 742건, 충청도 79건, 예산군은 효자 7명, 열녀 3명 이 효자와 열녀로 수록되었다. 효자는 대흥현 고려 이성만(成萬守墳), 예산현 조선 유학 박충(朴忠廬墓), 예산현 조선 향리 방맹(方萌廬墓), 예산 현 조선 봉사 이문경(文卿居廬), 대흥현 조선 유학 박원충(元忠孝友), 덕산 현 조선 사노 윤희, 풍이 이자효성(二子誠孝), 덕산현 조선 서인 백춘복 (春福斷指)이다. 『동국신속삼강행실도』의 발간은 국가적인 차원의 큰

규모에서 이루어졌다. 서문, 전문, 본문에 효자, 충신, 열녀 총 1,586명의 사례이다. 효자편 8권(제1권~제8권) 8책, 충신편 1권(제9권) 1책, 열녀편 8권(제10권~제17권) 8책, 부록 1권(제18권) 1책이다. 부록 1권은 이전『삼강행실도』,『속삼강행실도』에 나온 우리나라 인물들을 뽑아서 재편집했다. 이런 연유는 이전 행실도의 편찬 전통을 계승하려고 했으며, 내용과 그림을 함께 배치했다. 판화에 여러 장면이 함께 그려졌다.

『삼강행실도』는 중국 고대 이래의 충신, 효자, 열녀들이 많이 수록되어 있으며『동국신속삼강행실도』는 임진왜란 무렵 단기간에 모아서 만들어 각 인물의 이야기가 단선적이다.

효자도의 경우는 산수 배경이 많이 등장한다. 대부분 돌아가신 부모를 위해 여묘살이를 하는 장면에서 산이 표현되어 있다.

예산군의 일례로 '방맹여묘方盟廬墓'에서는 산에 여막을 설치해두고 제례 지내는 주인공이 절하고 있으며, 그 앞에서 정려문을 그림으로 표현하고 있다. 당대의 현실을 파악할 수 있다. 여성들의 정절에 대해 지나치리만큼 강박적인 모습은 남성들이다. 충·효·열의 가치에 대한 당시에 다양한 예산인 삶의 모습을 엿볼 수 있다.

'세종한글 고전 역주 신속삼강행실도'는 효자, 열녀, 형제간의 효를 담은 귀중한 고문서이다. 수록된 효자는 7명이나 2명(방맹, 이성만·이순형제)을 제외한 5명에 대한 효자의 행적과 '신속효자도' 내용이다.

□ 이문경이 여막에서 살다(文卿居廬)

봉사 이문경은 예산현 사람으로 장령 이사공의 아들이다. 이사공이 효행이 있었다. 이문경이 일찍이 아비를 잃고 어미 섬김을 정성과 효도로 하더니, 나이 예순의 어미가 돌아가거늘 슬퍼 애통함을 법도에 넘치게 하고, 장례와 제사를 예로써 치렀더라. 삼 년 동안 여막살이하여 한 번도 집에 돌아가지 않았다. 상복을 벗지 않으며 이를 겉으로 드러내지 않더라. 삼년상을 마쳤으되 아비를 위하여 마음으로 근신하는 심상을 삼 년 동안 하고, 새벽과 저녁에 사당에 들어가 뵙기를 상중喪中 때처럼 하였더라. 공헌대왕 명종 때 정문을 내렸다.

文卿居廬

奉事李文卿禮山縣人　掌令李思恭之子也思恭有孝行文卿早喪父事母誠孝年六十母歿哀毀過禮葬祭以禮三年居廬一不到家不脫衰不見齒服闋爲父心喪三年晨昏謁廟如在草土時　恭憲大王朝旌門

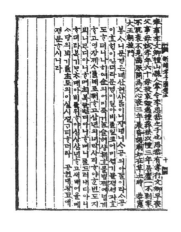

□ 박충이 여묘를 지키다(朴忠廬墓)

유학 박충은 예산현 사람이다. 학문과 행실이 반듯하더니 아비 병을 돌보매 약 마련하기에 게을리하지 않았고, 어미 상을 당하여 슬퍼함이 지나쳐 몸을 상할 정도로 법제에 넘게 하고, 무덤에 시묘하여 죽 먹기를 삼 년 동안 하고, 복을 마치매 오히려 조석 제사를 하였다. 아비 감격하여 종신하도록 다시 아내를 들이지 않았다. 정문을 세웠다.

朴忠廬墓

幼學朴忠禮山縣人有學行父病侍藥不怠母喪哀毀過制廬墓 啜粥三年服闋猶行朝夕奠父感之終身不再娶 旌門

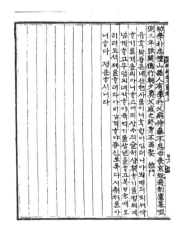

□ 박원충이 효성스럽고 우애하다(元忠孝友)

유학 박원충은 대흥현 사람이다. 계미년에 군병 뽑기를 감독할 때 원충이 그 아우를 은근히 빼서 숨겼다가 일이 드러나 관원이 군

법으로써 베고자 하였다. 박원효가 하소연하기를, '형은 사실상 죄
가 없으니, 원하건대 형을 대신하여 죽고 싶습니다.'라고 말하였
다. 원충이 말하기를, '사사로운 정으로 관원을 속임은 형의 탓이라
아우는 마땅히 죽어서는 안된다.' 하니, 원이 둘을 다 놓아주었다.
예순에 왜란을 맞아 어미를 업고 다니더니 어미 돌아가매 너무 슬
퍼 애통하여 죽음에 이르렀다. 삼 년 동안 죽을 마시며 시묘하되 날
마다 무덤에 살피기를 눈비가 와도 하였다. 나이 여든 셋이로되 서
러워 슬퍼하기를 더욱 두텁게 하였다. 금상 때 정문을 내렸다.

元忠孝友

幼學朴元忠大興縣人癸未年監選兵元忠隱漏其弟事覺倅欲以軍
法斬之元孝訴曰兄實無罪願代兄死元忠曰用情欺官者兄也弟不當
死倅兩釋之六十遭倭亂負母而行母歿哀毀幾至滅性三年啜粥居廬
逐日省墓雨雪不廢年八十三哀慕益篤 今上朝 旋門

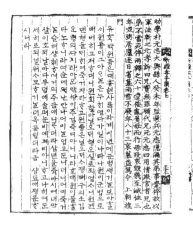

□ 백춘복이 손가락을 끊다(春福斷指)

서인 백춘복은 덕산현 사람이다. 효성이 천성적으로 드러나 아비 병이 위독하므로 온갖 약이 효험이 없거늘 손가락을 베어 피를 내어 약에 타 드리니, 병이 즉시 좋아졌더라. 금상 때 정문을 내렸다.

春福斷指

庶人白春福德山縣人孝性出天父病劇百藥無效斷指出血和藥以進病卽愈今上朝 旌門

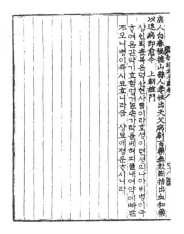

위 '신속효자도' 4개 그림을 살펴보면 3개 그림이 여막을 설치하고 절하는 모습이다. 여묘살이를 그림으로 그려 이해가 쉽다.

소개되지 않은 2명(방맹, 이성만형제) 포함하여 7명의 직업은 사노(윤희와 풍이), 서인(백춘복), 유학(박충, 박원충) 호장(방맹, 이성만형제), 종8품 봉사(이문경) 다양한 하류층의 사람이다.

부모를 위해서 형제, 가족들이 모범적으로 실천한 사람을 선정하고 후세에 귀감이 되도록 조선에서는 『동국신속삼강행실도』를 만들어 배포했다.

　　『동국신속삼강행실도』에 수록된 예산 효자의 그림 7개를 예산군에서 예산을 들어서 동판부조 제작했으면 한다.

　　예산군을 방문하는 귀빈을 위한 기념품으로 나눠 주었으면 한다. 효행관련 시설의 벽면 장식은 시각적으로도 이용 가치가 크다.

　　효자도 원래의 병풍 형태 그대로 잘 활용하면 큰 자원이다.

10-3.
호장·양인에게 정려문을 세우고 표장하다

    호장戶長은 고려·조선시대 향리직의 우두머리이다. 부호장과 더불어 해당 고을의 모든 향리는 말단 실무 행정을 수행했다. 지방에서 힘 있는 세력의 성격을 띠고 독자 세력을 유지했다. 지방관이 파견되지 않은 지역에서 직접 모든 행정 공무를 집행하였다.

    호장은 복두를 쓰고 녹포에 흑각대, 목홀, 흑피혜를 착용하고 홀을 잡게 하였다. 임명할 때는 해당 지방관이 호장을 추천, 상서성에 보고해 승인, 벼슬아치의 임명장을 발급하도록 하였다. 향리의 승진 규정에 호장은 9단계의 서열 중에서 최고위직이었다. 지방관이 없는 지역에서는 관인을 대신 맡았다.

    호장은 조선시대 관청에서 신분을 증명하거나 노비의 소유 등 재산을 증명하는 일을 관장했다. 전조·공부의 징수와 상납, 주로 성곽이나 관아를 축조하거나, 도로를 고치는 따위의 토목 공사에 노동력을 동원한 업무를 수행하였다. 궁과로 시험해 주현 일품 군의 별장에 임명되는 등 지방 군사 조직의 장교가 되어 주현군을 통솔하였다.

호장 가계는 대체로 직이 세습되었고, 같은 신분 간에 혼인이 이루어졌다. 또한, 자손에게는 지방 교육의 기회와 더불어 과거의 응시 자격이 주어졌다. 이를 통한 중앙 관료 진출에 제약은 없다. 호장은 조선시대 양반 계층을 구성하는 주요 세력층이었다.

조선시대에는 『경국대전經國大典』의 법전 체제에 따라 호장층은 중인층으로 신분이 고정되었다. 신분 상승의 기회가 주어지지 않았다. 단지 향리직의 수장으로서 조문기관·장교 등과 같이 삼반 체제를 유지해 아전으로서 지방관의 제반 업무를 보좌했다.

조선 초기 국역부담자인 양인에게는 조·용·조의 세를 부담시키는 대신 관직에 나아갈 수 있는 권리를 인정했다. 그러나 천인에게는 국역 의무를 부과하지 않았고, 권리도 인정해주지 않았다. 양인은 고대부터 존재하였으며, 고려 때 법제적으로 규범화했다. 이후 조선시대 양인은 정치적으로 국가 권력의 지배를 받았으며, 신분적인 면에서 양반층의 지배를 받았다. 이들은 평민 혹은 상민으로 불렸다. 상업과 수공업에 종사하는 상인과 공장을 포함하여 농업에 종사하는 농민들이 많았다.

신량역천身良役賤은 양인 신분이면서도 비천한 일에 종사했다. 소금을 굽는 염간, 바다에서 물고기 잡는 해척, 도자기를 굽는 사기간, 철을 제련하는 철간, 조운에 종사하는 조졸, 봉수대 위에서 기기하며 봉수업을 하는 봉수간, 여에 소속돼이 역역을 세습으로 하는 익졸, 중앙의 사정 및 형사 업무를 맡은 나장, 광대 등이 신량역천에 해당이 된다. 이들의 수는 많지 않았다. 일정 기간 국역을 지면 양인으로 올라갈 수 있었다. 15세기 말에는 대부분 양인으로 승격되었다.

호장인 양인은 신분이 낮거나 경제력이 미흡할 경우 초가의 정려각이나 비석이 있을 것으로 생각된다. 후손이 다른 곳으로 이주할 때 정려각이나 정려문, 비석 등 관리 소홀하여 결국 예산군에 현재 남아 있지 않았다. 이들에게는 중요한 정신적 지주이며 재산 사라져 버려 마음이 아프다.

정려각이 예산읍 '삽티공원' 안에 있는 방맹은 향리 신분이고, 오가면 신장리 정려각 있는 최망회는 양인 출신이다.

그 외 호장 장중연의 딸 매덕읍은 열녀로 알려져 있다. 후손들이 경제적 사정상 관리에 어려움이 있어 처음에는 초가나 기와집으로 만들어지지 않았거나 정려문이 있었다 하더라도 관리를 소홀히 하여 전해져 내려오지 않는다.

양반계급에 비해서 직위가 낮은 호장, 향리는 직위가 낮은 계층이다. 향리, 양인, 사비 등으로 살아가면서 혼백이나 신위를 모신 자리 옆이나 무덤가에 살았던 상주들을 『동국신속삼강행실도』에 실린 그림을 보면서 눈물이 날 정도였다.

方萌

　　예산읍 향천리 '삽티공원' 안에 있는 조선 전기 '효자 방맹 정려'를 점심시간에 다녀왔다. 예산초등학교에서 쌍송 삼거리를 지나 대술 방면으로 걸어가다 보니 우측에 삽티공원이 보였다.

　　고등학교 친구들과 예산에 있는 삽티 공원에 간 적이 있다. 지금의 현재 상황과는 달랐다. 삽티공원 인접에 큰 건물인 더센트럴웨딩홀, 윤봉길 체육관이 신축되어 사람의 왕래가 빈번하였다. 사랑채요양 원을 지나자 연못이 반겼다. 연못 위에 효자 방맹의 정려각이 있다. 원래 방맹의 정려각은 예산초등학교 후문 쪽에 있었던 것을 이곳으 로 이전하였다.

　　방맹(方萌, 1518~1590)의 본관은 온양이며, 고려 충렬왕 때 판도판서를 지낸 방서의 21세손이다. 1563년(명종18) 효자각과 정려문을 받았다. 예산의 향리였다는 것 외에는 자세히 전해지지 않는다.

　　『여지도서』 예산현 [인물](효자)에 "호장 방맹의 정려각이 읍내 향천 동에 있는데 일의 자취가 전해지지 않는다."라고 기록되어 있다. 호 장은 고을 향리 중 우두머리 격의 지위이다.

　　1617년(광해군9)에 편찬된 『동국신속삼강행실효자도』에는 효행 기 록과 그림이 남아 있다. 또한, 예산현에 호장 장중연의 딸 '매읍덕'도 『동국신속삼강행실효자도』에 수록되어 있다.

〈방맹이 여묘를 지키다(方萌廬墓)〉

　향리 방맹은 예산현 사람이다. 어버이 섬김을 정성과 효도로 하더니, 아비가 돌아가거늘 장례와 제례를 예로써 올리고, 시묘 삼년을 하고, 몸소 제사 음식을 마련하고 상을 마쳤다. 집에서 매일 출입 시에는 반드시 신주에 알리더라. 공희대왕 중종 때 정려를 내렸다.

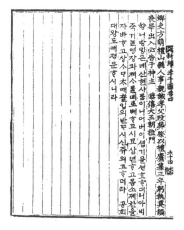

　향리 방맹은 예산현 사람으로 어버이를 극진히 섬겼다. 아버지가 죽자 예로서 제사를 지내고 3년 동안 시묘를 하였다. 몸소 찬을 만들어 제상에 올렸고, 출입할 때마다 신주에 고하였다. 방맹의 효행과 관련한 전설이 있다.

　"어느 겨울 방맹의 아버지가 수박과 잉어가 먹고 싶다고 하자 방맹은 창호지로 온상을 만들어 수박을 재배해 아버지에게 드렸다. 또한 무한천 상류 '예당저수지 제방 아래쪽' 배다리 앞 얼음 위에 꿇어앉아 밤낮으로 3일간 정성을 다해 기도하니, 꿇어앉은 자리에 구멍이 뚫리고 잉어가 튀어나왔다고 한다. 잉어를 아버지에게 먹이자 병세가 잠시 호전되었다가 돌아가셨다고 한다. 이러한 방맹의 효행 사실이 조정에 알려져 명정을 받았다."라고 전한다.

『중종실록』에는 1535년(중종30) 3월 24일 충청도 관찰사 이수동이 예산의 향리鄕吏 방맹의 효행이 특이하니 포상할 것을 중앙에 건의하는 기록이 있다.

정려의 내부 명정 현판에는 '효자호장방맹지문 숭정후삼계사구월일 십일세손호장문탁여제족개건'이라고 쓰여 있었다.

『신증동국여지승람』<제20권, 충청도편>에 『예산현』의 [효자], 인물에 오른 사람은 효자 김근金勤과 이개우李開右, 호장戶長 장중연張仲淵의 딸 열녀 매읍덕每邑德이다. [성씨] 申, 孫, 沈, 張이 있는데 심은 속성續性이다. 화물 방化物 方은 문석文石과 같다.

『여지도서輿地圖書』에서는 申 孫 沈 張의 네 성씨 기록이 되어 있다.

이번 예산읍 향천리 삽티공원 내에 있는 온양방씨 정려 탐방은 예산읍 성씨 태동을 알게 되는 계기가 되어 기쁘다.

溫陽方氏

조선 초 예산의 토착성씨 中 孫 沈 張

沈은 續性이고 化物 方은 文石과 같다네

예산 香泉洞 향리 方萌 효행사실 전해지네

〈방맹 정려각〉

  최근 예산군에 산재 되어 있는 정려 탐방 중에 고려시대, 조선시대 여러 성씨의 내력을 알게 되었다. '교동인씨 쌍효각 정려'(덕산면 낙상리), '철원임씨 정려'(삽교읍 상하 1리), '청해이씨 정려'(고덕면 사1리), '온양방씨 정려'(예산읍 향천리), 예산을 본관으로 하는 예산장씨禮山張氏 등이다.

10-4.
양인 오가
최망회 정려문

최망회(崔望回, 1652~1720)의 본관은 전주이다. 조선 중기 대흥현 망죽 골(오가면 신장리)에서 양인의 신분으로 살았다.

2024년 3월 24일 오가면 신장리에 찾아간 정려각 안에 '효자 전주 최씨 밀양박씨 지묘'라고 새겨져 있다. '효자학생최망회지문숭 정기 원후 일백십삼년 오모시월일입'라 적힌 내부 상단부에 명정 현판이 걸려 있다.

정려각은 5차례 중수했다. 양인의 신분으로 보아 정려문 받을 당시 초기에는 초가집 정려각을 만들었을 가능성이 높다는 생각이 들었 다. 그 후 세월이 흘러 기와집 형태로 정려각이 변모한 듯하다.

6년 전 예산군에 산재되어 있는 정려각 조사를 모두 마치지 못했 다. 그곳 오가면 신장리 최망회 정려각을 찾으려고 갔었다. 하지만 헛수고였다.

〈최망회 정려각〉

마침 광시면 쌍지암에서 '예산시인협회' 모임이 5시에 있어 아내를 그곳에 데려다 주려고 서둘러 오가면 신장리로 향했다. 다행히 오가면 분천리 최재화 이장과 전화 통화했더니 위치를 알려주어 쉽게 찾았다. 마을 사람과 주변 사람에게 전화를 알아보면 쉽게 정보를 얻는데 나는 고집불통이라 그렇게 하지 못했다. 무조건 주민들의 도움을 전혀 받지 않고 40여 정려각을 찾아 나섰다. 한 번에 찾은 곳도 있었다. 서너 곳은 2~3차례 방문하여 찾았다.

예산군 12개 읍·면 중 유일하게 효자 '전주최씨공망회'. '밀양박씨' 비석과 유골함을 정려각 안에 안장하고 절망 울타리를 세운 것은 처음 발견했다.

200여년 간 정려각을 중수하면서 관리상 어려움이 있다고 판단된다. 최씨 종친과 유족은 초가로 신축한 정려각이 무너지자 정려각 안에 비석을 다시 세우고 효자 최망회 부부 유골을 내부에 안장하고 시멘트로 발랐다.

효자 비문에 새겨진 내용을 오가면사무소에서 발간한『오가면지』내용을 토대로 글을 쓰려고 하니 비문국역이 현대감각에 맞지 않아 이해하기 어려웠다. 정려각 중수 기록 연도가 틀려 나는 애를 먹었다. 읍·면지를 만들려면 기간을 길게 가지고 세밀하게 만들어야지 너무 서둘러 만들어서 그런 오류가 종종 발견된다.

후손들이 '중수한 연도 표시를 중국의 연호를 사용하지 않았더라면 이런 큰 오류를 세상에 남기지 않았을 텐데.'라는 아쉬움이 있다.

비석을 새기는 사람은 최씨 문중에서 준 원고대로 새겼지 임의로 다르게 새기지 않았을 것이다. 그런 오류 덕분에 나는 중국연호에 대하여 알게 되었다.

숭정기원 원년은 1629년. 건륭 원년은 1736년, 가경재 원년은 1796년, 평서 원년은 1875년이다.

최망회 현판 앞 숭정원후 113년이 맞다. 숭정후 505년은 2133년이다. 비의 뒷 면은 연도와 일치하지 않는다.

중국연호를 사용하지 않고 조선시대 임금 숙종, 영조, 고종 등으로 사용했더라면 최씨 유족이나 그 외 마을 사람들이 지나가다 보는 사람들이 이해하기 쉬웠을 것이다. 4년 전 예산군 전역 정려각을 모두 탐방하여 글을 써서 무한신문사 등에 가끔 실렸다. 추후 나에게 여건이 되면 '예산군 효 이야기' 수필 형식으로 책을 발간할 계획이다.

올해 부모님 결혼 기념 71주년이다. 아버님은 구순이다. 지난 주말 국회의원선거 사전투표를 마치고 쑥을 뜯으러 삼교읍 외파올 디녀있다. 우리 가족만 모여도 족히 50명 된다. 뜯어온 쑥을 예산 읍내 떡 방앗간에 맡겼다. 아버님 생신인 이번 주 일요일이 기다려진다.

최망회 정려 안에 새겨진 비문의 해석은 이명재 시인에게 자문받아 집으로 돌아와 교정했다. 정려각 안에 새겨진 비문 내용은 이렇다.

"슬프다. 충·효·절개를 지키는 것을 고대로부터 내려왔다. 서울 사는 사람에서 나왔어도 시골 평민에 드물게 나왔다. 어찌 여러 사람이 이런 일을 혼자라고 말할 것이며, 한가하면서 사람은 이런 일을 이루지 못했을 것이다. 이루다 말할 수 없으니 슬프도다. 이 사람(최망회 부부)은 가난하고 의지할 사람 없는 시골에 살면서 부모에게 효도하고 형제간에 우애했다. 이런 사실은 슬픈 일이다. 그들의 사람됨이 성품이 좋고 나쁜 것은 버릴 줄 알았고, 일찍이 늙은 아버지를 이들 부부는 지극정성 모셨다. 일편단심 어머니를 받들고 삼종지도를 지키는 집안의 어른 노릇을 하였다. 어머님에게 좋은 옷을 깨끗하게 입혀드렸다. 평생 부모님 모시는 일은 아주 지극정성으로 대했다. 이러한 정성이 대단하도다.
어머니가 병든 지 2개월 안에 죽음의 운명에 이르렀을 때 손가락을 베어 피를 마시게 하여 어머니의 목숨을 10여 일 연장시켰다. 또 다시 병이 심하여 생명을 연장하지 못하게 되었다. 초상이 나자 제구와 장례 예절을 한결같이 가례 예문에 따라 실천하였다. 죽어서 보내는 예절의 도리가 이에 지극하도다. 슬프다. 사람마다 모두 자신의 부모를 사랑한다. 헤아려 생각해보면 예로부터 당연히 자식으로 도리를 다해야 한다. 이 사람의 깨끗하고 지극한 정성을 다한 효도는 참으로 하늘에까지 감동을 주었다. 이것은 당연한 본인의 성품을 다하였다. 상을 당하여 서로의 힘을 한 가운데로 합치고 협력하여 상복을 입었다. 그러한 효행은 주위 사람들에게 널리 알려져 관찰사에 글을 올려 상신하여 조정에서 조사를 마치고 정려문 내렸다. 정려문 비각은 나라에서 힘을 써 세운 것이다.

승정후 무신년 1741년 겨울에 비로소 정려각을 만들기 시작했다. 1774년 무오년에 다시 정려각을 중수하였다. 그 후 어느 때 읍재 이공 도선이가 국명을 받들어 정려각을 이곳에 다시 세웠다. 세월이 지나자 초가 정려 주변에 흙덩이가 무너지자 이 사람의 아들 경상이란 사람이 친히 나서서 정려각을 중수하고 세웠다. 이것도 또한 효자의 아름다운 표시의 흔적이다. 정려문이 다시 빛나다. 효도 자취가 다시 빛나다. 이곳을 지나는 사람들 예를 갖추고 효도하는 일을 소홀히 하다가 효를 실천한 이들 부부의 과거에 모습을 떠올리고서는 공경을 하고 탄식함에 이르렀다."

1690년(숙종17) 정문이 내려짐
1741년 무술 3월 중수
1774년 계사 중수
1798년 3월 무오 중수

1876년 병자 3월 중수

서기 1976년 3월 중수

　그전에 오가면사무소에 2번 근무했다. 최기원 오가면 이장협의회 회장을 자주 뵈었다. 키도 크고 정직하면서 오가면 발전을 위해 여러 직함을 가지고 사는 동안에 열심히 지역 봉사에 앞장서 활동하셨다. 그분의 성품으로 보아 조상님의 지극한 정성과 효의 중요함을 일깨워주는 효자문을 방치하다가 후손으로서 부끄러움을 금치 못했나 보다. 그러다가 후손들이 십시일반 자비를 들여 효자문을 보존하려고 땅을 매입하고서 새롭게 정려각을 만들려고 울타리를 둘렀다. 많은 땅을 정려문을 중수하는데 쓰신 노고가 내 눈에 선명하게 그곳에 비쳤다.

　오가면에 사시는 전주 최씨 분들에게 존경을 표한다. 앞으로 그분의 최씨 후손이 가업이 잘 이루어지고 가정에 행복이 가득하기를 기원했다.

10-5.
왕족에게
정문을 내리다

공신옹주와 화순옹주는 예산에서 출생하지 않았다. 공신옹주의 정려문은 당초 아산에 있다가 예산군 대술면으로 이건되어 여러 차례 중수했다. 화순옹주의 홍문은 예산군 신암면 종경리에 세워져 있다.

화순옹주는 추사의 가족과 관련되어 조선의 왕실에서 배출한 유일한 열녀로 대부분 인식하고 있다. 그와 반해 공신옹주는 연산군 때 남편이 죽고나서 아산에 귀양가서 위리안치되었지만 절의를 지킨 왕족의 여성이다.

임금의 딸인 경우 왕비의 소생은 '공주'라하고, 후궁 소생은 '옹주'라 했다. 원래 옹주라는 칭호는 왕의 후궁이나 대군의 부인에게도 주어졌다. 하지만 세종대에 내명부와 외명부에 대한 칭호법이 확립된 뒤에 옹주는 후궁 소생의 딸을 부르는 칭호로 굳혀졌다. 후궁의 경우 왕의 총애를 받는 정도에 따라 품계에 차등이 두어졌다. 후궁은 왕비

이외에 왕이 거느린 아내와 첩으로 일반적으로 두루 불렸다.

화순옹주와 공신옹주는 어머니가 후궁이다. 그러다 보니 임금의 총애를 한 몸에 받지 못했다.

공주나 옹주가 귀족이나 신하에게 시집가는 일은 쉬운 일이 아니다. 또한 임금이 자기 딸에게 정려문을 내리기는 일은 흔한 일이 아니다.

공신옹주 남편은 '갑자사화'에 처참하게 죽은 한명회(韓明澮, 1415~1487)의 손자 한경침이다. 1504년 4월 18일에 연산군 어머니 폐비 윤씨에 가담한 정창손, 한명회, 심회, 정인지 등은 부관참시하기로 했다가 이틀 후에 이극균, 윤필상의 시신을 능지처참해서 사방으로 보내 보이고 정창손, 공신옹주 부친 한명회, 심회의 묘를 파서 부관참시했다. 이들은 모두 세조 왕위 찬탈을 적극 협조했던 일등 공신이다.

폐비 윤씨는 조선의 제9대 국왕 성종의 계비로서 공혜왕후 한씨에 이어 왕비가 되었으나 연산군을 낳고 나서 호색한 남편 때문에 고심하다 투기를 빌미로 폐출된 뒤 사사되었다.

연산군은 폐비 윤씨와 관련된 사소한 트집을 잡아 사람들의 지위가 높고 낮음을 막론하고 능지처참하거나 부관참시하는 참혹한 살육하는 상황에서 공신옹주는 서인으로 강등되어 위리안치가 되었으나 간신히 목숨을 지켰다.

그와 반해 화순옹주는 남편 김한신이 죽자 음식을 먹지 않고 2주 만에 사망하는 비운의 조선시대 왕족의 여성이다.

평범한 인간이든 왕족의 인간으로 살면서 정절을 지키고 목숨을 끊는다는 것은 그 당시 시대 상황으로 보아 대단히 어려운 일이다. 두 옹주의 정려문이 내려진 것은 이렇다.

공신옹주(恭愼翁主, 1481~1549)는 조선의 옹주이다. 성종의 4녀 이자 서 3녀이다, 어머니는 귀인 엄씨의 외동딸이다. 1494년(성종25), 한명회韓明澮의 손자인 청녕위 한경침韓景琛과 혼인하였다.

한명회는 조선 전기의 권력을 가진 신하이며 외척을 이용한 정치 가이다. 수양대군으로부터 좋은 평가를 받았다. 조선 초기 세조~성 종 때 최고의 권력을 누렸다. 1994년 104부작 월화 KBS2 드라마로 방영되어 알려진 인물로 예종의 첫 번째 왕비인 장순왕후와 성종의 첫 번째 왕비 공혜왕후의 아버지이며, 두 왕의 장인이다. 청녕위와 공신옹주의 저택을 수리하는 데에 드는 건축 자재와, 이에 소요 되는 백성들의 노역에 대해 사간원에서 성종에게 불가함을 아뢰고, 경연 에서도 공신옹주 저택 공사에 대한 부당함을 건의하였으나 성종은 들어주지 않았다.

공신옹주는 1498년(연산군4)에 남편 한경침이 사망하여 슬하에 자식 은 없었다. 1504년(연산군10), 연산군은 생모 폐비윤씨가 궁에서 폐출 되어 사사 당한 일의 배후를 공신옹주의 어머니인 귀인 엄씨로 여기 고는 죽였다.

공신옹주는 폐서인하여 충청도 아산현에 위리안치시켰다. 그녀는 남편의 신주를 유배지에 가져가서 아침저녁으로 제사를 지냈다. 무 슨 음식이든 신주에 먼저 천신한 뒤에는 입에 대었다. 이에 사람들이 그 모습을 보고 감탄하였다. 중종반정 이후 중종이 즉위하여 사면되

〈공신옹주 정려각〉

었다. 아산현 유배지에서의 행적이 조정에 알려졌다. 중종은 정문을 세워 표창했다. 곡식도 내려주었다.

외가인 영월 엄씨 가문과 남편 한경침의 제사를 위한 후사를 세웠다. 69세 사망했다.

현재 충남 예산군 대술면 마전하삼길 171번지에 한씨 삼정려 내부 중앙의 상단부에 현판 3개가 있다. 정려문 현판에는 왼쪽부터 '절부 순의대부 청령위한경침배 공신옹주지려 정덕이년정묘십이월 명정', '효자 중동몽교관 조봉대부 한신묵지문 성상즉위이십일년갑신 팔월 명정', '열녀 학생 한재건의 처 유인 경주김씨 지려 갑신 팔월 명정'이 라고 쓰여 있다.

공신옹주의 절행은 『삼강행실속록』에 이렇게 수록되어 있다.

옹주절행 - 옹주가 절개를 지키는 행동을 하다(翁主節行)

　"공신옹주恭愼翁主는 성종대왕 따님이다. 청녕위清寧尉 한경침韓景
琛에게 시집을 갔다가 일찍 홀어미가 되었더니, 연산 갑자년에 아
산에 내쫓겨가 신주를 안고 다니며, 아침저녁으로 반드시 곡을 하
고 제사를 하더라. 중종조에 정려를 하사하였다."

　"翁主節行
　　恭愼翁主康靖大王之女　下嫁清寧尉韓景琛　早寡　燕山甲子年流
　　于牙山　抱神主以行　朝夕必哭奠　恭僖大."

　화순옹주(和順翁主, 1720~1758)는 영조의 둘째 딸이다. 어머니는 정빈
이씨이며, 1732년(영조8) 예산에 가문의 원찰을 두었던 월성위 김한신
(1720~1758)의 부인이다. 1758년 남편 김한신이 죽자 화순옹주는 곡기

216

를 끊어 월성위의 뒤를 따르려 하였다. 소식을 들은 영조는 "화순옹주는 월성위가 죽은 뒤로부터 7일 동안 곡기를 끊었다고 하니, 음식을 권하지 않고 좌시하면 어찌 아비 된 도리라 하겠는가?"라며 4일 뒤 화순옹주 방에 행차하였다. 화순옹주는 영조의 명을 따라 음식을 한 입 먹다가 토하였다. 이를 본 영조는 한 번 먹은 마음을 돌리지 않으려는 그녀의 뜻을 알고 탄식만 하고 돌아갔다. 화순옹주는 결국 곡기를 끊은 뒤 14일 만에 사망하였다. 아버지 영조의 만류에도 불구하고 화순옹주는 남편의 뒤를 따라 세상을 떠났다.

영조는 화순옹주의 정절을 칭찬하면서도 자신이 생각하는 방향으로 따르지 않은데 대한 아쉬움 때문에 열녀문을 내리지 않았다. 이후 1783년 정조가 화순옹주가 살았던 신암면 용궁리 어귀에 정문을 세우고 열녀문 홍문이라고 명하고는 제사를 지내도록 했다.

화순옹주 홍문은 예산군 신암면 용궁리에 있는 김정희 선생 고택에서 북쪽으로 100m 정도 떨어진 곳에 있다.

〈화순옹주 홍문〉

화순옹주 홍문은 200여 평의 대지를 조성한 후 낮은 담장을 두르고 정면에 세워져 있다. 문의 윗부분에 홍살을 세우고, 붉은 칠을 한 현판을 걸었다. 대문은 완전히 닫히지 않고 약간 열려 있는데, 혼이 다니도록 일부러 그렇게 만들었다.

'열녀 수록대부 월성위 겸오위도총부도총관 증익정효공 김한신 배　화순옹주지문(烈女綏祿大夫月城尉兼五衛都摠府都摠官贈諡貞孝公金漢藎配和順翁主 之門)'이라고 새겨져 있다.

충남 예산군 용궁리 추사고택 옆의 화순옹주 홍문은 조선시대 왕실의 열녀인 화순옹주의 정절을 엿볼 수 있는 유적이다. 화순옹주 홍문은 1976년 1월 8일 충청남도 유형문화재 제45호로 지정되었다. 추사 김정희의 가문인 경주김씨 가문과의 연관성도 찾아볼 수 있는 유적으로 의미가 있다.

조선 후기의 학자, 홍직필의 시가와 산문을 엮어 1866년에 간행한 시문집 중『매산집』제52권 '잡록'에 "공신옹주와 화순옹주처럼 공주나 옹주가 귀족이나 신하에게로 시집가서 효성과 공경을 했다."라고 칭찬하는 글이 수록되어 있다.

"예로부터 제왕가의 딸이 (공주나 옹주 등 지체 높은 여성이) 그보다 신분이 낮은 귀족(신하)와 혼인하여 능히 효성과 공경하는 경우는 드물었

다. 영릉(寧陵 효종)의 여러 공주의 경우에는 시부모에게 예를 다하
였으며, 또 천하의 사람들이 따르는 바로는 오직 성묘조(성종
조)의 청녕위 한경침의 처 공신옹주와 영묘조(영조조)의 월성위
김한신의 처 화순옹주가 있다. 또한 성조에서 몸소 가르치기를
바르게 실천한 것을 확인할 수 있다."

   왕족의 자녀가 폐서인 되어 위리안치를 당하면서 평범한 열녀로
생활한 것은 쉬운 일이 아니다.
   예산군은 타 시·군에 비교해서 정려문이 많다. 정려문이 많다는 것
은 충·효·열을 실천한 사람이 많다는 증거이다.
   효는 만인 앞에 모두 평등하다.

10-6.
사·노비에게 정문을 내리다

신분상으로 문벌이 좋은 선비 집안, 향리, 양인, 천민 등 효행 사례를 살펴보면 이성만 형제는 조선시대 향리의 전신인 고려말 호장 신분이다. 향리 방맹, 서인 백춘복, 양인 최망회, 사노 윤희·풍이, 사비 재개, 사노 이석남 등이다.

노비는 공노비, 사노비로 나눈다. 공노비는 입역노비, 사노비는 온전한 재산 소유 불가능한 솔거노비, 외거노비이다.

하층민의 경우 명정 사실은 문헌에 많이 나오나 정려문이 내려진 과정과 문헌의 기록이 자세하게 보존되어 있지 않다. 그러다 보니 그 당시 생활하는데 어려움 등이 있어서 그런지 예산군에 정려각은 남아 있지 않다.

조선시대에 정려문이 내려지고 관료들에게는 임기를 연장하는 등 승진과도 영향을 주는 혜택이었다.

일제 강점기 이후에는 정려문은 내려졌지만 그에 따른 혜택은 없어졌다. 정려문 관리에 따른 부담은 후손들은 가졌을 것이다. 경제력으로 양반, 양인보다 어려운 계층인 하층민의 경우 정려각을 관리하기에는 힘든 것이 사실이다.

□ 서인 백춘복이 손가락을 끊다

서인 백춘복의 효행『동국신속삼강행실도』에 수록된 내용이다.
"서인 백춘복은 덕산현 사람이다. 효성이 천성적으로 드러나 아비 병이 위독하므로 온갖 약이 효험이 없거늘 손가락을 베어 피를 내어 약에 타 드리니, 병이 즉시 좋아졌더라. 금상 때 정문을 내렸다."

□ 노비 재개再介는 덕산현의 효녀

노비 재개『여지도서』에 부모를 극진히 모신 효행 내용이다.
"재개는 부모의 병을 고치기 위하여 자기 다리의 살점을 베어 먹이고, 대소변을 맛보며 병세를 살피는 등 지극히 간병하였다. 부모가 사망한 후에는 노비 신분임에도 3년 상을 치렀다. 이 일이 알려져 현 남쪽 대덕산면에 정문을 세우고 표창했다."

"私婢再介。性至孝。爲養偏母, 不歸其家。母嘗遘疾, 割股嘗糞。及遭母喪, 三年不與其夫同處。事聞旌閭于縣南大德山面。"

□ 두 아들이 지성으로 효도하다(二子誠孝)

사노 윤희와 풍이 형제는 덕산현 사람이다. 아비 돌아가고, 그 어미 모시기를 그 효성을 극진히 하였다. 덥고 추운가 하며 아침과 저녁으로 뵙거늘 언제나 게을리하지 아니하였다. 초하루 보름에 반드시 술과 고기를 갖추어 부모의 마음을 즐겁게 해드렸다. 어미 돌아가매 피가 나올 듯이 울기를 세 해 동안 하였더라. 금상 때 정문을 내렸다.

二子誠孝

私奴允凞風伊兄弟德山縣人 父歿養其偏母 盡其孝誠 溫淸定省終始不怠 朔望必具酒饌以歡其心 母歿泣血三年 今上朝 旌門

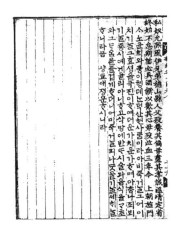

□ 사비 유덕은 병자호란 때 적을 도리어 꾸짖다

"국가에서 설에 내리던 계집종 사비는 병자호란 때 사로잡혔으
나 치욕을 당하지 않고 적을 혼내주다 죽었다. 이 일이 조정에 알
려져 현 서쪽 마을에 정문을 세우고 표창했다."

절에서 일하던 계집종 사비 유덕은 당당한 조선인의 기개를 보
였다. 자랑스러운 예산이다.

□ 춘덕은 사비이다. 정문이 군 남쪽에 2리에 있다.

서인 백춘복의 효행, 재개의 효행, 사노 윤희와 풍이 형제『여지
도서』,『동국삼강행실도』,『호서읍지』,『충청도읍지』등에 기록되어
있으나 정려문 등 관련 유적은 제대로 관리하지 않아 무너져 버리
고 사라져 현재 존재하지 않는다.

10-7.
삽교읍 월산리 갑부 장윤식에게 정려 내리다

삽교읍 월산리 마을 정려각 탐방 시 주변 논은 경지정리가 잘되어 있었다. 농로 길은 콘크리트 포장되어 쉽게 정려각을 찾았다.

예산군청 건설교통과에 재직할 때 월산리 회화나무를 살리기 위해서 토지소유주와 경계측량을 했다. 한국국토정보공사 예산지사에 국유지와 관련되어 있어 경계 측량비용을 주었다. 회화나무 주변 땅이 콘크리트로 포장되어 고사 직전의 위기에서 살려냈다. 회화나무를 문 앞에 심어두면 잡귀신의 접근을 막아주어 평안하게 살 수 있다. 회화나무는 '학자수'로 궁궐과 서원, 문묘, 이름난 양반 마을의 지킴이 나무로 여겼다. 열악한 환경 속에 버티어 고사할 뻔했다가 다시 살아났다. 오랜 세월 동안 마을주민과 함께한 회화나무를 보게 되어 기뻤다. 뿌리에 가까이 밀착된 콘크리트 포장으로 수십 년간 회화나무의 숨구멍을 막고 있었다. 회화나무는 새순은 틔우며 강인함을 사람들에게 보였다.

마을 주민 월산리 '쳐성춘'의 공저비가 회화나무 밑에 소담히게 세워져 있었다. 조금은 의아한 생각이 들었다.

1988년 삽교읍 월산리 마을 분담직원을 하여 사정을 어느 정도 알고 있다. 혹시 가족이 그것을 세웠나 하는 생각을 해보았다. 나중에 귀동냥으로 예산군 동학 관련 단체에서 기념공적비를 조그마하게 세웠다고 들었다.

구억말 장씨가 월산리에 입향한 것은 중시조 장백의 11세 장의현이다. 조선조 숙종 때 국가 반란에 연루되어 보령으로 피신한 뒤 충청지역에 살았다. 그의 손자 13세 장준소가 구억말(월산리)에 정착했다.

본래 장씨 가문은 양반이다. 평민으로 되어 소금, 젓 장수나 등짐장수의 작은 쪽지게와 천인 계급이나 상제가 쓰던 갓을 만들었다. 패랭이 장사를 하던 중 국상을 당하면 패랭이를 판매하여 많은 돈을 모은 엄청난 부자다.

〈패랭이〉

충남 예산군 삽교읍에 살았던 장씨 가족을 조선 사람이 부러워했다. 큰 부를 축적했다.

장윤식의 본관은 인동이다. 1852년(철종3) 식년시『사마방목』에 기재된 여산(현 익산시 여산)으로 기재되어 있다.

『고종실록』1867년 5월 20일 "예산현의 진사 장윤식이 군수에게 백미 500석을 바쳤다."라는 기록이 있다. 1867년 이후에 예산에서 살았다. 여러 가지 공을 인정받아 조경묘참봉에 임명되었다

1868년 예산 현감, 1872년 청하 현감으로 부임하여 여러 폐단을 시정하는 등 선정을 많이 하였다.

1882년 가례시 돈령부도정에 올랐다. 1885년 가선대부 동지돈녕부사에 오르는 등 여러 관직을 역임했다. 아버지 장진급(張眞汲, 1776~1844)도 효행을 실천하여 1868년(고종5) 광시면 신흥리에 정려각이 세워졌다.

1905년 건립된 장윤식 정려는 월산리 과수시험농장 맞은편 435번지에 있다. 마을의 가운데 민가 앞 동쪽이다.

정문의 내부 중앙 상단에 '효자 가선대부 동지돈령부사 증종이품 가선대부 내부협판 장윤식지문 광무구년을사삼월 일 명정'이라고 쓴 명정 현판이 있다.

정려각 안에 손자 장기일이 정려각을 건립하면서 기록한 장윤식의 행적과 효행을 기록한 명정 현판은 먼지로 가득 덮여 있다. 글씨를 알아보기 힘들었다.

삽교읍 월산길 30, 정려각 뒤편 함석집 옆집에 김OO의 명패만 달랑 걸려 있고 사람들이 살지 않아 주변이 흉하고 처참해 보였다.

〈장윤식 정려각〉

400여년 전 삽교읍 월산리 435번지에는 전설적인 인동장씨의 99칸의 기와집 있었다. 농지도 15여만 평 소유한 상류층 갑부였다. 홍선대원군이 아버지 남연군의 묘 터를 보기 위해 가야사의 금탑자리에 가기 전 이곳 장예산집(장씨 16세손 장진급)에 방문하여 식사를 대접받았다고 구전으로 전해진다.

그 후 홍선대원군으로부터 궁궐로 초청받아 황공한 대접과 가족이 연이은 벼슬을 하였다. 장씨 가족들은 신분이 상승했다.

장윤식은 1868년(고종5) 예산 현감으로 부임한 후 여러 폐단을 시정하고 선정을 베풀었다.

1870년에 세워진 영세불망비는 6년 전에 예산 버스터미널 앞에 있었다.

2018년 4월 예산군 청사를 신축하면서 19개 비석 군에 포함되어 그의 영세불망비는 예산군청 앞으로 옮겨왔다.

1891년 장윤식의 선정을 기리기 위해 세워진 영세불망비는 대흥 중·고등학교 비석군 앞 사이에 세워져 있다가 대흥면사무소 입구의 의좋은 형제공원길에 33개 비석과 같이 옮겨졌다.

장윤식의 부친 장진급과 장형식 부자는 효행자이다. 1868년(고종5) 광시면 신흥리 입구에 마련한 양세정려문과 묘소가 있다.

광시면에까지 재산을 증식한 장씨 부자라 선정비와 정려는 예산, 삽교, 광시, 응봉 등에 있다. 역시 갑부는 돈을 잘 써서 어려운 사람에게 선정하면 사람들은 그것을 기억하고 있다가 보답한다는 사실을 알았다.

장씨의 재력은 8대에 걸쳐 이어졌다.

삽교읍 월산리 장윤식 정려문은 색깔이 바래 있다. 정려문 건립기 내용을 알아보기 힘들 정도이다. 한눈에 보아도 훌륭하게 자란 후손이 조상님의 은덕과 정려 등에 관심을 가지지 않는다.

부자는 삼대 못 가고 가난도 삼대 안 간다. 돈만 있다고 행복한 것은 아니다.

이번 효자 정윤수 정려각 탐방은 '부불삼대'란 말이 떠올랐다. 인동 장씨 후손과 종친회에서 단합하여 광시면과 삽교읍에 있는 정려각을 잘 정비하여 주었으면 좋겠다.

구억말 장씨

仁同張씨 월산리로 입향 후 쪽지게, 패랭이 팔아

99칸의 기와집 짓고 15여 만 평 토지 부자 되었네.

旌閭門과 永世不忘碑 예산 여러 곳에 세워졌다네.

〈장윤식 영세불망비〉

　　고등학교 친구 장○○ 일가 마을 방문하고 느낀 바 전해진 이야기를 토대로 설화 방식의 졸필의 글이다.

구억말(월산리) 재산이 많았던 장씨 일가

　　구억말 부자 장씨 일가는 조선조 때 국가에 집단행동으로 반항한 범죄에 연관이 되었다. 충남 보령에 신변의 위험으로부터 몸을 피신하여 충청지역에 여러 곳에 나누어 살았다. 구억말 부자 장씨 일가가 예산군 삽교읍 월산리에 자리를 정하고 머물러 산 것은 400여 년 이전이다. 본래 부자 장씨 일가는 양반이었다. 양반에서 평민으로 떨어진 이후 소금, 젓 장수나 등짐장수 등이 사용하던 작은 지게, 대오리로 얽어서 만든 갓 등을 팔았다. 그러던 중 왕실에서 초상을 당하자

갓을 판매하여 엄청난 부자가 되었다. 조선 사람이 부러워할 정도로 장씨 일가는 큰 부자였다.

그동안 부자 장씨 일가는 평민 신분 때문에 양반들에게 많은 행패를 당했다. 한양에 가서 억울함을 임금에게 전달하려고 마음을 크게 먹었다. 생각했던 것보다 임금을 만나보는 일은 그리 쉽지 않았다. 부자 장씨 일가는 신하들이 잘 다니는 숙박시설에 묵으면서 기회를 엿보았다. 그런 세월은 3년이나 지났다. 벼슬하고 있는 김구래의 도움을 받아 부자 장씨 일가는 임금을 맞이하려 다시 예산에 내려왔다. "며칠 후면 임금의 생신날인데 그날 크게 진상을 하여라!"라는 김구례의 말을 듣고는 부자 장씨 일가는 검은 암소 50마리를 준비하여 한양에 다시 올라갔다. 가지고 간 소들의 울음소리를 임금님은 듣고서 이상하게 생각했다. 부자 장씨 일가의 그런 행동이 궁금하여 다시 물어보았다. "충청도 사는 장 아무개가 임금께 진상을 드리는 것입니다." 신하가 말했다. 임금은 "장 아무개를 들라 해라!" 하여 부자 장씨 일가는 임금님을 가까이에서 대면하게 되었다. "너는 어디서 왔느냐! 이름은 무엇이냐!" 라고 물어보았다. "저는 충청도 예산에서 왔습니다. 본은 인동장가이다. 임금님을 만나려고 3년 동안을 기다렸습니다."라는 말은 들은 임금은 다시 물었습니다. "네 소원은 무엇이냐!" 부자 장씨 일가는 "양반이 될 수 있게 공정증서를 내려 주세요!"라고 간절하게 청하였다. 임금은 부자 장씨에게 "예산에 내려가서 예산군수를 해라!"라는 명을 내렸다. 그 후 벼슬을 하면서 부자 장씨 일가는 12대문과 99칸의 기와집 지었다. 수십만 평의 농지를 소유한 조선시대 상류층의 갑부가 되었다. 흥선대원군은 아버지 남연군의 묘 자리로 가기 전에 이곳 부자 장씨 일가에 들렀다. 시사 대접을 받았 다. 세월이 흘러서 부자 장씨 일가는 궁궐에 초청받기도 했다. 위엄 있고 분에 넘치는 대접과 연이은 벼슬을 받아 부자 장씨 일가와 장씨 자녀는 신분 상승을 하게 되었다. 부자 장씨 일가는 예산 현감으로 있을 때 많은 부정이나 해로운 일을 바로잡는 등 선정을 베풀었다. 그런 덕분에 예산 주민들이 부자 장씨 일가의 선행과 덕을 영원히 잊 지 말자라는 비석을 여러 곳에 세웠다. 부자 장씨 일가와 부자는 조 정으로부터 효자를 기리기 위해 월산리 마을에 정문을 세웠습니다.

광시면 신흥리 입구에 양대에 걸린 부자간의 정려문도 세워졌다. 부자 장씨 일가의 재력은 대단하여 8대에 걸쳐 이어졌다.

1905년에 정려문을 신축하면서 공사에 동원된 사람들의 이름을 목 판에 기록했다.

〈장윤식 정려문 공사원기 현판〉

도료장(목수의 대장)은 신정모, 이기홍, 이돈석, 석재를 다듬은 사람은 김용삼, 이정술, 간판에 글자를 새긴 사람은 석사 최도원, 기와를 구운 사람 총감독은 이종영, 그림을 그린 사람은 금호 상인(승려)이다. 이들은 모두 경복궁 중건에 참여한 이름난 장인들이었다. 현재 삽교읍 월산리 부자 장씨 일가의 정려문은 색깔이 바래있다. 정려문 건립기 내용도 알아보기 힘들 정도다. 광시면 신흥리 부자 효자 정려문도 마찬가지다. 한눈에 보아도 알 수 있다. 훌륭하게 자란 후손이 조상님의 은덕과 정려문 등에는 관심이 없는 것 같다. 이곳 예산군 삽교읍 월산리 마을은 그동안 예산군으로부터 경지정리와 기계화경작로의 사업을 받아 콘크리트로 포장되어 있다. 작년에 이 월산리 마을에 대대로 수호 나무인 회화나무는 숨을 쉬지 못해 죽어가고 있었다. 주민으로부터 보호받아 기사회생하여 살아났다. 회화나무를 문 앞에 심어두면 잡귀신의 접근을 막아주어 평안하게 살 수 있다고 전해지고 있다. '학자수'로 궁궐과 서원, 송장이나 유골을 묻고 표시한 곳과 이름난 양반 마을의 지킴이 나무로 여겨왔다. 열악한 환경 속에 용하게 버티다가 살아났다. 삽교읍 월산리 주민과 오랜 세월 동안 함께한 회화나무를 다시 보게 되어 기뻐했다. 뿌리 부분 바짝 포장된 콘크리트는 오래된 회화나무의 숨구멍을 막고 있었다. 회화나무가 말라 죽어가는 순간에도 살려고 새순을 틔우며 강인함을 보여주었다.

　현재 구억말 부자 장씨 일가의 큰 기와집은 사라져 버렸다. 가옥은 쓰러져서 풀이 자라 있다. 재산이 많았던 장씨 일가의 화려했던 흔적을 찾아보기 힘들다.

〈월산리 회화나무〉   〈장윤식 집터〉

　1905년 서울에서 경복궁 짓던 장인들이 삽교읍 월산리로 내려와 정려각을 건축한 이름이 적힌 '공사원기'가 훼손되거나 매각되지 않기를 기원한다. 후손들이 이 정려각을 깨끗하게 오래 보존하여 문화재 자료로 지정되길 두 손 모아 기원한다.

참고문헌(자료)

1. 『문화유적분포지도』 - 예산군(충청남도·충남발전연구원, 2001)
2. 충남발전연구원부설 충남역사문화연구소, 『예산군의 효행과 우애(예산군, 2002)
3. 『삽교읍지』 2008
4. 한국학중앙연구원, 『향토문화전자대전』
5. 『삽교이야기』 예산군, 예산군행복마을지원센터 2023

10-8.
효자·열녀의 비석
도로변에 세우다

사람이 사망하면 행적을 칭송하고 이를 후세에 전하기 위하여 돌에 문장을 새겨 넣는다. 대개 비는 돌로 만들기 때문에 비석 또는 생소한 용어로 '석비'라고 부른다. 나무로 만든 목비 또는 비목도 있다. 이런 '비'들에다 글자 적는 부분을 비면이다. 비에 새긴 내용은 비문이다. 비목보다는 오래 지속될 수 있는 돌 등에 새겨진 비석을 많이 볼 수 있다. 비석 모양은 직사각형의 비가 많다. 공적비, 묘비, 신도비, 효행비 등이다.

묘비와 신도비 등은 알려지지 않은 기록이 남아 있어 일대기를 할 수 있다.

예산군에서는 선정비와 공적비를 문화재 보고 차원에서 모아둔 곳이 있다. 예산군청 앞, 덕산면사무소 앞, 대흥면사무소 앞 도로변 가는 입구, 오가초등학교 앞에 10개 이상의 비석이 읍·면 여러 곳에 세워져 있다. 그중 충·효·열의 삼강오륜을 실천한 금석문은 비문 숫자가 많다. 국가적 차원의 포상인 경우 인물의 행적이 눈에 띄는 장소에 세웠다. 그러한 행적이 있다는 것은 그의 집안과 마을의 경사이다.

고려말 효자 '이성만 형제 효제비는 예산군 대흥면 동서리에 세워져 있다. 충청남도 유형문화재이다. 효제비는 대흥동헌에 가보면 안내문 옆에 있어 쉽게 찾아볼 수 있다.

광시면 미곡리 도로변 버스정류장 옆에 전근금 효자비가 있다.

진주강씨·양주조씨 열녀비는 신양면 귀곡리에 현존하고 있다. 그 외 잘 알려지지 않은 여러 곳에 비석이 있다.

도로변에 있어 무심코 지나치기 쉬운 곳에 건립된 신양면 이홍갑 효제비와 진주강씨·양주조씨 비석이 있다.

□ 楊州趙氏와 晉州姜氏

예산군에 산재되어 있는 효제비, 열녀비는 정려문과 비교하면 사람의 관심에 벗어나 관리하는 면에서 소홀하다. 정려문은 잘 지어진 건물 안에 현판이 걸려 있다. 면적도 많이 차지한다. 그러다 보니 지역주민과 후손의 관심을 받는다.

그동안 정려문에 대한 글을 쓰면서 소외된 효제비·열녀비에 관련 인물의 글을 쓰는 일에 소홀한 점이 항상 마음에 걸렸다.

2022년 3월 중순경 충남 예산군 신양면 귀곡리 양주조씨·진주강씨

〈양주조씨 와 진주강씨 비석〉

의 열녀비를 찾아갔다.

성국진의 부인 양주조씨와 성응기의 부인 진주강씨가 정조를 지킨 공적을 기리고자 1811년(순조11) 세운 열녀비 2기이다. 신양면 귀곡리 길옆 시멘트 기단 위에 세워져 있다.

양주조씨(1766~1788)는 성국진의 세 번째 부인이다. 남편에게 7살 아들이 있었는데 잘 가르치고 자기가 낳은 자식처럼 잘 키웠다. 1788년 돌림병이 돌았다. 남편이 병에 걸려 위독하여 자신이 대신 죽게 해달라고 빌며 극진히 간호하였다. 결국 남편이 병으로 죽자 장례를 마친 뒤 따라서 자결했다.

진주강씨는 양주조씨의 5세 손부로 성응기의 부인이다.

성응기가 죽었을 때 강씨가 시름시름하며 자결할 기미가 보이자 집안사람들이 걱정하며 살펴보았다. 결국 약을 먹고 말았다.

양주조씨와 진주강씨의 열녀와 효행은 지방 유림들의 공론화되어 관찰사에 상신하였다.

양주조씨의 비석 앞면에 '정렬부인 양주조씨 불망비'와 뒷면에는 '신미(1811) 십일월십육일 립'이라고 새겨져 있다.

진주강씨의 비석에는 앞면에는 '정렬부인 진주강씨 불망비'라 새겨져 있고 뒷면에는 양조조씨와 같은 해 월 일자로 새겨져 있다.

양주조씨는 조충수가 신양면에 입향하여 후손들이 현재 많이 신양면에 살고 있다.

창녕성씨는 1613년 계축사옥으로 인해 성흔이 벼슬을 버리고 신양면 귀곡리로 낙향하면서 이어진 성씨이다.

창녕성씨와 양주조씨는 예산에 이거한 성씨이다. 창녕성씨의 집안의 며느리로 양주조씨와 5세 손부인 진주강씨 등 후대가 열녀비에 나타난 것처럼 예산군 신양면에서 살아온 것으로 보아 현재 성씨가문은 예산 지역에서 많이 살고 있다.

서낭당 두 열녀

정국공신 창녕성씨 귀곡리 낙향
삼괴당 열어 후손 학문·서예 가르치다.

양주조씨 낙향하여
덕과 의를 갖춘 귀한 사람 사는 곳
창녕성씨 사돈이 되다.

양주조씨 5대 손부 본을 받아
진주강씨
서낭당 열녀가 되었다네.

□ 광시 효자 전근금

전근금(田斤金, 1691~1769)은 본관은 나주이며, 예산군 광시의 미곡리에서 태어난 선비이다. 나중에 '전태운'으로 개명했다.

정려문이 광시면에 있다기에 찾으러 미곡리 두 번 다녔지만 찾지 못했다. 포기하고 삽교 집으로 돌아오는 중에 비석이 눈에 보여 살펴보니 기대했던 효자문이 아니다. 전근금 비석이다. 정려각 위치는 예산군 광시면 동서로 25(미곡리 210-2) 입구의 마을 버스정류장 오른쪽이다.

전근금은 고려가 망하자 불사이군의 신조를 지키며 예산군 광시 초야에 묻혀 살았다. 선비의 후손이라 학식은 높았다. 어려서부터 소를 키우며 농사일을 열심히 하였다. 아버지가 병석에 눕고 말았다. 약을 써도 차도가 없다가 사망했다. 그 후 어머니 역시 같은 병에 걸려서 전근금은 밤마다 정성껏 기도를 드리니, 하늘에서 노인의 목소리가 들려왔다.

"어머니 병환은 보통 약으로는 어림이 없다. 어머니 병환은 꼭 고치고 싶으면 한 가지 약이 있다. 너의 피가 어머니 몸에 흐르게 되면 효험을 보아 좋아질 것이리라!"

이 말을 듣고 이것은 하늘에서 나에게 준 계시라고 생각하고는 급히 집으로 달려가 손가락을 잘라서 피가 나오게 하여 그 피를 어머니 입에 흘려 먹이자 신기하게도 눈이 훤해지면서 기운을 차렸다. 한참 있다가 또 한 손가락을 잘랐다. 피를 다시 어머니에게 드리니 완쾌했다.

부모의 삼년상 동안 술을 마시지 않았다. 삼년상 후에도 채식만 하는 등의 효행을 했다.

전근금의 이러한 효성이 알려지자 대흥군과 청양, 홍주, 보령 등의 유생들이 감영에 전근금의 이러한 효행 실천 사실을 표창해 달라고 소청을 올렸다.

1) 공홍도(충청도)감사가 1738년 왕에게 보고하여 1741년 정려각이 세워지고 절충장군으로 품계를 받았다. 정려문 건립하고 나서 세월이 지나면서 현판이 썩는 것을 후손들은 염려했다. 전근금이 죽은 해인 1769년

〈전근금 비석〉

효자비를 세웠다.

1885년(고종22)전근금이 후손 전동수는 단가를 올려 전근금의 정려문을 이건하였다. 정려를 이건할 때 2) '나주전씨 삼세삼효'라는 현판을 달았다고 한다. 여기서 삼세는 전근금, 전시복, 전극대까지 말한다. 3대 효행에 대한 정려를 건의하는 지방 유림의 상서문도 자세히 담았다.

전근금의 정려문은 과거 비석과 있었다. 다른 정려문과 다르게 초가지붕에 좌우 벽면이 흙으로 되어 있었다. 1962년 봄, 화재로 소실되었다. 현재 효자비만 남아있다.

나주전씨 절충장군의 후손들이 전근금을 비롯한 '삼세삼효'의 효행과 관련된 문서 18건을 보관하고 있다.

전근금 효자비는 비신의 앞면에는 '효자증절충장군전개금개명태운지거 금상십칠년신유십이월 일 명정려이현판공년구역후고기축십이월 일'이라고 새겨져 있다.

전근금의 비석을 찾아보고 예산군에 세워진 정려문은 건축 모양은 다양하게 건축되었음을 느꼈다.

전근금 정려문과 인근 삽교읍 장윤식 정려문은 서로 달랐다. 삽교월산리 장윤식 정려문은 경복궁을 중건한 장인들이 참여했다.

전근금은 양인 신분이다. 경제력이 어렵다 보니 후손들이 잘 보존하려고 노력은 했다. 그러나 불행하게 정려문이 불에 타서 현재 효자비만 외롭게 도로변에 세워져 있다. 재력가와 양인의 신분을 비교할 수 있다.

정려문 탐방을 마치고 돌아와 쓴 효자 전근금의 가문 졸시이다.

羅州田氏 三世三孝

고려 멸망 후 나주전씨 후손
예산군에서 불사이군 지켰다.

전근금 초야에 묻혀 병석에 누운 어머니에게
손가락을 잘라서 피를 입에 넣어드렸다.

효행 실적 자자하여 대흥군과 청양 외 3곳
유생들이 감영에 표창을 진정했다.

예조의 등급 순서, 표창에 진정한
청원서 기록 등 효행록 전해진다.

양인인 전씨마을 광시 미곡리
도 지정 효의 마을, 충효의 고장 되었다네.

1) 1735년(영조11)에는 청주와 충주에서 난이 일어나 '공홍도'로 했다
가 1747년(영조 23)에 다시 충청도로 회복시켰다.

2) 《孝行錄:羅州田氏 三世三孝》는 조선시대 숙종~영조때 충청도

대흥군 이남면 신대리(예산군 광시면 미곡리)에 거주하던 효자 전근금을 비롯하여 그의 아들 시복, 시복이 아들 처대까지 3대에 걸친 효행을 정려·표창하도록 청원한 관련 문서들을 모아 국역한 것이다.

전근금은 효행이 뛰어나 인근 지역의 유생들이 그의 효행 표창을 감영 등에 수없이 상신하였다. 이에 따라 전근금의 효행은 부근 제읍과 충청우도 유생들의 추천과 청원에 의해 1741년(영조17)에 정려각이 세워지고 절충장군의 직함까지 받게 되었다.

전시복과 그의 아들의 효행도 1885년(고종22) 표창을 받아 전근금의 정려에 함께 모셔지게 되어 '나주전씨 삼세삼효'라는 현판을 달았다.

그 후 1989년에 충청남도에서는 전씨 효자의 효자비가 있는 마을을 효의 마을로 지정하여 충효 교육의 도장으로 활용하기도 했다. 이처럼 이 책은 유학을 근본으로 하는 조선시대 사회상의 한 단면을 보여주며, 도학 정치가 각 지방까지 어떻게 파급되었는가를 추정하게 해준다.

이 책의 구성은 제1~3장과 부록으로 되어 있다. 1장에서는 수집된 문서를 예조의 등급문서, 전근금의 정문을 옮겨 세우기 위한 전동수의 청원서이다.

전시복의 효행: 이남면 풍헌의 서목·이남면 유생들의 상서·대흥군 유생들의 상서, 전시복과 전처대 부자의 효행: 대흥 유생들의 상서·우도 유생들의 상서·덕산 유생 이성우 등의 단자.

나주전씨 3세 3효 관찰 군수보고서: 덕산 군수 김택기의 보고서·관찰사 서리 곽찬의 보고 등 시대별로 나열되어 있다. 2장은 원문 등본이며, 3장은 원본 사진이다.

부록에는 호적단자 2점, 8대손 세계도표, 연월순 효행록 조견표 등이 수록되어 있다. 국역문은 가로쓰기로 되어 있으며 주석이 달려 있고 색인은 없다.

□ 신양 효자 이홍갑

2019년 충남 예산 신양면 차동리 마을은 대통령 직속 국가균형발전위원회가 주관하는 공모사업을 신청했다. 낙후된 농촌지역에 생활, 위생, 주택정비, 마을환경개선사업을 지원해주는 '새뜰마을사업(취약지역생활여건 개조사업)'이 선정되었다.

그 후 충남 예산군 신양면 차동리는 주택 정비, 노후담장 개량, 슬레이트지붕 정비 등 마을환경개선사업 지원금 2,306백만 원을 받았다.

국도 32호선을 따라 공주 방면으로 가다가 보면 차동교차로가 나온다. 그곳에서 우회전하면 우측에 차동리 경로회관이 나온다. 경로회관 입구 도로변 옆에 예산군수를 지낸 '오철상의 선정비'와 '이홍갑의 효자비'가 나란히 세워져 있다.

이홍갑 효자비는 차동고개 아래 있었던 것을 이곳으로 옮긴 것 같다.

이홍갑은 천하의 효자로 알려졌다. 그에 대한 효자비 외에 자세한 효행의 행적을 알 수 없었다. 다만 사단법인 오성장학회에서 1991년

발행한 『예산의 맥』의 기록에
'차동리 주민 이춘수 씨에 의
하면 그는 시장에서 고기를
사서 먼저 부모님에게 드린
효자로 인정 받았다.'라는 구
술의 기록이 있다.

〈이흥갑 효자비〉

이흥갑 효자비 옆에는 순조
때 대흥 군수를 지낸 오철상
의 선정을 기리기 위해 1817
년(순조17) 세워진 비석은 신양
면 차동리 590번지 부근에 있다. 차동리 마을 주민들이 도로확장공
사로 부득이 안쪽 마을 회관 앞에 그의 비석을 옮겨 세웠다.

오철상은 1814~1817년에 대흥 군수를 한 인물이다. 1817년에 대
동미를 제대로 관리하지 않아 파직되었다는 기록이다.

1817년(순조17) 10월 5일, 남공철이 대동미 미납으로 추국당한 대흥·
덕산 수령 후임으로 양호의 수령을 빨리 차출하기를 청하다. 우의정
남공철이 아뢰기를,

"일전에 선혜청의 초기와 복계로 인하여 양호의 여러 수령을 잡아
다 신문하고 죄주라는 명령을 내렸습니다. 대동미를 배에 실어 상
납하는 것은 원래 정해진 기한이 있어 아무리 흉년을 당하였다고

하더라도 감히 어기지 못하는 것인데, 작년과 같이 대풍년인데도 애당초 배를 출발시키지 않은 자가 있었고, 기한이 지나서 실어 보낸 자도 있었으며, 혹은 취재가 많은가 하면 혹은 얼음 속에 정박시키기도 하여, 미납된 수량이 자그마치 수만 석에 이르고 있습니다.

… 생각해 보면 환곡을 받아들이고 재결을 나누어 수는 때에 이렇듯 많은 수령을 잡아다 추국하는 일이 있으면 필시 여러 달 직무를 폐기하게 될 것입니다. 그 죄를 범한 바가 이미 중감에 관련되니, 서둘러 후임을 차출하는 것만큼 편한 방법이 없습니다. 해당 수령들을 우선 파직한 후에 잡아다 추국하고, 그 후임을 상례에 구애치 말고 각별히 가려서 차출하여 당일로 조사하여 대조하게 하소서."

하니, 그대로 따랐다.

> "파직하고 나문拿問하여 출두한 수재守宰는 서산 군수瑞山郡守 이지연李志淵 … 대흥 군수大興郡守 오철상吳澈常 … 덕산 현감德山縣監 … 함열 전 현감咸悅前縣監 김용金鎔 등이다."

신양면 차동리 주민들은 왜 이곳에다 선정비와 효자비를 나란히 세우게 된 이유를 나는 알아보지 못했다. 지나가는 사람이 없이 그냥 지나쳤기 때문이다.

이 마을 2개의 금석문 조사를 마치고 삽교읍 어느 커피숍에 앉아 설화에 담긴 가난한 신양면 차동리 효자 이야기를 풀어서 끌쩍거리며 쓴 졸시이다.

차동고개

먼 옛날에
불왕골 차 서방
가난한 효자
차동고개
나무하러 가서 혼절하다.

꿈속에
하얀 할아버지 상봉
동쪽으로 열 발자국 가면
산삼이 있다고 알리다.

그곳에 가보니
산삼이 차 서방 반기다.
커다란 산삼 얻어
지게에 지고 내려온 고개

전근금의 효자 정려는 1800년대에 세워졌다. 화재로 소실된 초가 정려문 사진이 남아 있다고 전해지지만 누가 소장하고 있는지 알 수 없어 궁금하다. 초기 정려문은 초가로 만들었으나 점차 와가의 형태로 변했다.

초기의 초가 사진을 토대로 전근금 초가를 세우고 광시면 미곡리 버스정류장 옆에 있는 효자비를 넣어 관리하면 돈이 들어가더라도 관리를 잘하면 귀중한 문화자원이 될 듯하다.

천민이나 양인의 신분으로 정려문을 받은 사람은 많다. 현존하는 경우 거의 없어 아쉬울 뿐이다. 전근금은 초가지붕 벽면을 흙으로 발라 만든 정려문이다. 그와 비교하여 장윤식 정려문은 경복궁 궁전에 참여하여 건립했다.

이런 다양한 정려문을 한 곳에 모아서 다양한 경관을 연출하여 관광객이 지나가다가 볼 수 있는 효 체험장 등이 예산군에 만들어졌으면 하는 바람이다.

제11부

전쟁

11-1.
임진왜란·병자호란시 주목받았던 예산 피난처

조선조 왜적과 청나라가 침입하여 우리 민족에게 많은 희생자를 발생하게 했다. 임진왜란은 가장 큰 시련이다. 왜병의 침입은 전답의 피해로 농사에 지장을 주었다.

일본은 應仁의 亂(1467) 이후 전국이 여러 세력으로 분열하여 서로 싸우는 전국시대를 맞는다. 풍신수길이 관백이 되자 1590년(선조23)에 전 일본을 통일하니 전국시대가 123년 만에 막을 내렸다. 백여 년 동안 양성한 무사들이 넘쳐나자 사회문제 등으로 등장한다. 1592년(선조25) 4월 13일 15만 명 이상 대군으로 대륙진출의 야망을 가지고 있던 풍신수길은 부산에 상륙하여 침공하여 성공한다. 조선은 그동안 일본을 과소평가하고 조선은 개국한 지 2백 년이 되자 사회적인 기강이 해이해져 외적의 침략 대비에 소홀했다.

부산 상륙 14일 만인 4월 27일에 충주성이 함락하고 4월 30일 선조는 서울을 떠나 서북쪽으로 피난길을 재촉했다. 6월 22일 의주에 도착하며 명나라에 원군을 요청하고 지원약속을 받는다. 사림들이 붓 대신 활과 칼을 들고 의병을 일으켜 싸웠다.

이때 고덕면 출신 의병장이 나타난다. 임진왜란 당시 전라도 남평 현감을 지내던 한순(韓恂, 1555~1592)이다. 남평은 군사 5백 명을 이끌고 북상하여 조헌과 함께 양단산에 진치고 1592년 8월 9일 왜적과 전투하다 전사했다.

충청도 홍주목 덕산현 출신 선비인 윤여익은 조헌을 따라 의병에 참가하여 청주성을 탈환하고 금산 전투에서 조헌과 함께 전사했다. 예산군에서 임진왜란 때 장렬하게 전사한 윤여익에 대한 평가와 관심이 적어 아쉽다.

어느 정도 명나라 도움을 받아 모든 백성이 일치단결하여 왜구들과 싸워 1593년 4월 20일 서울을 탈환 입성한다.

임진왜란 중 한 고비를 넘기자 6월 5일에는 명나라 경략 송응창이 우리 조정에 중국과 오고 가는 공문서를 보내 이렇게 요구했다.

"조선 팔도 중 어떤 도, 어떤 읍은 왜놈이 전부 점거했으며, 어떤 도가 침범받고 어떤 도가 침범을 받지 않았으며, 어떤 도가 전혀 경계 안에 들어오지 않았는가 등 세세하게 기록하여 보내주시오."

그러자 우리 조정에서는 그 사실을 조사하여 통보해 주었다. 적군이 지경 안에 들어가지 않았던 진, 군, 현은 다음과 같다.

"공주, 홍주 등 진과 임천, 태안, 한산, 서천, 면천, 천안, 서산, 옥천, 온양 등 군과 홍산, 덕산, 평택, 직산, 정산, 청양, 은진, 회인, 진잠, 연산, 대흥, 부야, 석성, 비인, 남포, 결성, 보령, 해미, 당진, 신창, 예산, 목천, 전의, 연기, 청산, 아산 등 현은 적이 아직 경계 안에 들어가지 않았다.” 대부분 덕산을 중심으로 한 태안반도 일대이다. 서울의 명문대가들이 다투어 덕산에 향장을 마련하여 이흡, 조희일 등 일부가 재산증식을 일삼아 백성 재산을 함부로 차지하여 덕산현을 제압하려고 하자 사대부에게 비난했다.

1595년경 이영원이 덕산 관내 제일 부자로 전국에 손꼽을 만한 부자로 커나간다.

1635년(인조13) 청나라 재침이 예견되고 나서 전운이 짙어지자 이서를 12월 25일 병조판서로 임명해 전쟁에 대비한다. 이서는 매형인 이의배를 공청병사로 삼아 충청도 방어 책임자로 맡게 했다. 남한산성과 강화도로 조정이 피난했을 경우에 충청도 후원군이 가장 핵심적인 역할을 하기 때문이다. 이서가 1637년 1월 2일 격무에 시달리다 군중에서 쓰러져 순직했다. 12월 24일 이의배는 충청도 군사를 이끌고 죽산산성과 남한산성에서 청군과 싸웠다. 우리 고장 봉산 출신 이의배와 이억 장군은 사망했다.

봉산면 출신 정현룡 장군이 나타나 임진왜란 초기 함북지방(함경도)의 의병에 참가해 크게 승리하여 함경도 땅을 되 찾았다.

이의배, 이억, 한순 장군은 봉산과 고덕에 정문이 내려졌다.

장군(장수) 외에 우리 고장 출신 신계영은 조선을 대표하는 외교관으로 일본에 가서 임진왜란 때 포로가 되어 잡혀간 조선인 146인을 데리고 돌아왔다.

1637년에는 병자호란 때 포로로 잡혀간 사람들을 대가를 지불하고 귀환시키는 속환사가 되어 신양에서 600여 인을 데리고 왔다. 신계영은 양란 포로로 있던 우리 동포들을 구하는데 앞장서 좋은 성과를 이루었다.

11-2.
한순 장군 임진왜란 때 적과 싸우다 순직하다

예산군은 문향의 고장이며, 선비의 고장이다. 양반의 고장으로 널리 알려졌다. 그런 연유로 충신, 열사, 문장가, 학자, 예술가를 많이 배출하였다. 또한 효자, 효녀, 열녀를 배출하였다. 세월이 지났어도 연속으로 세세손손 유교문화의 효 문화가 생생하게 전해져 오고 있어 기쁘다.

나라와 임금을 위하여 충성을 다한 신하는 충신이다. 충신은 두 임금을 섬기지 않는다. A loyal subject will not serve a second lord. 동양이나 서양이나 충신은 어려운 자리이다.

예산군에는 충신 중에 훌륭한 장수나 장군의 신분인 충신이 있다.

백제 말 흑치상지, 신라 김유신 장군, 고려 강민첨 장군, 조선시대 이억, 정현룡, 인초선, 정치방 등이다. 3대가 모두 고위급 장수로는 이목, 이의배, 이여발이다.

임진왜란·병자호란에 참가하여 패한 장수는 패배의 책임을 저야만 했다. 그런 장수는 나라에서 충신으로 인정히여 정려문을 받는 일은 쉽지 않다. 충신으로 상신을 하여도 관료들이 인정해주지 않아 마찰이 일어났다.

예산군은 전쟁이나 군란 때 나가 싸우다 전사한 후 충신의 정려문을 받는 사람은 이억, 한순, 이의배이다. 그중 한순의 정려각은 예산군 고덕면 대천2리 마을 입구에 있는 야산의 남서향 사면 하단부에 있다. 고덕IC와 가깝다. 주변에 은성농원이 있다. 정려 옆 큰 소나무는 연륜을 보여주는 듯했다.

한순(韓恂, 1555~1592)은 덕산현에서 태어났다. 1583년(선조16) 무과에 급제했다. 선전관, 평양판관 등을 거쳐 1590년 제34대 남평 현감에 임명되었다.

1592년 임진왜란이 일어나자 고경명 의병장은 7월 금산으로 전라도 의병 7,000여 명을 이끌고 적을 토벌하여 갔다가 전사했다.

남평현감 한순은 금산 가기 전에 전 군수 윤열과 창평현감 등이 합세 용담과 금산의 경계인 송현 밑으로 진군하여 진을 치고 적과 맞서다 500여 명과 함께 8월 9일 전사했다.

그런 사실을 순찰사가 조정에 상소를 올렸으나, 상소를 가지고 가던 사람이 중도에서 적군을 만나 전사하여 조정에는 오랫동안 포상하지 않다가 효종 대에 한순을 병조참의로 추증하였다.

포상은 손자인 한흡이 주도했다. 한흡은 1656년(효종7) 할아버지의 표창에 힘써 달라고 덕산에 살던 야곡 조극선에게 요청을 하였다. 조극선은 김육에게 편지를 보냈다. 김육은 조정에 한순의 순절을 포상할 것을 건의하자 조정에서 승인을 했다.

한흡은 김육의 손자인 김석주에게 할아버지의 정려와 관련해 상소를 대신 올려 달라고 요청했다.

『한포재집 권9 서문』에 채현경 - 전주대학교에서 번역한 "한씨충열록서 서문"에 수록된 한순의 행적은 이렇다.

韓氏忠烈錄序

한후주가 어느 날 그의 증조할아버지인 현감공 한순이 의롭게 순절한 사적과 그의 아버지 첨추공 한흡의 장소를 모은 책 한 권을 소매에서 꺼내 보여주었다. 내가 다 읽고 나서 한숨을 쉬고 감탄하며 말하기를 "아, 이 한 권의 책에 한씨 조손의 충과 효가 갖추어져 있으니 공경할 만할 따름이다."라고 하였다.

임진왜란을 당해서 열군이 와해되고 종사가 파천하여 적이 온 나라에 가득하였다. 이때에 대소 장리가 모두 도망하여 숨느라 감히 그 예봉을 건드리는 자가 없었다. 현감공은 이미 남평 현감을 맡았는데, 겨우 5백 명의 의병을 앞장서 거느리고 주변 군郡의 적들을 무찔렀고, 이리저리 옮겨 다니며 싸우다가 금산에 이르렀는데 금산은 적의 소굴이 되어 있었고 고충렬 고경명은 벌써 전사하였다. 현감공이 적과 대치하여 종일토록 맞붙어 싸웠으나 힘에 부쳐 죽었는데 인끈을 풀지 않고 있었다. 한순이 사망한 후 열흘이 지나서 조헌이 7백 명의 의사와 함께 섬멸을 당했으니, 이해 8월이다. 그 후에 호남 사람들이 공과 고공·조공 이하 의롭게 순절한 약간 명을 한 사당에 함께 배향했으니, 이는 사림의 공의였다. 그런데 공의 후사가 영락하여 향리를 떠돌고 고을을 맡은 수령 또한 이 사실을 조정에 아뢰지 않아 포증과 정려의 은전이 공에게만 미치지 못한 채 공이 죽은 지 또 60여 년이 흘렀다.

첨추공이 비록 할아버지의 사적에 대해 들었지만 향사의 일은 미처 알지도 못하고 선조의 아름다움이 드러나지 않음을 애통해 하여 위로 임금께 호소하면서 여러 정승을 두루 찾아다녔다. 또 남평읍의 수령안과 사실을 기록한 글을 찾아내고, 순절했을 당시 관리를 지낸 자의 자손으로 생존해 있는 사람들에게 널리 물어 더욱 상세하게 알아냈다. 그러나 유사有司는 번번이 이를 어려워하였고 여러 번 호소했으나 번번이 일이 성사되지 않자, 공은 이에 애통함과 한스러움을 품고 고심하며 바쁘게 뛰어다녔다. 정유년부터 병진년에 이르는 20년 동안 세 조정을 거치고 나서야 비로소 윤허를 받아 먼저 작호를 올리고 또 그 마을에 정려를 내려주었다. 이에 현감공의 진실된 충정과 큰 절개가 사람들의 이목을 찬란하게 다시 비추니 공의 영명하고 굳센 혼백도 저승에서 유감이 없게 되었다.

아, 예로부터 충성스런 신하와 의로운 선비가 강개하게 자신을 희생하여 국가를 위해 순절하는 것은 후세에 이름을 드러내려는 마음에서 하는 일이 아니다. 다만 자신의 한 인仁을 이루어 스스로 마음에 부끄럽지 않으려고 했을 뿐이다. 그러나 일이 멀어지면 잊혀지고 이름이 사라지면 일컬어지지 않는 경우가 많은데, 조정에서조차 풍성을 세우고 절의를 숭상하려고 마음먹지 않으니 풍속이 날로 안 좋아지고 다스림이 옛날만 못한 것은 당연하다. 현감공의 성취가 저처럼 뛰어나더라도 첨추공같은 손자를 얻어 조정에 호소하고 주변을 찾아다니며 은미한 사적을 찾아내어 밝히지 않았다면, 금사의 배향이 폐해지지 않았을지라도 성조가 표창하는 아름다운 뜻은 반드시 사라져 거론되지 않았을 것이다. 첨추공은 효자라 이를 만하도다.

옛적 견제가 죽어도 일어나 가지 않을 것을 고집하여 끝내 안록산의 난리에 자신을 더럽히지 않았고, 그 뒤 견제의 아들인 견봉이 또 처신을 잘하여 주군의 대신에게 신임을 받아 부친의 일을 밝게 드러내어 천자에게 상달하여 부친에게 4품의 관직이 추증되게 하였다. 한유는 견봉이 그의 부친과 함께 마땅히 역사에 기록되어야 한다고 생각하였는데, 지금의 장고를 담당하는 사람은 과연 한씨 조손의 사적을 한문공이 했던 것처럼 쓸 수 있겠는가 아닌가. 내가 이에 우선 권말에 감흥한 바를 써서 돌려보낸다. 현감의 이름은 순이고, 첨추의 이름은 흡이다.

〈충신 한순 정려각〉

1713년(숙종39) 자헌대부 병조판서 겸 정2품 관직에 품계를 올려주고, 서성군에 봉해졌다 그 후 한순 정려는 건립 이후 몇 차례이 준수와 개수가 이루어졌다.

충신 한순의 정려문은 임진왜란 당시 진을 치고 적과 싸우다 순직한 장수로 조정에서 인정하여 내려준 귀중한 문화재 자료이다.

충남 금산군은 임진왜란 당시 금산전투에 의병과 관군이 참여했다가 그곳에서 사망자에 대하여 칠백의총 무덤을 만들어 받들고 있다.

칠백의총 내 종용사에 한순의 위패가 안치되어 있는 것은 애국의 충절의 큰 뜻도 담겨 있다.

6월은 호국보훈의 달이다. 호국에 대한 감사한 마음을 다시 새겼다.

참고 문헌(자료)

1. 『고덕면지』 2006
2. 『한국향토문화전자대전』
3. 『한포재집』 권9 서문 채현경 - 전주대학교에서 번역한 "한씨충열록서 서문"

11-3.
李億 장군 병자호란 때
쌍령전투에서 전사하다

충忠에는 다수의 사람에 대하여 공평하게 성실을 다하는 것이다. 개인보다는 국가나 군주를 우선하는 법가의 사상에서 충은 자신을 돌보지 않고 국가나 군주를 위하여 자기 능력과 정성을 다한다.

충이 특정대상에 대한 것일 때에는 주로 신하가 임금에게 임하는 도리이다. 자기 자신 및 특정대상인 국가, 임금, 주인 등에게 정성을 다하는 것이다. 조금이라도 속이거나 허식없이 자기의 완정을 기울이는 것이다.

예산군은 조선시대 이런 충을 실천한 사람이 많다.

예산군에 장군의 묘와 말의 무덤에 대한 이야기는 설화나 기록물 등에 의해서 전해져오고 있다.

예산군 대술면 고려 강민첨 장군의 묘(마부의 묘, 말무덤), 봉산면 이억 장군 정려(애마의 말 무덤), 봉산면 봉림리 우봉이씨 정려(옥전리 말 무덤), 광시면 동산리 마실리고개 설화, 관음리 대흥산(봉수산) 중턱 박수사묘, 백제시대 예산읍 발연리 워탱이 말 무덤, 덕산현(교덕의 예 하내장) 의마 장, 광시 마사리 박홍 장군묘(말 무덤) 등이다.

봉산면사무소에 북쪽으로 도로 따라 1.5㎞ 쯤 가다보면 금치교가 나온다. 다리를 건너 가기 전에 서쪽으로 난 길을 따라 1㎞ 들어 가면 금치리 입구가 나온다. 도로면에서 200m 남쪽에 이억 정려가 있다.

이억(李億, 1615~1636)의 본관은 경주이며, 아버지는 현감 이석립이다. 어려서부터 힘이 장사로 승마와 활쏘기에 능하였고 병법에 밝았다.

1636년 이억은 22세 때 병자호란이 일어나자 충청도병마절도사 이의배 지휘 하에 전투에 참여하였다. 쌍령(현 경기도 광주시 쌍령동)에서 적을 만나 힘을 다해 싸웠으나 역부족 참담한 결과를 낳았다.

이억 장군의 1702년(숙종28) 6월 8일『승정원일기』기사 내용은 이렇다.

"전 참봉 이경창이 상언하여 그의 아비 이억이 1636년(인조14)병자년
의 난을 당하여 병사 이의배와 함께 적에게 죽었다. 임금이나 왕
족이 사는 큰 궁궐 따위와 같이 기둥 위에 보가 좋게 꾸미어 지은
집에 나라에서 은혜를 베풀어 내리는 특혜 입기를 청하였는데, 예
조에서 사형에 해당하는 죄수를 심리하고 판결하여 그 죄상을 왕
에게 고하되, 처벌 여부의 답변을 기다려 정려와 증직을 청하여 그
렇게 하도록 임금이 청을 허락하였다."

그 후 또 다른 이억 장군의 행적은 1729년(영조5) 7월 23일『승정원일기』에서 언급했다.

군관으로 순절한 인물과 관련하여 등록謄錄을 상고한 결과를 재차 보고하는 예조의 계의 내용은 이렇다.

장태소가 예조의 말로 아뢰기를,

> "지난 6월 21일 인견 때 이봉상의 군관으로서 순절한 인물인 홍림을 증직하는 일과 관련하여 해당 조로 하여금 전례를 상고하고 상께 여쭈어 처리하라고 명을 내리셨습니다. 본조의 등록을 상고해 보니, 임오년(1702년 숙종28)에 고 예조 판서 김진귀가 아뢴 바로 인하여 고 병마절도사 이의배의 군관인 이억이 이의배와 같은 때 순절하였으므로 정려하고 증직한 일이 있었습니다. 이번에 홍림이 변란에 임하여 도피하지 않고 주장과 죽음을 같이 하여 그 뛰어난 충절이 이억에게 뒤지지 않으니, 세상을 면려하는 도리에 있어 특별히 포상하여 존숭하는 일이 있어야 합니다. 한결같이 이억의 전례대로 실직을 추증하는 것이 이치에 합당할 듯싶은데 은전에 관계된 일인지라 본조에서 감히 마음대로 할 수 없으니, 임금께서 재결하시는 것이 어떻겠습니까?"

이억 정려각 내부에 걸린 비각기에 따르면 수선 후 1860년(철종11) 후손에 의해 비석이 세워졌으나 현재 비석은 없다.

이억 장군 정려각의 내부 중앙 상단에는 1702년 내려진 '충신 증 통정대부병조참의이억지문'이란 명정 현판이 있다. 뒤편에는 비각기와 정려각 중수기가 있다.

1986년 11월 9일 충청남도문화재 자료 제282호로 지정되었다.

이억 정려각 뒤쪽에는 장군의 죽음에 임하여 남긴 글이 조상의 위폐를 모셔 놓고 제사를 지내기 위한 사당과 말 무덤이 있다.

병자호란이 일어나 이억 장군은 사망했다. 이억 장군의 말이 며칠 밤낮을 달려왔다. 말이 물어온 것에는 장군 시신은 없고 옷과 유서만 있어 유품과 옷을 가묘하고 말 무덤을 만들었다.

이억 부인 죽산박씨는 여막을 짓고 6년간 사묘살이했다. 기일을 맞이하여 제사를 지내려고 집에서 목욕을 마치고 혼절하더니 사망했다.

〈이억 장군 정려각〉

병자호란에서 패전 후 자결한 이억 장군에게 포상할 수 없었다. 예산지역 유림, 자손, 덕산 현감을 지낸 이근행 등 백여 명이 이 사실을 충청도 관찰사에 진정하였다.

이억 장군의 의절을 알려 조정에 잘 전달되어 이억 장군이 순직한 지 65년 후에 충신과 부인에게는 열녀의 정려를 내렸다.

이억 장군과 말 무덤

기른 馬 보답하려 전쟁 중 달려오다
묻힌 유서 봉분 위에 잡초만 무성하네
말 무덤 장군 家廟옆 누워 봄을 반기네

이억 장군의 정려에 가보니 주변은 제초작업을 하여 깨끗했다.

몇 년 전 그곳에 가보았으나 장군의 가묘 무덤과 애마의 말 무덤은 잡초가 우거져 형태를 알 수 없었다. 말 무덤을 보지 못하여 아쉬움을 남기며 귀가했다.

참고 문헌(자료)

1. 『봉산면지』 2002
2. 『디지털예산문화대전』
3. 『문화유적 분포지도(예산군)』 충청남도, 충남발전연구원, 2001
4. 『한국향토문화전자대전』

11-4.
충신 李義培 병자호란 때
쌍령전투에서 순국하다

이의배는(李義培, 1576~1637) 조선 중기 무신이다. 병자호란 때 쌍령전투에서 아들 이목과 함께 순직한 충신이다.

예산군 봉산면 사석리에서 출생했다. 1599년(선조32) 무과에 급제해 선전관이 되고 무관의 벼슬을 시작으로 감찰로 전임되었고, 연해 지역인 보령현감으로 발령받았으나 임란 왜군이 겨우 철수한 때라서 나이가 어리다는 이유로 교체되었다. 1608년 33세 때 아버지의 상을 당하여 복제를 잘 마쳤다. 이괄의 난 후 전라 좌수사로 승진한 후 충청도 병마절도사 등을 거치며 관료직 소임을 다했다.

1636년(인조14) 청나라 태종이 직접 군사를 이끌고 내려오자 고군孤軍을 이끌고 남한산성으로 달려갔다. 광주 부근 죽산에 당도해 다음 날 남한산성으로 향하다가 전봉장 이차형·이근영이 적의 습격을 받아 전사했다. 영남 근왕병의 합류를 기다렸다가 다시 진격했다. 경상

좌절도사 허완과 우절도사 민영의 군과 함께 광주 쌍령에 정족산성에 진을 치고, 먼저 공격해 온 적과 치열한 접전 끝에 아군이 많은 사상자를 내고 무너지자, 절두사 등 지방 장관이 데리고 다니던 막료의 피신 권유를 물리친 채 살아남은 노비 축생과 힘을 다해 싸우다가 전사했다.

이 싸움에서 허완·민영 등 양 절도사도 함께 전사하였다. 이들이 장렬하게 죽자 그를 세상에서 잊지 못했다. 1701년(숙종27) 이의배가 죽은 지 65년 뒤 5월에 그의 충의로운 죽음에 보답하려고 포상이 주어졌다. 최석정이 순조에게 자세히 알려 이의배 부자와 허완·민영 등 양 절도사, 노비 축생을 모두 정려문을 받았다. 그 후 다시 영의정으로 승격 추증받았다.

〈이의배 신도비 비각〉

〈이의배 신도비 안내문〉

정려각 안에 그의 비문이 적힌 신도비가 있다. 그의 부친 이흡도 무관이다. 3대에 걸친 무관의 가문이다. 무과에 급제하여 국가에 봉사한 훌륭한 한산이씨 가문이다.

병자호란 때 쌍령전투에서 순직한 이의배 부자의 애절한 사연은 그의 '행전'에 담겨 있다.

병자호란 때 쌍령전투에서 장렬하게 순직한 이의배의 행전

이의배는 예산군 봉산면에서 태어났다. 어릴 적부터 풍채가 단정하고 중후했다. 청렴하고 검소하기로 이름났다. 평소 입는 의복이 가난한 선비와 같았다.

그는 탁월한 성적으로 조선시대 무과에 합격하여 벼슬을 하였다.

임금이 벼슬을 내려 관리인 충청도의 경비 담당인 종2품 서반관직에 임용되었을 때의 일이다. 북쪽 오랑캐가 움직이는 틈을 엿보고는 왕족계인 완풍구에게 말했다.

"오랑캐인 저자들이 말을 이용하는 병사와 걸어 다니는 우리 군의 보병의 형태로는 적과 싸워서 이길 수 없습니다. 대비할 방도로는 우선적으로 말을 타고 싸우는 군인을 많이 길러야 합니다."

평소 보병보다는 말을 타고 싸우는 마병으로 군사력을 길러야 한다. 전란을 대비하는 큰 뜻을 생각하면서 이의배 장군은 서서히 이를 실천하였다.

드디어 그의 주장하던 대로 이루어져 양민 신분의 장정을 뽑았다. 그들을 기병으로 삼아서 갈고닦은 기술과 재주를 시험하였다. 더불어 역대의 병서를 참고하고 보충하였다. 전투 상황에 알맞게 순서와 차례를 정한 법칙을 연습하고, 국가 간에 준하여 수행되는 조직적인 변란에 대비하였다.

이듬해 12월 조선의 경계가 되는 변두리 지역에 경보가 갑자기 울려 퍼졌다. 오랑캐가 침입했다는 소식이 갑자기 들려오자 이의배 장군은 군사를 모아서 장차 임금이 멀리 행차할 때에 임시로 머물 수 있는 행재소를 가려는 중이었다.

경기도의 으뜸 벼슬인 감사가 새로 뽑은 말을 타고 있는 군인을 빼앗았다. 먼 고을의 군사를 갑자기 소집한 결과 모두 모이지 못했다. 임시방편으로 근방 지방에서 역이나 벼슬이 없는 15세 이상의 노비와 양인의 군대를 겨우 수천 명을 급히 모았다.

이의배는 동생인 이여발에게 집안일을 맡겼다.

그러고는 가족을 시켜 흰 명주 행전을 만들게 하였다. 푸른 비단 끈으로 바지 속의 제 맨살 위에 붙들어 매었다.

　어떤 사람이 이의배에게 궁금해하며 이유를 물었다.

　"앞으로 전쟁이 나서 싸움터에 나가면 죽을지 살지 알 수 없다. 뒷날 죽더라도 이것이 언덕이나 습지에서 뒹굴 때 표시가 되기를 바라는 것이다."라고 말을 했다. 이의배 장군은 평소에 결심한 것은 꼭 실천하는 사람이었다.

　1636년 청나라 병사들이 조선의 동쪽을 침범하였다. 인조는 남한산성으로 몽진을 가게 되었다.

　충청도 병마절도사 이의배 장수는 의로운 군사를 거느리고 나라 구하려 달려갔다. 군사를 이끌고 죽산산성으로 들어갔다. 평안도 영변의 행재소에 머물고 있던 선조 임금은 "조정의 신하들 가운데 충성과 용맹이 이의배 같은 사람이 어찌 있겠는가?"라며 감탄하며 칭찬했다.

　그 이튿날 남한산성을 향하여 떠나던 중 미처 병사들이 반도 빠져나오지 못한 순간에 오랑캐 군과 마주쳤다. 선봉장 우두머리 장수 2명 모두 전사하고 말았다. 많은 적의 기병이 널리 진을 치고 있어 전진할 수 없었다.

　영남의 군사가 일제히 도착하자 경상좌도 절도사와 경상우도 절도사가 함께 경기도 광주 쌍령전투에 나가 세 곳으로 나누어서 진을 쳤다.

　경상좌도 군사가 실수로 불을 내어 한꺼번에 많은 병사가 타죽었다. 진을 치고 있었던 세 지역이 다 놀라 동요하고 군사들은 흩어져 패배히 었다. 오랑캐 적은 기세를 부리며 다가왔다. 군사를 따라다니며 일을 돕던 안삼오의 하인은 말을 바꿔 타기를 이의배 장군에게 간절히 청을 했다.

이의배는 크게 꾸짖었다.

"일이 이 지경에 이르렀으니 오르지 죽음만이 있을 뿐이다. 말을 타고서 어딜 가겠는가? 부질없는 일이다."

이의배는 호랑이 갖옷을 입고 진영 앞에 버티고 서서 적을 향해 화살을 연속으로 쏘았다. 여러 장수와 참모들이 모두 죽었다. 지위가 높은 무관은 다 달아났다. 유독 예산군 출신 이억 장수와 관아에서 일하던 남자종 1명만이 남았다. 전쟁에 나간 싸운 남자 종이 이의배에게 화살을 바쳤다. 하지만 이의배는 힘이 다하여 땅에 쓰러져 드디어 죽고 말았습니다. 두 절도사도 죽었다.

예산 무관 출신 이억 장군과 남자종도 따라 죽었다.

이때가 1637년 정월 3일입니다. 군영에서 이탈한 안삼오 등이 산으로 달려 올라가 패주한 군사와 함께 이의배가 적에게 활 쏘는 것을 유심히 바라보고는 감탄했다. 이의배가 전사하는 것을 목격한 후 도망쳤던 병사들은 발을 동동 구르며 울었다.

이의배의 손자 이여발은 병자호란을 피하여 섬에 있었다. 패전 소식을 듣고 할아버지의 서자 이간과 당숙 이육과 함께 샛길로 쌍령의 싸움터에 갔다. 시체를 찾으려고 애를 썼으나 못 찾았다.

그 다음날 군영에서 관아 소속이었던 조축생의 아내가 싸움터에 이르러 남편 시신을 찾아냈다. 우연히 이의배의 시신을 발견하였다. 두어 걸음 사이에 있는 것을 보고 쑥을 뽑아 덮고 나무로 만든 패를 써 그곳을 표시하고 볏짚을 끌어다 시신을 감추고는 덮었다. 나무로 만든 패에 써서 그곳을 표시한 다음 돌아와 이의배 손자 이여발에게 그 사실을 알렸다. 이의배 친척 두어 사람과 함께 그곳에 가보았다. 얼굴과 수염, 머리털은 손상된 데가 없었다. 오직 왼쪽 복부 밑과 겨드랑이 사이에 각각 화살 하나씩을 맞아서 사망해 있었다.

옷과 갓옷을 모두 다 벗긴 뒤 화살을 뽑아냈다. 다리 아래에 흰 명주 *행전과 푸른 비단 끈만이 아직 있었습니다. 드디어 상을 받들고 돌아와 예산군 봉산면 봉림리 산에 묏자리 마련하여 장례를 모셨다.

그 후 조선에서는 대신과 여러 중요 관직에 있는 신하들이 임금에게 이의배와 그의 아들 이목의 공적 사실을 여러 차례 아뢰었다.

임금은 "아버지와 아들이 나라를 위해 목숨을 바쳤으니 세상에 드문 일이다."라며 이의배 장수에게 영의정을 추증하였다. 자손을 관직에 임명하였다.

숙종 임금은 이어서 1701년 그가 죽은 지 65년 뒤에 봉산면 봉림리에 정문을 세우고 표창토록 하였다.

* 행전行纏 : 한복의 바지나 양쪽으로 다리가 들어갈 수 있도록 가랑이가 나누어져 있는 형태의 하의를 입을 때, 움직임을 가볍게 하려고 바짓가랑이를 정강이에 감아 무릎 아래에 매는 물건

참고문헌

1. 『인조실록仁祖實錄』
2. 『국조인물國朝人物』
3. 『봉산면지』 2001
4. 『문화유적 분포지도(예산군)』 충청남도, 충남발전연구원, 2001

제12부

주요 사건

12-1.
예산현감 신사원과 예산에서 천주교 태동하다

예산군에서는 성리학·천주교의 역사에 관한 관심은 높지 않다. 내포 지역의 천주교가 예산의 여사울에서 평신도인 이존창에 의해서 시작되었다. 같은 내포 지역인 합덕이나 홍성, 청양지역에서 성리학·천주교에 관한 연구와 보존이 잘 이루어지고 있다. 합덕 출신인 김대건 신부나 청양 출신인 최양업 신부에 관심을 가진다.

1757년 예산의 여사울에 커다란 사상적 변화가 일어났다. 경기도 안산에 거주하던 성호 이익의 조카인 이병휴가 덕산현의 장천리(충남 예산군 고덕면 상장리)로 이주해 왔다. 이병휴는 윤동규, 신후담, 안정복 등과 함께 성호학파를 이끌어 갔으며, 성호 학파의 모든 일을 주관하며 활동했다. 성호학파의 활동은 예산으로 옮겨져 새로운 사상의 중심지가 되었다.

예산 덕산현은 천주학 전래의 태동지이다. 이병휴와 예산 호동지역(예산현 두촌면 호동리, 신림 니사울)의 홍유한이 수죽이 되었다. 내포 지역 천주교 전교 활동은 이존창을 중심으로 전교하였으며, 홍낙민은 천주교를 이끄는 데 많은 공헌을 했다. 이들은 내포 천주교 신앙의 못자리로 변하게 했다.

1868년 4월, 유대계 독일인 오페르트가 미국인 자본가 젠킨슨, 그리고 프랑스인 선교사 페롱 신부와 몇 명의 조선인 신자들과 합작하여 흥선대원군의 아버지 남연군의 묘를 굴총하려다 실패한 사건이 일어났다. 가야산 대원군의 부친 남연군 묘가 교회의 일부 구성원에 의하여 파헤쳐진 사건이다.

예산 덕산지역의 박해는 5차례(1797, 1801, 1817, 1839, 1866년)에 걸쳐 일어났다.

그 당시 덕산 출신 순교자만 해도 141명이다. 이들은 덕산 옥터와 관아에서 문초와 고문을 받았다. 예산군 덕산 옥터와 관아 터는 순교 신앙을 선택하기 위한, 교회의 피눈물을 흘린 장소가 바로 예산이다. 덕산옥에서 처형지인 해미로 가는 죽음의 길은 희망의 길이며 부활의 길이기도 했다.

천주교의 태동지인 예산에서 천주교 탄압은 이루어졌다. 이런 와중에서도 예산에서 예산현감 신사원은 선정을 베풀며 현을 이끌어갔다.

조선시대 지방민에게 선정과 큰 덕을 베푼 관료는 많다. 예산군에 그런 사람의 덕을 기리기 위해 세워진 선정비, 애민청덕비, 영세불망비. 유애청덕비 등은 흩어져 있다. 대흥면 의좋은 형제공원, 오가면 역탑1리 마을회관 앞, 예산군 신청사 앞, 읍·면사무소 앞 등에 여러 비석이 옹기종기 있다.

2018년 예산군 신청사를 이전하면서 예산읍 산성리 예산종합터미널 건너편에 있는 비석을 모두 옮겼다. 이러한 비석들은 조선 역대 예산 현감, 관찰사, 암행어사 등의 영세불망비, 선정비이다.

예산군청사 앞으로 비석을 옮기기 이전에는 예산읍내 예산초등학교에 있었다.

최근 예산군청 앞에 있는 비석을 살펴보다가 19기 비석 중 이름이 생소한 예산현감 신사원에 관심을 가졌다.

신사원(申史源, 1732~1799)의 본관은 고령이다. 1785년 8월 10일 예산 현감으로 근무를 하다가 1789년 6월 20일 전라도 진산현(금산군)으로 발령받아 전출을 갔다. 그가 예산현감으로 재직기간은 3년 10개월이다. 그 후 고부군수를 역임하였다. 1798년 정선군수 겸 원주진관병마동첨절제사를 지냈다. 1799년 68세 때 사망했다. 묘소는 강원도 강릉시 왕산면 송현리 산 85-2에 있다.

1787년(정조 1) 5월 12일 『승정원일기』에 신사원 예산 현감이 재직 중에 활동한 일부 기록이다.

수령이 흉년들어 가난하고 궁색한 백성을 불쌍히 여겨 자기의 곡식을 내어준 공이 있는 사람을 시상토록 분부할 것을 청하는 문서기록이다.

"… 예산현의 현감 신사원은 굶주림과 곡식을 나누면 반드시 정해져 있고, 예산현은 촌락이라 굶주린 사람이 없고, 굶주린 사람에게 바친 돈이 없다. 들에 농민이라는 칭송을 받들어 섬기지만, 훌륭한 업적은 없다."

"… 禮山縣監申史源, 抄飢無濫, 分穀必精, 村無飢口之捐瘠, 野有農民之稱頌, 此則雖登道啓, 別無優績, 今姑置之"

그 당시 조선은 흉년이 들어 예산지방의 부유한 사람에게 가난한 백성을 구제하도록 장려했으나 훌륭한 업적이 없는 것으로 보아 그는 장려한 목표량을 채우지 못한 것 같다.

위에 나타난 기록을 보면 예산현감 신사원은 척박한 예산 땅에 거주하고 있는 농민들에게 선정을 베풀고 칭송받았다.

1787년(정조11) '예산현감신후사원 청덕애민선정비縣監申侯史源淸德愛民善政碑'는 예산군에 건립된 사실을 보아 신사원이 청렴하게 공직을 수행한 것 같다.

1789년(정조13) 4월 27일 "신사원 예산현감 재임 중에 예산현감 신사원은, 비록 예전부터 전해져 내려오는 이야기 같으나, 관리를 따르며 다스리므로. 백성들과 벼슬아치들이 모두 그를 믿고 따르며 신임한다."라는 승정원기록이다.

"… 禮山縣監申史源, 雖似古談, 循吏爲治, 民吏皆信之矣"

신사원은 1791년에 예산현에서 현감 생활을 잘 수행하다가 암초를

〈신사원 선정비〉

만난다. 그것은 다름이 아닌 초기 천주교와 관련이 있다. 그 당시 조선시대의 급박한 상황인 천주교로 인하여 어려움에 있었다.

　그가 예산현에 부임하기 전에 내포지역인 신암면 신종리에 이존창이 '여서 신앙공동체'를 만들어 운영하고 있었다. 이미 천주교 신앙이 내포 지역에 급속히 전파되고 있는 시기이다.

　예산현감 재직 중에 1785년 9월 을사추조적발사건과 1787년 2~11월 이존창이 검거되는 천안감옥 사건이 발생했다.

　1791년(정조15) 11월 3일 『정조실록』의 기록에 의하면 예산의 촌백성들이 가지고 있는 언문 번역서나 베낀 책을 곧 형리의 상자 속에 맡겨 두었던 그 『성교천설聖敎淺說』과 『만물진원萬物眞源』 두 책은 천주교를 예산지역에서 이미 믿고 있다는 증거이다. 그러한 정황으로 보아

신사원이 예산현감로 있을 때, 민간에 퍼져 있던 서학 관련 서적을 모아 관에 보관했다. 1791년 그러한 일은 예산현감 신사원은 큰 화를 자초했다.

1791년 신사원이 진산군수로 재직 중일 때 윤지충과 권상연을 체포하라는 명을 받았다. 두 사람을 회유하고 비호하려다 도리어 그는 유생의 지탄을 받았다. 당시 조선은 성리학이 대세였다. 신주나 시신을 고의적인 훼손하는 경우 사형에 처했다.

조선시대에 제사를 거부하고 부모의 신주를 불태우는 일은 큰 사건이다. 신사원이 예산 현감으로 재직할 때 서학을 접한 행적과 천주교와 관련된 일을 초기에 느슨하게 대응하여 유배당했다. 흉악한 죄목으로 전라도 진산군(현 금산군)은 5년간 한 등급이 낮은 진산현으로 강등되었다. 전라도 53관 맨 끝으로 두고 그에게 죄를 물어 형장 100대에 처해지고 관직을 삭탈한 후 유배당했다. 천주교 초입 시기에 정쟁에 휘말려 피해 당했다.

예산현감 신사원이 재직 중에 천주교 사건이 일어나지 않았다면 『승정원일기』에 기록이 되었듯이 예산 주민들로부터 무한한 신뢰를 받았을 것이다. 선정을 베풀어 청백리 현감으로 예산 주민에게 각인되었을 것이다. 그는 천주교 도입 시기에 천주교 정쟁에 휘말려 화를 입었다.

조선시대 예산지역에는 여주이씨의 이용휴 가문이 고덕면 상장리에 정착하여 실학파를 형성하였다. 성호 실학은 덕산, 고덕을 중심으로 활발히 전개되었다. 이러한 사상을 계승하고 충청도 홍주목 예산현에서 이존창 등에 의해서 천주교가 전국에 이어 두 번째로 활발하게 전개된 곳이다.

조선시대 정쟁에 휘말려 예산 사람으로 다른 지방으로 유배 간 사람은 김노경, 김정희, 이산해, 이기양, 김구, 이담, 이흡, 이명준, 김려, 조사석, 이경진, 김이교, 조익, 이이명, 이만 등이다. 예산지역에서 유배와 연관이 있는 관료는 김진규, 이약수, 이승훈, 이존창, 이가환 등이다.

예산은 과거 충청남도 서북부에 위치하여 각종 선진문물의 집산지이자 교통의 중심지로 발전했다. 그러다 보니 유배당한 유학자와 초기 선진문물을 수용한 천주교 태동기에 일익을 담당했다.

앞에서 예산현감 신사원의 행적을 살펴보듯이 예산지역에 성리학자와 천주교 관련이 되는 인물이 많다.

이러한 일들은 예산군의 자랑거리이다. 앞에서 언급한 사람의 훌륭한 업적이 사장되어 있다. 이런 역사적인 사실을 '예산문화원'에 의존하는 것보다는 앞으로 예산군에서는 '예산문화재단'을 설립하여 잘 알려지지 않은 선조의 훌륭한 인물을 발굴해야만 한다.

12-2.
기묘사화에 휘말려 화를 당한
예산의 선비

504년 전 기묘사화가 일어났다. 기묘사화는 훈구파와 학덕이 높은 신진 선비 간에 반목과 배격에서 일어났다. 이들의 논쟁은 지속되어 많은 사림의 유학자들이 귀양 가서 사약을 내려 스스로 목숨을 끊게 되거나, 귀양을 갔다가 사형당하거나 자결했다. 이들을 두둔한 사람은 파직되거나 관직에서 배제되었다.

조광조를 필두로 사림의 한 사람의 급진적 왕도 정치 추구로 왕권의 위기를 느꼈던 중종과 소외당한 훈구파의 폭발로 유배당하여 고초에 시달렸다. 신진사류와 훈구파의 대립으로 인한 분당은 당사자와 후손들은 이루 말할 수 없는 화를 당했다. 임금과 신하 사이에 간격이 멀어졌다.

예산지역 연고가 있었던 조선시대 성리학자와 관료에게 그런 피해는 예외가 아니었다. 다행히 예산인 일부는 참형은 면하여 귀양을 가거나 관직이 박탈되어 초야에 묻혀 성리학 연구와 후진양성에 정진했다.

대표적인 인물은 김구, 이약수, 성수종, 민회현, 한양조씨 등의 일가나. 참혹한 화를 당했다. 귀양살이하다가 복직되거나 예산 고향으로 돌아왔다.

4대 사화에서 예산인이 화를 당하지 않았더라면 얼마나 좋았을까? 라는 생각을 해보았다.

중종 1519년(중종14) 기묘사화에 연루되어 화를 당한 관료 중 '기묘명헌'에 기록된 예산인은 김구, 이약수, 성수종, 민회현 등이다. 그들의 행적은 이렇다.

□ 개령, 임피, 남해에서 귀양살이한 김구(金絿, 1488~1534)

본관은 광산이며 호는 자암이다. 1488년(성종19) 서울특별시 종로구 연건동에서 출생했다. 김굉필의 문하에서 수학했다. 6세 때 '석류' 한시를 남겼다. 20세 때 생원시와 사마시 모두 장원했다. 1513년 문과에 급제 이후 조광조와 더불어 왕도 정치의 쇄신을 꾀했다. 기묘사화에 연루되어 개령, 임피, 남해 등으로 15년간 유배 생활하다가 46세 때 풀려났다.

남해 유배 중 부모가 사망하자 유배지에서 예산으로 돌아와 무덤을 지키기 위한 초가를 짓고 부모님 산소에서 3년간 무덤 옆에서 살았다.

뒤늦게 이복을 입고 눈물을 흘려 묘소 근처에 풀이 마를 정도였다. 예산에서 조선시대 효행자로 알려져 있다. 1534년 11월 47세의 나이로 예산군 신암면 화순옹주 묘 아래쪽에 있던 연못 왕자지 별장에서 사망했다.

글씨에도 뛰어나 안평대군·양사언·한호 등과 함께 조선 전기 4대 명필 가운데 한 사람으로 손꼽혔다. 김구의 서체는 강건하고 독특하여 거주하던 인수방의 이름을 따서 인수체라고 했다. 남해 생활에서 고생과 가족에 대한 그리움을 한시로 읊기도 했다. 남해 유배지에서 경기체가 형식으로 지은 〈화전별곡〉은 국문학사에 기록되어 있다.

예산군의 덕잠서원과 전라북도 군산시 임피의 봉암서원 등에 배향되었다. 묘소는 예산군 신암면 종경리 부인 김해김씨의 묘와 함께 있다. 저서는 『자암집自庵集』이 있다.

□ 호족시위 주동우두머리 이약수(李若水, 1486~1531)

본관은 광주廣州이며 호는 우천이다. 1486년(성종17) 충청북도 충주시에서 출생했다. 1510년(중종 5) 생원시에 합격했다. 1518년 성수침·서경덕 등과 함께 현량과에 천거되었으나 응하지 않고 성균관에서 학업에만 전념하였다.

기묘사화로 조광조가 귀양을 가자 성균관 유생 150여 명과 함께 궁궐에 나아가 상소를 올리고 통곡한 일로 중종의 노여움을 사 윤언직,

홍순복 등과 함께 투옥되었다. 1521년 평해로 유배되었다가 10년이 지난 후 1531년 대흥으로 유배지를 옮기고 나서 사망했다.

죽은 후 70여 년 만인 1605년(선조38)에 원통한 분을 풀어서 마음에 맺힌 것을 없앴다. 1708년(숙종34)에 호서지역 200여 유생들이 그의 학덕을 추모하여 대흥현에 우천사를 세웠다. 우천사는 1977년 복원을 했다.

저서로는 『우천유고牛泉遺稿』가 있다. 묘소는 예산군 대흥면 교촌리 산7-79에 있다.

□ 예산현감을 거부한 성수종(成守琮, 1535~1598)

본관은 창녕이다. 1519년(중종14) 별시 문과에 병과로 급제하였다. 기묘사화가 일어나 조광조가 물러나자, 그의 문인이라 하여 대간의 탄핵을 받고는 과거에 급제한 이름에서 삭제되었다.

조광조가 처형되자 장례 때 이인경, 이충건 등과 함께 곡하였다. 그 후 초시에 합격하였지만 낙향했다. 예산현감에 임명되었으나 부임하지 않았다. 1566년 아들 성이가 과거급제명부에서 삭제당한 억울 함을 호소하여 1568년(선조1) 홍패를 받고 과거 급제자로 이름을 올렸다.

효성이 지극하여 19세에 부친상을 당하여서는 3년 동안 상례 의식을 하면서 자신은 죽을 먹으면서 매일 세 번씩 음식을 올렸다. 사후 직제학에 추증되고, 조선조에 기묘명인으로 추대되어 명예를 회복

하였다. 창녕의 물계서원과 경기 파주의 파산서원에 제향되었다.

□ 지조가 있고 효렴한 민회현(閔懷賢, 1472~1540)

　본관은 여흥驪興이다. 아버지는 사복시에 속한 정3품 벼슬을 한 민
질이다. 그의 부친은 두 살 때 사망했다. 16세 때 모친상을 당했다. 3
년 간 시묘하면서 죽만 먹으며, 곡하며 조석으로 전을 올렸다.
　예산에는 효행으로 이름난 선비가 많았다. 품행이 효성스럽고 청
렴하여 주군에서 관리 선발 응시자로 추천한 효렴孝廉한 사람으로
인정받아 관직에 등용되고 승진한 대표적인 조선시대 예산인이 민
회현이다.
　『중종실록』에 의하면 1517년(중종12) 충청감사 김근사는 민회현의
의로운 일과 도리에 맞는 점을 들어 그 자리에 쓰도록 임금에게 그의
천목에는 "지조가 순수하며, 독실한 마음가짐이 가상합니다."라고
보고했다.
　조정에서 다시 효행이 있고 청렴한 사람으로 인정하고 대우하고자
그다음 해인 1518년 군자감 종6품 관직을 거쳐 사헌부 관직 정6품이
되었다.
　47세 때인 1519년 조광조 등이 학문과 덕행이 뛰어난 인재를 선발
하기 위해 추진한 현량과에 병과로 급제하여 사관원의 정6품 관직에
임명되었다. 하지만 기묘사화로 출신자의 성적순을 적은 합격자명
부, 시험의 종류 등 기록이 없어져 임명사령서와 과거에 합격한 증서

를 몰수당한 채 고향 예산군 신암면에 돌아와 집 안에서 지냈다.

1538년 이조판서 윤인경의 건의에 따라 직첩을 환급받고 좌랑에 복직되었다. 과거시험에 합격한 것이 무효된 후 고향 예산에서 한가롭게 있을 때 홍성현감 조우가 민회현을 위로하기 위하여 수차례에 걸쳐 모시려 하였으나 이에 응하지 않았다.

위에서 언급한 조선시대 예산의 선비 4명은 기묘사화로 화를 당했다. 지조를 지키며 벼슬을 버리고 초야에 묻혀 조용히 지냈다. 이런 여건 속에 과격하게 사화 등에 참여했다면 참형을 면할 수 없었다. 다행스럽게 일부 사림은 늦게나마 예산 고향으로 돌아와서 부모님에게 효도하며 모범을 보였다.

예산지역 인물 중 사화 등에 휘말려 타지방으로 유배 가거나 예산 지역에서 유배 생활한 선비는 많다. 이 중에는 한시를 남긴 이도 있고, 서원에서 유생들을 가르치기도 했다.

김구와 이약수는 예산 덕잠사원과 대흥 우천사우에 배향되었다. 민회현과 김구는 효자이다. 이들은 유학자로서 관직에서 배제가 되었으나. 지조를 지키며 예산지역에서 선정을 베풀었다. 이런 훌륭한 사실이 예산지역에서 잘 알려지지 않아 아쉽다.

12-3.
넉산현감 악처로 구박받아 죽자
50년 동안 재앙이 이어졌다

6년 전 신익선 문학박사로부터 예산군의 역사성을 가미한 조선시대 글을 써 보라는 권유를 받았다. 역사학을 전공하지 않은 나는 부담을 느꼈다. 집으로 돌아와 글을 쓰려고 하니 막막했다. 집에 모아 둔 책을 여러 번 읽어보니 글을 쓰는 혜안이 열렸다.

남인 실학의 성호학파의 본부인 예산군 덕산면 여주이씨驪州李氏의 이용휴 가문의 성호실학에 관한 글을 쓰려고 마음을 다졌다. 고전 문서, 조선왕조실록, 연구논문 등 자료가 부족했다. 그들의 사상인 서학인 천주교가 예산에서 태동했다. 이와 관련된 천주교 신자와 순교자 이가환, 이존창, 이승훈, 권일신 등 인물이 많아 포기했다.

예산군에 관련된 유배문화와 인물, 추사 김정희 암행어사의 활동 상황 등을 천천히 쓰면 되겠지 하며 미뤘다.

가벼운 마음으로 아내와 예산군에 산재되어 있는 정려문 탐방에 나섰다. 1년 동안 주말을 이용하여 정려문 사진과 효 관련 인물, 관리 실태를 조사하여 수필집을 발간할 정도의 글을 모았다.

조선시대 정려문과 관련된 인물을 찾기 위해『조선왕조실록』등 고문서를 자주 검색하다 보니 그 당시 생활상과 현감의 치적과 선행, 가자, 악행을 조금씩 알게 되었다.

과거 3개현(예산현, 대흥현, 덕산현)에 발생하지 말아야 사건은 많다. 그중 덕산현감 이형간의 아내 송씨가 악처로 살아 임금과 관료들이 송씨를 징계처분의 대상자로 여기고 논의한 내용이 각종 문헌에 기록되어 있다.

덕산현에 살았던 송씨는 남편 덕산현감 이형간에게 날씨가 추운 날에 건강을 챙겨주지 않았다. 남편을 돌보지 않은 여러 가지 이유로 병이 들어 덕산현감 이형간은 1517년(중종12) 사망했다.

이형간 장인 송일은 3남 3녀를 두었다. 세 딸이 모두 악처로 손문 났다. 큰 사위가 이형간이고, 둘째 사위는 신거이, 홍일필은 셋째 사위이다. 이형간 장모 남원양씨는 이성 간의 시기심이 심하며 사납고 악독하다.

조선시대 중기는 역사적으로 사림파와 훈구세력 간의 다툼에 논쟁이 심했던 시기이다. 그런 정쟁의 소용돌이 속에 예산군 덕산현을 망신시킨 장본인은 송씨이다.

덕산현감 이형간이 죽은 이유는 악처의 구박이다. 그해 5월 11일 덕산에 우박이 내린 것은 하늘에서 그녀의 악행을 미워했나 보다.

이형간의 처 송씨의 악행을 기록한『중종실록』은 이렇나.

1517년 5월 27일 탄핵괴 감찰을 밑은 내간이 궁내부의 의무를 수행하던 의관의 일을 아리고, 사헌부가 아뢰었다.

"덕산현감 이형간李亨幹의 처는 성질이 지극히 악하여 남편을 항상 노예처럼 대하였습니다. 근자에 이형간이 명을 받들고 나갔다가 찬 바람을 쐬어 병을 얻어 관아로 돌아오니, 그 처가 문을 닫고 받아들이지 않아 이형간은 동헌에 누워서 땀을 내고자 하여 옷을 달라고 했으나, 그 처가 끝내 주지 않아 갑자기 죽고 말았습니다. 그리고 죽은 뒤에 역시 슬퍼하는 기색이 없었으니, 이는 삼강과 사람이 지켜야 할 도리에 관계되는 것이라 칙명에 의해 죄수를 다스리는 일로써 그를 중죄인으로 다루어 의금부에서 심문하기를 청합니다."

하니, 아래와 같이 중종은 명령하였다.

"이형간의 처는 지극히 억세게 고집스럽고 모질다. 문벌이 좋은 부녀자이니 죄수에 내릴 것은 필요 없다. 의금부에서 심문하더라도 죄가 드러날 것이다. 나머지도 윤허하지 않는다."

그해 6월 3일 사헌부는 다시 임금에게 "덕산현감 이형간의 처 송씨는 문벌이 좋은 선비 집안의 부녀다. 본부에서 고대의 사직을 깊이 조사하고 고찰하기 어려우면 죄수로 내려 달라."고 아뢴다. 임금은 죄수 결정하지 않았다.

이형간의 처 송씨는 전 영의정 송일의 맏딸이다. 송일은 관직에서 물러나 있었지만 생존해 있어 실세의 집안이라 쉽게 벌을 내리지 못했다.

사신들은 의분을 느끼며 양반의 부녀라 임금이 죄를 다스리기 어려우면 죄목에 따라 죄수를 다스려 달려고 했으나 중종은 모두 윤허하지 않는다.

송씨와 그녀의 가족의 악행을 알 수 있는 기록인 1517년(중종12) 6월 3일『중종실록』의 내용은 이렇다.

"여원 부원군 송일의 딸 셋은 성질이 모두 투기를 잘하며, 아비의 세력을 믿고서 남편을 매우 하찮게 여겼다. 하나는 홍언필에게 출가하였는데, 홍언필이 사헌부의 정5품이 되었을 때 그 처는 홍언필이 간통한 여자를 끌어다가 머리털을 자르고 피투성이 되도록 구타하여 온몸에 상한 데가 많다. 홍언필이 관에서 돌아오는 길에 그 여자의 유복친이 아닌 같은 성을 가진 일가붙이를 만나니 그들이 호소하기를 '이것이 문벌이 좋은 선비 집안의 성숙한 여자와 결혼한 자가 할 짓인가? 관직이 높은 벼슬아치가 어찌 아내를 잘못 가르쳐서 사람을 죽을 지경까지 만들었는가?' 하니, 홍언필은 부끄러워서 얼굴을 들지 못한다. 그리고 대간이 논박하여 벼슬을 갈아 치워도 그 간통한 여자 집에 머무르며 밥을 먹으면서 지내다 보니 사람들이 그를 흉보았다. 또 하나는 덕산 현감 이형간에게 출가하였는데, 이형간이 차명을 받고 출입할 때 날씨가 아주 추운 날 이부자리 베개, 의복을 주지 않고, 집에 오면 또 문을 닫고 들이지 않아 결국은 병을 얻게 된다. 어떤 날 집에 들어가려 해도 들어갈 수가 없어 바깥채에 누워 있었으나 아무도 와서 돌보는 사람이 없었는데, 아궁이에 불을 때어 온돌이 과열되었으나 그는 몸을 움지일 기력도 없었으므로 시져서 죽은 것을 아침에야 비로소 알았다. 대체로 송일이 비록 임금을 보좌한 2품 이상의 벼슬자리까지 갔지만 본디 품행이 바르지 않았다. 그리고 그 처 양씨는 성질이 매우 악하여, 송일이 아직 높은 벼슬이 되기 전에 흙을 가득 담아가지고 이것을 재물이라고 사람에게 자랑했다. 따라서 가정교육은 없다. 사위들은 세력에 눌리고 처에게 쥐어서 이 지경이 되었다. 형조와 한성부에서 추국하기를 청하였는데도 조금도 두려워함이 없이, 겨우 남편의 관을 묻고는 곧 가마를 타고 서울로 들어왔는데 전후의 시비가 줄줄이 늘어서니 보는 이들이 더욱 미워했다.

의금부 감옥에 가두기를 청하니, 중종은 명령을 내린다.

'부녀를 반드시 가두고 추국할 것이 있겠는가?' 하매, 이는 문벌이 좋은 집안을 중히 여기는 것이기는 하였으나, 사람들은 말하기를 '송씨의 패악은 정종보와 허지의 처와 비교하여 보다 심하니 징벌하지 않을 수 없다.' 하였다.

정종보는 지금 상주 목사요, 허지는 전 사헌부의 종3품 되었을 때 그들의 처는 모두 자기가 좋아하는 이성이 다른 이성과 좋아하는 것을 지나치게 미워했다. 허지의 처는 남편의 족속들을 보면 반드시 말하기를 '내 남편이 이미 죽었는데 어찌 알겠는가?' 말하고는 때로 노비에게 아들이 부모 등의 상을 당하면 입는 상복을 입혀 곡을 하게 하니 이웃 사람들이 모두 통분히 여겼다. 그리고 정종보의 처는 남편과 대면하지 않은 지가 10여 년 되었는데, 스스로 맹세하기를 '평생 같이 살지 않겠다.' 하며 여러 번 수령이 되었는데도 한 번도 따라가려 한 적이 없었다.

그해 6월 4일 의정부 삼정승이 모여 이형간의 처 송씨 문제를 다루었다. 6월 26일에는 대간이 사간원을 추국하지 말고 송씨를 추국하여 그 나머지는 응징하자고 했다.

6월 29일, 7월 6일에 신진 사림과 훈구대신이 유교 이념 갈등과 감정대립을 벌이며 덕산 현감의 처 송씨의 구속 여부를 다투었다.

송씨의 부친인 영의정 송일은 사림으로부터 탐관오리로 지탄받았던 훈구대신이다. 세 자녀는 높은 관직에 있었던 아버지 송일을 믿고 나쁜 짓을 하며 살았다.

부녀자로서 조선시대의 삼강오륜을 지키지 못한 송씨 사건은 결말을 내리지 못했다. 감옥에 가두려는 세력과 구속을 막으려는 세력 간의 알력은 2년이 지난 1519년(중종14) 기묘사화에서 정면충돌하는 양상으로 치달았다. 기묘사화에서 훈구파가 사림파를 제압했다.

이러한 논쟁거리에서 서로 옳다고 주장하며 싸운 것이 기묘사화의 기폭제가 된 것 같다. 나는 송씨의 만행을 처벌하였다는 기록을 아직 찾지 못했다.

충절의 고장 예산에서 삼강오륜에 어긋난 악처가 있었다는 글을 쓰면서 느낀 점은 사람의 행적은 기록되어 없어지지 않고 후대에 남아 잘잘못이 전해진다. 한 사람의 인생은 짧고 역사는 이어져 기록된다는 사실을 알게 되었다.

덕산현감 이형간이 악처 송씨의 구박으로 덕산 동헌에서 원통하게 죽은 다음 덕산에는 재앙이 끊이지 않았다. 후임 현감들이 거의 임기를 채우지 못하고 1~2년 만에 교체되거나 심시어 부임 당년에 교체되는 일이 선조 즉위년 1568년까지 50여 년 동안 지속되었다. 25명의 덕산현감이 교체되었는데 6년 만기를 채운 이는 1544~1549 광흥창 주부로 옮겨간 최천 1명뿐이다.

부임 당년에 물러간 사람 6명, 다음 해 물러간 사람 7명, 2~3년 만에 물러간 사람이 8명이다. 자연재해도 연속적으로 이어졌다. 1521년과 1522년에 비가 내리고 천둥과 번개가 쳤다. 1522년 3월 26일에는 미진 발생, 5월 19일에는 우박이 내렸다. 5월 28일과 6월 1일에는 메뚜기 떼가 크게 일어나 곡식을 해쳤다.

덕산현에서 연속된 재앙이 이어지더니 1540년 5월 12일에는 김안국을 지중추부사, 유인숙을 형조판서, 김정국을 형조참관, 신광한을 병조참관으로 삼아 점차 유신 정국의 기틀이 잡혀간다. 그러자 하늘도 이를 치하致賀하려는 듯 7월 2일(午時)에 덕산에서 2중의 붉고 푸른 빛의 해무리가 나타났다 사라지는데 무지개와 같았다. 1540년(중종35) 『중종실록』 7월 2일 '충청도 홍주목 덕산현에서 오시에 해에 붉은 운기가 있다'라는 내용이다.

충청도 홍주목 덕산현德山縣에서 오시午時에, 해로부터 베 1필 길이쯤 떨어진 남방에 푸르고 붉은 운기가 해를 둘러쌌다. 또 베 2필쯤 떨어진 곳에도 이와 같은 모양이 있었다. 모양과 빛은 무지개와 같아서 심히 둥글지는 않았다. 안 둘레의 길이는 베 4필쯤 되고 바깥 둘레의

길이는 베 5필쯤 되었으며 넓이는 포백척(布帛尺, 천을 재는 자)으로 3자쯤
되었다. 시간이 지나자 사라졌다.

忠淸道 洪州牧 德山縣, 午時, 距日一布長許南方, 有靑紅氣圍日,

又二布長許, 亦如之, 形色如虹, 而不甚圓曲, 內圍長四布長許,

外圍長五布長許, 廣以布帛尺, 三尺許, 移時而滅。

1541년(중종36) 4월 좌천성 김안국, 조광조, 김정, 김식, 기준, 한충
등 기묘사화로 피해 당한 이들 가슴에 맺힌 원한을 풀어 달라고 임금
에게 청했다. 조광조, 김정, 김식, 기준을 제외한 사람들에게 직첩을
환급했다. 이렇듯 기묘 명인들의 신원이 제대로 이루어지지 않아 원
한이 하늘에 사무쳤던 듯 천재지변이 끊이지 않았다. 덕산에도 1542
년(중종37) 10월 4일에 천둥이 치고 11월 23일에도 벼락이 떨어졌다.

훈구파의 중진인 영의정 송일의 장녀 여산 송씨에게 구박당해 죽
은 전 덕산현감 이형간의 원혼이 덕산현을 떠나지 못해 일어나는 재
앙은 아니겠지만, 1542년 천변이 있던 겨울에 덕산현감 이준은 벼슬
이 떨어져 물러갔다.

1543년 성수영이 현감으로 부임한 후 1544년 가을에 고행 근처인
경기도 적성현감으로 옮겨가 8월 17일부로 적성현감에 제수된 최천
과 자리를 맞바꾸었다. 최천은 이형간 원사 이후 처음으로 만기를 채
운다. 1549년(명종4) 7월 18일에는 광흥창 주부로 승진했다.

12-4.
가야사에
큰불이 나다

지난 3월 29일 운이 따라 충남문화관광재단에서 '충남문학 지원금 대상자'로 선정되었다.

그동안 '조선시대 예산인의 삶' 써 놓은 글을 가지고 책을 발간하려고 하니 페이지가 부족하다. 부족한 부분을 채우려고 집에 있는 서적(가야산역사문화총서 3 내포가야산 한시 기행 역자 조성환, 사진 이기웅)을 넘기다가 이시홍(李是鉷, 1789~1862) '가야산에 큰불이 나서 세 수'라는 한시가 눈에 띄었다.

좋은 글감이 떠오르지 않던 중 횡재를 만났다. 그동안 열의를 가지고 이곳저곳 연구 서적을 뒤져보아도 큰 수확은 없었다.

'가야산에 큰불이 나서 세 수'는 『내포가야산 한시 기행』의 역자 조성환 박사의 한시 해석을 인용했다. 이 책을 선뜻 무료로 주신 이기웅 '가야산역사문화연구소장'에게 감사의 인사를 드린다. 가야산 역사를 한눈에 알 수 있게 책을 발간하기 위해서 조성환·이기웅 두 분은 수십 년간 자료를 확보하고 부단히 연구한 결과물이다. 예산군에서 감사하게 생각해야만 한다. 이런 기록이 없었다면 이런 글도 쓰지 못했다.

가야산은 옛 문사文士들의 지적 호기심을 자극한 명산으로 손색이 없었다. 가야산과 가야사의 그 양옆으로 흐르는 '가야 구곡'이 얼마나 아름다운지 예로부터 그 경관을 예찬한 시와 글이 많다. 류숙·임방·박윤목·구사맹·이달·경허·김홍욱·윤봉조·박장원·조면호·윤동수·김춘택·이세구·오청취당·황중윤·김시보·김진규·이철환·이시홍 등이다. 이들 시인 묵객은 물론 지역의 유림이 교류하던 장소로 가야산과 가야사에 발길이 끊이질 않았다.

옛 문사들의 땅, 가야산과 가야사는 시인 묵객들의 필수 여행지였다. 그들이 즐겨 찾던 명소로는 덕산지역 가야산의 석문봉을 비롯해 가야사와 가야 구곡인 관어대·옥병계·습은천·석문담·영화담·탁석천·와룡담·고운벽·옥량폭에 많은 시인과 묵객들이 수려한 경치에 반해 시를 쓰고 글을 남겼던 곳이다.

조선시대 한시로 남긴 기록은 현재 보존되고 있다. 후세 사람들이 그러한 선조들의 생활상을 엿볼 수 있다.

가야사의 절터는 백제 성왕 계묘(AD552)겸익 대사의 창시라고 전한다.

예산군과 서산시 경계에 있는 가야산 석문봉의 동쪽 아래 넓게 형성된 골짜기에 있었다. 이곳은 가야동이라고 불렀다. 99개의 암자가 있었으며 절터이 중심지었다.

홍선대원군이 자기 부친 남연군(이구)의 묘를 암암리에 무덤을 옮기어 장사를 다시 지내기 위해 1,400여 년 된 고찰을 소각했다. 700여 년을 지키고 있던 고려 때 고승 나옹화상이 건립한 "금탑"을 철거하여 폐사 되었다. 가야산 주변 수십 개의 예속 사찰이 모두 폐하였다.

'가야산 절 건너편에 있던 가야사를 불살라 버린 터에 남연군 묘를 써서 고종 황제를 낳았다.'라는 생각과 속죄하는 마음으로 그 덕을 갚는다는 뜻으로 홍선대원군은 보덕사를 세웠다.

충남 예산군 덕산면 상가리에 홍선대원군 이하응의 아버지인 남연군묘가 자리 잡고 있다.

1843년(헌종10)에 이하응은 홍선군에 봉해지자, 1844년에 경기도 연천에 있던 부친 남연군의 묘를 가야산 아래로 산기슭 밭 옛 무덤 자리에 임시 이장했다.

아들 대원군에 의해서인지 아니면 누군가 지시를 받고 대원군 부친 무덤을 좋은 자리로 옮기기 전 가야사에 불을 질렀다. 누가 이 엄청난 짓을 했는지 문헌의 기록은 없다. 다만 홍선대원군이 불을 놓았다고 대부분 생각한다.

인터넷을 검색해보아도 "몇 년도에 가야사 절이 화재 발생"이라는 기록을 찾을 수 없다.

예산수덕사와 가야산 주변(2) 내포땅의 사랑과 미음(하) 이해준이 쓴 〈불타는 가야사〉 기록은 있다.

남연군의 묘를 가야산 그 자리에 쓰게 된 것을 황현(1855~1910)이『매천야록』에 소상하게 적어두었다.

"홍선대원군(1820~1898)이 젊었을 때 한량 비슷하게 꺼들거리면서 추사 김정희 주변의 예인들과 어울려 난초를 치면서 보낸 것은, 자신의 야망이 안동김씨의 눈에 드러나지 않게 하기 위한 고등의 위장술로 해석하는 사람이 많다. 홍성군 주위에 또한 여러 한량이 모였다. 정만인이 지관이 찾아와 말하기를 충청도 덕산 땅에 '만대에 걸쳐 황제가 누리는 자리'가 있고 또 가야산 동쪽 덕산에 '2대에 걸쳐 황제가 나올 자리'가 있으니 둘 중 한 곳에 선친의 묘를 쓰라는 것이었다.

홍선군은 욕심이 많고 무서운 기개를 자진 자라 2대에 걸쳐 임금이 나올 자리를 선택하고 실천했다. 그 자리는 평지가 아닌 산비탈이다. 불행하게도 유서가 깊은 큰 사찰 가야사의 보응전 앞에 있는 금탑의 자리이다. 홍선군은 가야사 절을 폐사시키고 그 자리에 부친의 묘로 사용하려고 가야산 아래쪽인 충남 예산군 상가리 절골에 임시 묘 자리를 정했다. 이 자리는 영조 때 판서를 지낸 윤봉구의 사폐지이다. 파평 윤씨 윤판서 후손에게서 이 땅을 빌리는데 성공했다. 가야사 북서쪽 400m 떨어진 곳에 아직도 움푹 팬 곳에 묻었다. 이때 사용한 남은들 상여를 덕산면 상가리에 선사했다."

가야사가 화마에 의해서 사라지고 나서 '가야산 아래 임시 이장해 놓았던 남연군 시신을 1846년 3월 18일 가야산 가운데 언덕 서북쪽을 등진 방향에 이장했다.'라고 주장하는 사람은 많다.

대원군이 남연군의 시신을 1844년 가야산 아래와 1846년 불탄 가야사에 이장한 것으로 추측한다. 세세한 기록은 알고자 했으나 도무지 알 수 없다. 나의 한계이다.

남연군 시신이 덕산면에 언제 와서 언제 묻혔는지 관심이 없다.

〈가야산에 큰불이 나서 세 수〉는 이렇다.

가야산에 큰불이 나서 세 수
大禁伽倻山三首

李是鈇

〔1〕

虐旱三春火碧山　가뭄에 시달리는 춘삼월에 푸른 산 불태우고
翠微環作紫烟環　청산에선 아직도 자줏빛 연기로 감싸였다.
勢驅風力蒸坤軸　화마가 바람을 몰아 지축을 찌고
玉石無分赤焰間　옥석을 가리지 않고 화염에 잠겼도다.

〔2〕

燭天紅匝焰青山　하늘 비추는 화염은 청산을 두르고
因谷緣巒四面環　계곡과 봉우리를 따라 사방으로 돈다.
叢鬼奮呵那可得　총림의 잡귀신이 성내며 꾸짖지만 어쩌랴?

林妖燒死火光間 산림의 요괴들은 화광 속에 불타 죽는다.

〔3〕
鬼失叢林虎失山 귀신은 총림을 잃고 호랑이는 산을 잃었으며
千峯萬壑火光環 모든 산봉우리가 불빛으로 뒤덮였도다
惡靈上訴天將雨 악한 신령이 고하여 하늘에서 비를 내려주면
墨色雲騰海岱間 검은색 구름이 바다와 가야산에 치솟을 텐데.

『육회당유고六悔堂遺稿』 1책

위에서 소개한 시는 대원군이 남연군 묘를 가야산 기슭으로 이장하기 전에 화재가 발생 가야사가 불타는 장면을 이시홍이 목격하고는 안타까워하면서 하늘에서 비가 내려 문화재가 불타 없어지지 말기를 간절히 바라면서 지은 작품 같다. 위 작품을 쓴 이시홍은 예산군에 전혀 알려지지 않았다.

예산지역에서 출생하지 않았지만 성호 이익 후손과 연관이 깊다. 특히 성리학의 본거지인 덕산면과 고덕면은 연고가 있다.

이시홍(李是鉷, 1789~1862)은 경기도 포천시 청량리에서 태어났다. 12세 때 부친 이재상이 이삼환의 양자로 들어감에 따라 부친과 충남 예산군 덕산현 장천리(현재, 예산군 고덕면 상장리)로 옮겨 살았다. 이삼환과 신석상의 가르침을 받으며 자랐다. 그는 1862년 74세에 생을 마감했다. 별다른 관직은 거치지 못했다. 그러다 보니 조선시대 후기 눈에 띄게 그의 행적과 문학작품은 알려지지 않았다. 줄곧 충청도 예산군

덕산면과 고덕면애서 거주하면서 과거시험은 포기하고 학문연마와 강학을 통해 내포지역 성호 이익학파의 중심적 역할을 한 것 같다.

〈양학변〉을 시은 섯으로 보아 여주이씨들이 천주교 배척에 앞장서 그도 동참한 것 같다. 시와 함께 예산과 안산에서 삶을 즐겼다. 자신의 감정을 있는 그대로 서술했다.

다행스러운 일은 '육회당 이사홍 시문학 연구 대상'이 되어 단국대학교 문과대학 국어국문학과 윤재환 교수는 2018년 단국대학교에서 연구비를 지원받아 연구논문을 발표했다.

그 논문은 많은 사람이 모르던 것을 자세히 기술했다. 앞으로 그러한 논문이 충청남도와 전국에서 문학석사와 박사논문이 많이 나와서 재조명했으면 하는 바람이다.

아래 '이시홍, 〈자탄〉 3수는 〈윤회당 이사홍 시문학 연구논문〉에 수록된 시'이다.

〈자탄〉 1수
재주는 들보나 기둥이 되기 어렵지만 글재주 그래도 이름은 쓸 정도 되는데
이 한 몸 일 하나하나 점검해보니 그저 그런 평범한 백성이 다 되었네.
材不供樑棟, 文能記姓名
點檢自家事, 尋常編戶氓

〈李是鈺, 3首중 第1首, 六悔堂遺稿〉

〈자탄〉 1수는 44~ 45세 때 부족한 자신 능력 때문에 점차 기울어 가는 가세와 잊혀가는 가업에 대한 한탄이다.

　　〈자탄〉 2수
　　늙기 두려워도 몸 완전히 늙었고 가난 싫어도 집안 끝내 가난해졌
　　으니
　　지금 세상 살아가는 내 생애는 끝내 곤궁한 사람이 다 되었네.
　　畏老身全老, 厭貧室竟貧
　　我生今世上, 終作困窮人

〈李是鈺, 3首중 第2首, 六悔堂遺稿〉

　　〈자탄〉 2수는 57세 때 가난하고 늙은 자신의 처지에 대한 한탄이다. 그는 늙고 싶지 않았지만 늙음을 피할 수 없었고, 가난을 싫어했으나 가난을 물리칠 수 없었던 자신의 처지에 대한 탄식이다.

　　〈자탄〉 3수
　　학문해도 끝내 배운 것 없고 인자함을 얻지 못했으니
　　지금부터 백 년 뒤에 그 누가 나란 사람 알아줄까.
　　爲學終無學, 求仁未得仁
　　從玆百年後, 誰識有吾人

〈李是鈺, 3首중 第3首, 六悔堂遺稿〉

　　위〈자탄〉 3수는 58~ 61세 때 현실적 이익을 멀리하고 학문에 매진

하다고 했지만 결국 아무 것도 얻지 못한 사신 능력에 대한 한탄이다.

위〈자탄〉 3수의 시 제목에서 알 수 있듯이 이시홍 자신의 능력 처지에 대해 스스로 한탄한 시이다. 문학사적으로 높은 경지의 한시라고 칭찬하고 싶다.

이시홍의 문학작품은 평이하고 단순하게 과장 없이 자신의 감정을 있는 그대로 서술하여 투박하고 거친 모습을 느끼게 한다. 이시홍의 시는 그만큼 쉽게 읽히고 편안하게 다가온다. 문학적 수식의 가미가 훌륭한 시를 만든다고 단언하기는 어렵다. 문학적인 수식을 최대한 줄이기 위해 노력했다. 별다른 시적 기교나 수사적 노력을 가하지 않았으면서도 시가 이룬 성취는 그의 시적 역량이 적지 않았음을 말해준다. 육회당에 대한 더 많은 문학적 연구가 이루어졌으면 한다.

이시홍 여주이씨 가계 안에서 행했던 일들은 상당한 의미를 지닌다. 특히 선조들이 이룩했던 다양한 업적들을 정리하여 세상에 알렸다.

이왕이면 이시홍 부친인 이삼환을 설명하고자 한다. 그래야만 이시홍의 가문을 이해하는데 도움이 될 듯하다. 만만치 않은 문장가이다. 성호 이익 직계 후손이다.

이삼환은(李森煥, 1729~1813)은 본래 이광휴의 아들이다. 이병휴가 후

사가 없자 이삼환이 양자로 들어갔다. 1776년 이병휴가 사망하자 이삼환은 성리학 학맥을 이어 이익의 연구 결과물을 덕산에서 양명학을 집대성하고 정리했다. 이삼환은 12세 때 중조 성호에게서 형 이철환, 성호 이익의 손자 이구환과 함께 동문수학했다. 35년간 안산의 이익 옆에서 생활했다. 어느 사람보다 이익의 학문 세계를 잘 알고 있었다. 이를 알아본 정약용은 이삼환에게 요청했다.

1795년(정조19) 아산시 송악면 유곡리 봉곡사에서 성호를 기리는 강학회를 열어 성호의 사상과 문집을 정리했다. 이때 모여 선비들이 시도 지었다. 서학을 공부한 정약용은 당쟁에 휘말렸다. 정조는 정약용을 금정역의 종7품직 찰방으로 보내 좌천시켰다.

이삼환은 집안에서 성호 이익의 종손으로 학통으로 이익의 직제자였다. 도덕적 입지를 말하면서 실천적인 학문을 추구했다.

상아에서 삼가 두 수에 차운하여
商阿敬次李首

이삼환

〔1〕

吾兄橋儌海之頻　우리 형님 바닷가에 우거하시더니
稻蟹秋肥樂此辰　벼와 게가 가을이 되어 살찌는 이때 즐거워하노라.
惡歲計粮纔免餒　흉년에 수확은 주림을 겨우 면할 만한데
老農爭席轉須親　늙은 농부와 자리다툼 도리어 친히 하시네.
大蘇自是文章士　크게는 소동파와 같은 문장가요,
小宛環稱放達人　작게는 완함 같은 방달인이라.

酌酒觀碁吾快活　술 마시고 바둑 두니 내 마음 쾌활하여

更無餘事擾心神　심신을 어시럽게 하는 일 다시 없으리라.

〔2〕

秋盡冬深滯海濱　가을 가고 겨울 깊어지는 바닷가에 머무르니

田家穫稻讌令辰　농민들 벼 수확하고 잔치 벌이는 좋은 때로다.

登臨何處非吾土　산에 오르니 어느 곳인들 내 땅 아니랴?

邂逅遐鄕總至親　외진 골목인지라 산 밖의 일에 관여치 아니하고

窮巷不干山外事　막걸리 마련하여 친척 초대하여 취했노라.

明年再結伽倻約　내년에 가야사에서 또 만나기로 약속하고

先向龍潭報水神　먼저 용담의 수신에게 알리노라.

<소미산방장少眉山房臟>권1

가야사에 노닐며 세 수
遊伽倻寺三首

〔1〕

二千年前此地遊　이십년 전에 이곳을 유람했었는데

山門依舊枕溪流　산문 여전하니 개울물 베개 삼아 흐른다.

疎鍾度壑壑壑應　드문 종소리 골짜기 넘으니 봉우리마다 울리고

密樹和雲矗矗浮　빽빽한 나무 구름과 어울려 우뚝우뚝 떠 있노라.

伊昔紅顔今老去　그 옛날 붉은 얼굴 지금 모두 늘었으니

當時白足幾人留　당시의 뽀얀 다리 몇 사람이나 유지할까?

此行秖爲寬懷抱　이번 행차에선 다만 회포나 풀려고 하니

百感隨身集到頭　만감이 몸에 배다.

〔2〕

人生適意是眞遊　인생 뜻대로 사는 것이 참다운 노님이거늘
老去緇黃混一流　늙으니 승려와 도사 한 무리로 뒤섞인다.
七尺身軀河事구　일곱 자의 몸집 무슨 일로 만들었을까?
百年塵土此生浮　백 년이면 흙이 될지니 인생 뜬구름 같거늘
重巖礙水灣灣轉　겹겹의 바위 물을 막아 구불구불 돌고
危塔撐雲片片留　높은 탑은 구름 떠받쳐 조각조각 떠 있다.
歸向山門成懺悔　산문으로 돌아가 참회를 마치노라니
名傷頭白始回頭　이름은 상하고 머리 하얘 고개 돌리노라.

〔3〕

何處林溪不勝遊　어느 숲속 계곡인들 놀기 좋지 않으리오?
淡烟叢莽翠交流　옅은 안개 무성하고 푸름이 물에 섞였다.
玉泉響瀉仙琴咽　맑은 샘물 소리 울려 퍼지니 신선이 비파를 타는 듯
金塔光寵佛日浮　금탑이 반짝반짝 빛나니 해가 떠오르는 듯하다.
花片落來波帶去　꽃 조각 떨어지니 물결이 데려가고
松枝催告多煩惱　솔가지 쓰러졌으나 돌이 떠받친다.
此心最苦多煩頭　이내 마음 무척 괴롭고 번뇌 많으니
到羨山僧涕盡頭　외려 머리 빡빡 깎은 산속에 스님이 부럽도다.

<소미산방장少眉山房臧> 권1

이 글을 쓰면서 이런 생각을 했다.

큰 절 가야사에서 불이 난 것을 이시홍 문인이 예산군 덕산면을 지
나다 시로 남겼다. 이러한 사사로운 일들을 그날그날 기록한 것이 후

세에 이어진다는 사실에 놀랍다. 이러한 기록이 미천한 나에게 글감으로 사용하게 되니 말이다.

내가 발간한 책을 읽고 나서 후세 사람들이 잘못된 오류를 발견하면 욕한다. 그런 염려보다는 열심히 책을 읽고 배우고 싶다. 책을 많이 읽으니 모든 시대 상황이 톱니바퀴처럼 연결이 된다.

나는 여러 책 속에서 홀연히 발견한 소재를 포획하는 사냥꾼이다. 이러한 열정이 언제까지 갈지 모른다. 다만 예산지역에 역사와 문학에 관심이 있는 사람이 있어 행복하다. 질책보다는 칭찬하는데 濃익은 신익선 문학박사에게 감사의 인사를 드린다. 훌륭한 선배 문인이 있어 무척 신이 난다.

나는 복이 많은 남성이다.

평정이 바라본

조선시대 예산인의 삶

김창배 수필집

인쇄일 | 2024년 07월 25일
발행일 | 2024년 07월 30일

지은이 | 김창배
펴낸이 | 설미선
펴낸곳 | 뉴매헌출판

출판등록 | 2018년 3월 30일
주소 | 충남 예산군 예산읍 교남길 33
E-mail | new-maeheon@hanmail.net

값 15,000원

ISBN 979-11-988691-0-4(03810)

* 본 도서는 2024년도 충청남도, 충남문화관광재단의 충남문학예술
  지원금으로 발간되었습니다.